21

변변찮은 마술강사와 금기교전

Akashic records
of bastard magic instructor

Akashic records of bastard magic
instructor

CONTENTS

"설마 이런 곳에
그 【천곡】을 익힌 사람이
있을 줄이야."

엘리에테
헤이븐

변변찮은 마술강사와 금기교전

Akashic records
of bastard magic instructor

21

히츠지 타로 지음
미시마 쿠로네 일러스트
최승원 옮김

교전은 만물의 예지를 관장하고, 창조하며, 장악한다.
그러하기에 그것은
인류를 파멸로 인도하게 되리라━━.

『멜갈리우스의 천공성』 저자: 롤랑 엘트리아

Akashic records
of
bastard
magic
instructor

Character

Main

시스티나 피벨

고지식한 우등생. 위대한 마술사였던 조부의 꿈을 자기 힘으로 이뤄내기 위해 흔들림 없는 정열을 바치는 소녀.

글렌 레이더스

마술을 싫어하는 마술강사. 만사에 무책임하고 의욕 제로. 마술사로서도 삼류라서 장점은 전혀 없는 셈. 그런 그의 진정한 모습은─?

루미아 틴젤

청초하고 마음씨 고운 소녀. 누구에게도 밝힐 수 없는 비밀을 가지고 있으며 친구인 시스티나와 함께 열심히 마술 공부에 매진하고 있다.

리엘 레이포드

글렌의 전 동료. 연금술로 고속 연성한 대검을 다룬다. 근접 전투에서 비교할 자가 없는 이색적인 마도사.

알베르트 프레이저

글렌의 전 동료. 제국 궁정 마도사단 특무분실 소속. 신기에 가까운 마술 저격이 특기인 팡장한 실력의 마도사.

엘레노아 샤레트

알리시아의 직속 시녀장 겸 비서관. 하지만 그 정체는 하늘의 지혜 연구회가 제국 정부로 보낸 밀정.

세리카 아르포네아

제국 마술 학원 교수. 글렌의 스승인 동시에 길러준 부모이기도 한 수수께끼가 많은 여성.

Academy

웬디 나블레스

글렌이 담당하는 반의 여학생. 지방 유력 명문 귀족 출신. 자부심이 강하고 권위적인 성격의 세상 물정 모르는 아가씨.

린 티티스

글렌이 담당하는 반의 여학생. 약간 내성 적이고 체격도 작아서 귀여운 동물처럼 보이는 소녀. 자신감이 없어서 고민이 많다.

기블 위즈덤

글렌이 담당하는 반의 남학생. 시스티나 다음가는 우등생이지만 결코 주변과 어울리려 하지 않는 냉소주의자.

카슈 윙거

글렌이 담당하는 반의 남학생. 덩치가 크고 튼실한 체격. 성격이 밝고 글렌에게 호의적이다.

세실 클레이튼

글렌이 담당하는 반의 남학생. 조용한 독서가. 집중력이 높아서 마술 저격에 재능이 있다.

할리 아스트레이

제국 마술 학원의 베테랑 강사. 명문 아스트레이 가문 출신. 전통적인 마술사와는 거리가 먼 글렌에게 공격적이다.

마술

Magic

—

룬어라고 불리는 마술 언어로 구성한 마술식으로 수많은 초자연 현상을 일으키는
이 세계의 마술사에게 지극히 『당연한』 기술.
영창하는 주문의 구절과 마디 수,
템포, 술자의 정신상태에 따라 자유자재로 형태를 바꾸는 것이 특징.

교전

Bible

—

천공의 성을 주제로 삼은 지극히 아동 취향인 옛날이야기로 세계에 널리 퍼져있다.
그러나 그 소실된 원본(교전)에는
이 세계에 관한 중대한 진실이 적혀있다고 전해지며, 그 수수께끼를 좇는 자에게는
어째선지 불행이 닥친다고 한다.

알자노 제국
마술학원

Arzano Imperial Magic Academy

—

약 4백 년 전, 당시의 여왕 알리시아 3세의 주도로 거액의 국비를 투입해서
설립한 국영 마술사 육성 전문학교.
오늘날 대륙에서 알자노 제국이 마도대국으로 명성을
떨치는 기반을 만든 학교이자, 늘 시대의 최첨단 마술을 배우는
최고봉의 교육 기관으로서 주변 국가에 널리 알려져 있다.
현재 제국의 고명한 마술사 대부분이 이 학원의 졸업생이다.

서장 불온

페지테에서의 최종 결전은 한없이 가열되며 격렬해지고 있었다.

혼돈의 도가니처럼 뒤섞인 채 격돌하는 제국군과 하늘의 지혜 연구회.

그리고 페지테를 짓밟기 위해 해일처럼 밀려오는 십만을 넘는 망자의 무리─《최후의 열쇠병단》.

올티무스 클라비스

일방적이고 절망적인 패배의 위기에 몰렸던 알자노 제국군은 이브 디스트레 원수의 기적적인 작전 덕분에 일시적이나마 겨우 비등한 상태를 유지하고 있었지만, 승리를 거머쥐기에는 아직 결정타가 부족했다.

하지만 그것은 이 무모하기까지 한 작전의 여파, 혹은 기적의 대가일까.

전장의 추세는 느리지만 확실히 한쪽으로 기울어가고 있었다.

———————.

그것은 정말 갑작스러운 일이었다.

"……?!"

검을 겨루는 도중 자신의 검에서 뭔가를 느낀 리엘은 반사적으로 옆을 향해 몸을 날렸다.

콰앙!

그러자 엘리에테가 날린 황금색 검광이 페지테 일부를 성대하게 날려버렸다.

무지막지한 충격과 함께 굉음이 울려 퍼지자 보도블록이 쓸려 날아가고 건물들이 터져나갔다.

"커헉!"

간신히 직격은 면했지만, 충격의 여파에 노출된 리엘이 피를 토하며 바닥을 굴렀다.

그래도 피해 자체는 경미했다. 신체능력의 저하도 오차 범위였다.

전투를 속행하는 데에는 지장 없을 터.

"……어, 어째서?"

그런데도 리엘은 바닥에 무릎을 꿇은 채 자신의 손을 멍하니 내려다볼 수밖에 없었다.

여기까지 와서 집중력을 잃은 그 얼굴에는 여느 때의 무표정이 아니라 강한 놀라움이 떠올라 있었다.

"갑자기 검 끝에서…… 내 빛이…… **약해졌어?**"

그렇다. 사실 리엘은 검광의 위력이 급격히 약해진 것을 느꼈던 것이다.

조금 전의 일합은 엘리에테의 검광에 밀릴 것을 본능적으로 깨달았기에 반사적으로 취한 행동이었던 것이다.

리엘이 엘리에테와 잠시나마 호각으로 싸울 수 있었던 것은 오로지 검 끝에서 보이는 검광, 【고독한 황혼】 덕분이었다.

그런데 만약 그 힘을 완전히 잃는다면?

리엘은 전신에서 핏기가 가시는 것을 느끼며 망연자실할 수밖에 없었다.

"뭐가 그렇게 이상해?"

느긋하게 걸어오는 엘리에테가 담담한 목소리로 말했다.

"아까 네가 네 입으로 말했잖아? ……「필요 없다」고."

"……?!"

그리고 굳어버린 리엘에게 다시 천천히 검을 겨누었다.

"기검체(氣劍體)의 일치는 검술의 기본. 그리고 언령에는 힘이 있어. 넌 「검천」에 이를 자격을 얻었는데 스스로 그걸 포기했지. 정말 바보 같은 애네."

"……으……."

"아직 빛이 조금은 「보이나」 본데, 시간문제일 거야. 잘 가렴, 리엘. 이제 그만 끝내자."

그 말을 끝으로 엘리에테는 다시 무아지경을 유지할 수 없게 된 리엘을 향해 한 줄기 바람처럼 달려들었다.

리엘이 당하고 있다.

엘리에테라는 폭풍에 휩쓸려 속수무책으로 당하고 있다.

엘리에테는 수많은 잔상을 남기며 리엘을 난도질했다.

엘리에테와의 전투만을 상정해서 연마한 검술을 구사해 간신히 치명상은 피하고 있지만, 엘리에테가 찰나에 펼친 일격마다 몸에 상처가 새겨지고 피바람이 불었다.

그럼에도 리엘은 이를 악물고 대검을 휘둘러 반격했다.

"리엘…… 리엘!"

그런 역경에 처한 리엘의 모습을 먼 성벽 위에서 카슈를 비롯한 학생들이 간절한 눈으로 바라보고 있었다.

주위는 당연히 전장이었고 성벽에 달라붙어서 기어 올라오는 망자 무리로 인해 조금씩 전선이 밀리는 상황이었다.

그런 와중에 카슈 일행은 몇 번째인지 모를 마력보급 타이밍에 마술을 써서 리엘의 상황을 살핀 것이었다.

"야…… 너희들도 들었지?"

"그래."

카슈의 말에 기블이 침통한 얼굴로 고개를 떨궜다.

"리엘은…… 그녀 나름대로 우리를 위해 필사적으로 싸우고 있었던 거군."

"역시 리엘은 리엘이었어요. ……그런데도 그때 리엘을 조금이라도 두려워한 저 자신이 정말 한심스러워요."

"……웬디."

울먹이는 목소리로 한탄하는 웬디를 테레사가 쳐다보았다.

"그런데도 우린 아무것도 할 수 없어. 어려운 싸움을 하는 리엘을 멀리서 지켜보는 수밖에……."

세실은 원통해했다.

"제길, 이대로는 리엘이……! 대체 어쩌면 좋지?"

"두 번째 열! 보급은 끝났나요? 교대하세요! 앞으로!"

카슈 일행이 그렇게 이를 악무는 가운데 현장 지휘를 맡은 리제가 절박한 목소리로 호령했다.

"망자의 군대가 바로 눈앞까지 다가왔어요! 어서 요격을!"

"제, 제길……!"

위기에 몰린 친구를 위해 아무것도 할 수 없는 스스로에게 분노를 느꼈지만, 그럼에도 지금 해야 할 일을 하기 위해 카슈 일행은 자리를 박차고 일어났다.

————.

이브와 엘레노아의 전투는 어느새 마술학원에서 페지테 시내로 전장을 옮긴 상태였다.

하지만 전투의 흐름 자체는 크게 바뀐 게 없었다.

사령술로 소환한 망자의 압도적인 물량과 원리를 알 수 없는 불사성으로 밀어붙이는 엘레노아를 이브가 능수능란한 불꽃 마술로 막아내기만 할 뿐.

하지만 이브 본인은 전혀 돌파구가 보이지 않는 상황에 점점 조바심을 느끼고 있었다.

'진짜 대체 뭐가 어떻게 돼먹은 거지?'

그녀는 엘레노아의 지시대로 해일처럼 밀려오는 망자들을 업화로 쓸어버리며 생각했다.

'네크로맨시로 소환된 망자는 소위 말하는 리치나 흡혈귀 같은 **불사신**이 아니야. 그랬다면 「정화」가 통했겠지. ……놈들은 소문만큼 「불사신」이 아니니까.'

이미 이그나이트의 비전 【십자성화】를 온갖 방법으로 시험해봤지만, 진조의 흡혈귀에게도 절대적인 효과가 있는 【십자성화】조차 전혀 통하지 않았다. 뼈까지 태워버려도 눈 깜짝할 사이에 재생해버리는 것이다.

아예 재생할 여지조차 주지 않도록 초고열로 먼지 하나 남기지 않고 완전히 태워버려도 소용없었다.

어디선가 어둠이 모여들더니 금세 원래의 모습으로 돌아와 버리는 것이 아닌가.

그렇다면 다음은 봉인이나 속박 마술로 무력화를 시도해 보기로 했다.

하지만 이번에는 주문이 먹힌 시점에서 몸을 검은 안개로 분해해 그 수단 자체를 무위로 돌려버렸다.

그리고 무엇보다 이브가 가장 이해할 수 없는 건 그 과정에서 마술을 쓴 낌새가 전혀 느껴지지 않았다는 점이다. 그녀가 쓰고 있는 건 어디까지나 네크로맨시뿐이었다.

즉, 적어도 이건 인식을 조작하는 환술이나 정신 간섭 계열 마술도 아니라는 뜻이다.

그야말로 완벽한 완전 자동 부활.

그리고 무엇보다 가장 큰 문제는…….

'……할리 선생을 비롯한 마술학원의 강사들과 교수진이 날 위해 마련해준 최신식 네크로맨서용 대응 마술이 전혀 효과가 없었다는 거야.'

그 술식을 쓰면 처음부터 정해진 령주를 통해 간접적으로 지배해서 반자율적으로 움직이는 《울티무스 클라비스》까지는 무리여도 엘레노아가 직접적으로 사용하는 무한한 네크로맨시의 제어권은 강탈할 수 있어야 했다. 그랬다면 이 전투가 이브에게 상당히 유리해졌을 터.

하지만 전투 개시와 동시에 분명히 그 마술이 걸렸을 텐데도 아무런 효과가 없었다.

엘레노아는 변함없이 무한의 네크로맨시를 자기 손발처럼 자유롭게 쓰고 있었다.

그야말로 사면초가. 더는 방법이 없었다.

'큭! 알베르트를 이쪽에 보냈어야 했을까?'

그의 「오른쪽 눈」이라면 이 현상의 정체를 간파하고 파훼할 수 있을지도 몰랐다.

하지만 그 방법은 처음부터 고려할 가치도 없었다.

이브는 알베르트에게 파웰 퓌네의 상대를 맡기는 것이 최선의 선택이라고 확신했기 때문이었다.

그러니 엘레노아는 자신의 힘으로 어떻게든 제압하는 수밖에 없으리라.

'빨리…… 어서 빨리 저 여자를 해치워야 하는데……!'

한시라도 빨리 엘레노아를 쓰러트리고 그녀가 지배하는 《울티무스 클라비스》를 무력화하지 않으면 지금까지 쌓아온 것이 전부 물거품이 되고 말리라.

"후후후…… 강해. 강하시네요, 이브 님."

의미가 없다는 걸 알면서도 이를 악물고 날린 불꽃으로 세상이 붉게 타오르는 가운데, 엘레노아는 치맛자락을 잡아 올리며 우아하게 고개를 숙였다.

"이게 바로 이그나이트의 권속비주【제7원】^{시크릿}…… 확실히 훌륭한 신비군요. 이 지배 영역에서라면 당신은 틀림없는 세계 최강의 마술사 중 한 명이겠죠."

"거참 황송한 찬사네. ……전혀 기쁘진 않지만."

이브는 초조함을 감추기 위해 팔짱을 끼고 엘레노아를 노려보았다.

"그러나 제가 보기에 【제7원】은 대마술…… 소비하는 마력도 상당하겠죠. 이브 님은 이걸 얼마나 유지하실 수 있을까요?"

"큭!"

이브는 분한 눈으로 노려볼 수밖에 없었다.

확실히 적의 네크로맨시는 그야말로 끝이 없었다.

소환한 망자 하나하나는 결코 큰 위협이 되지 못했다. 하지만 그것들이 제한 없이 무한한 무리를 이룰 수 있다는 이야기는 별개였다.

【제7원】이 없다면 그 물량 차이를 버티지 못하고 단숨에 집어삼켜지고 말리라.

'이 엘레노아라는 여자는……'

확실히 눈에 띄는 화려한 강함은 없었다.

강대한 위력을 지닌 대마술이나 신비를 익힌 것도 아니었다.

그녀의 무기는 오직 네크로맨시뿐.

엘레노아가 초일류 마술사라는 건 의심할 여지가 없지만, 세상 전체로 놓고 보면 그녀보다 뛰어난 마술사는 그야말로 쓸어 담을 정도로 많을 터.

하지만 아무리 탁월한 실력의 마술사라도 마력용량(캐퍼시티)에는 한도가 있다. 전투에 쓸 수 있는 마술과 마력에는 한계가 있었다.

아무리 격이 다른 캐퍼시티를 가진 이라 해도 언젠가는 반드시 한계가 찾아오는 법이다.

그렇다는 건 즉.

'이 엘레노아라는 여자는…… 틀림없는 세계 최강의 마술사야.'

무한의 부활.

무한의 망자 소환.

그것만으로도 엘레노아는 그 어떤 마술사를 상대로도 압도적인 승리를 자신할 수 있으리라.

세계 최고의 제7계제 셀렌데 세리카 아르포네아조차 무한이라는 개념 앞에서는 갓난아기나 다름없을 테니까.

"아핫…… 아하하하하하하하하하! 왜 그러시죠? 이브 님! 어째 안색이 나쁘시네요?"

엘레노아는 이번에도 수많은 망자를 소환해서 이브를 향해 돌격시켰다.

"큭! 이게……!"

이브가 불꽃으로 요격하자 세상이 다시 붉게 물들었다.

초고열의 불꽃 폭풍에 집어삼켜진 망자들은 타오르는 불꽃 속에서 흡사 광란의 댄스를 추는 것처럼 사라져 갔지만, 엘레노아는 웃으면서 다시 불 속에 망자들을 밀어 넣었다.

그렇게 불덩이가 된 망자들이 이브에게 손을 내미는 광경은 지옥 같은 악몽 그 자체였다.

"……치잇!"

이를 악문 이브는 다시 강력한 불꽃을 퍼부어서 망자 무리를 쓸어버렸다.

그럴 때마다 다시 소환되는 망자들을 모조리 불살라 버렸다.

'돌파구…… 어떻게든 돌파구를 찾아야 해!'

이브는 생각했다.

쉴 새 없이 마술을 쓰며 생각했다.

'엘레노아의 불사성과 무한의 네크로맨시를 깨트릴 수 있는 방법을……!'

하지만 총명한 그녀의 두뇌로도 전혀 마땅한 방법이 떠오르지 않았다.

지금도 이브의 뇌는 각종 통신 및 정보 전달 마술로 페지테의 전황을 상시 전달받고 있었다.

현재 제국군은 어디 한 곳이라도 무너지면 단숨에 흐름이 적 쪽으로 넘어가는 위태로운 상태였다. 한시라도 빨리 이 엘레노아를 해치우지 않으면 위험하다.

그것이 적지 않은 목숨을 대가로 이 상황을 만들어낸 자신의 책무였지만, 무능한 자신은 아직도 주어진 역할을 완수하지 못하고 있었다.

이런 데서 발목이 잡혀서 귀중한 시간을 낭비하고 있었다.

그리고 이 낭비된 시간이 치명적인 결과로 돌아오는 건 그리 머지않았다.

그렇게 이브의 속을 태우던 불꽃은 어느새 서서히 절망으로 바뀌어 가고 있었다.

─────.

짝짝짝…….

불현듯 뜬금없는 박수 소리가 울려 퍼졌다.

"참으로 훌륭합니다. 아벨."

박수를 보낸 인물의 정체는 하늘의 지혜 연구회 제3단 《천위》【신전의 수령】파웰 퓌네.

그리고 그 찬사의 대상은 그가 소환한 악마군단을 처참한 싸움 끝에 모조리 격파하는 위업을 달성한 알베르트였다.

이곳은 페지테 지하 공동에 존재하는 폐도 멜갈리우스.

깊은 어둠과 고대의 건조물들로 이루어진 그곳에서 벌어진 전투가 일시적으로 중단되자, 파웰은 어깨를 들썩이며 자신을 노려보는 알베르트에게 감탄한 목소리로 말했다.

"그렇습니다. 당신의 그 「오른쪽 눈」. 관찰하고 이해할 수 있다는 것은 다시 말해 **대처할 수도 있다**는 뜻. 아벨…… 인간의 몸으로 용케 그 하늘의 시야에 도달했군요."

"……."

"그건 그렇고……."

아무런 대답도 하지 않는 알베르트 앞에서 파웰은 감격한 표정으로 다시 입을 열었다.

"마침내…… 당신이 이 영역까지 도달했군요. 물론 전 처음부터 당신에게 그만한 자질과 재능이 있다는 걸 알고 있었답니다. 하지만 당신이 실제로 여기까지 성장한 모습을 보니 스승으로선 그저 기쁘기만 하군요. 아벨, 당신은 제 자랑입니다."

"헛소리는 정도껏 해라, 외도."

하지만 알베르트는 약간 짜증스러운 목소리로 내뱉었다.

"내가 네놈의 자랑이 될 이유는 없다. 구역질이 치미는군. 그리고 몇 번을 말해야 알아들을 거지? 난 아벨이 아니라 알베르트 프레이저다."

"……."

"준비해. 여기서 우리의 오랜 악연을 끝내주마."

"……?"

파웰이 잠시 고개를 갸우뚱거린 후.

"허어, 설마 아벨…… 당신, 혹시 절 이길 거라고 생각한 겁니까?"

그렇게 말한 순간.

어둠. 어둠. 어둠.

파웰의 몸에서 지금까지와는 비교조차 할 수 없는 압도적이고 절망적인 어둠이 피어올랐다. 그 존재감이 한없이 거대해졌다.

그를 중심으로 이 세상 전체가 뒤틀리며 일그러지는 환각이 보일 정도로.

"……!"

그 정체를 알 수 없는 힘에 알베르트는 바짝 긴장하며 경계했다.

아무리 파악하려 해도 도저히 바닥이 보이지 않는 파웰의 힘에 등이 식은땀으로 축축해졌다.

"몇 번을 해봐도 마찬가지입니다, 아벨. 당신이 알베르트 프레이저인 한은."

"여기까지 와서 또 선문답인가?"

"선문답이 아닙니다. 그저 단순한 사실이지요."

한 걸음. 또 한 걸음.

무방비하게 양팔을 펼친 파웰이 알베르트를 향해 다가왔다.

"스승으로서 가르침을 내려드리지요. 아벨. 당신은 「약합니다」."

"……?!"

"아니, 조금 어폐가 있겠군요. 당신이 가진 마술사로서의 재능과 기량은 훌륭합니다. 이 세상에서 마도의 업으로 당신과 같은 영역에 선 자는 정말 한 줌에 불과할 테니까요. 그래도…… 당신은 약합니다. 일개 존재로서는 너무나도 나약한 겁니다."

"내가…… 약하다고?"

"예. 그렇습니다."

파웰이 온화하게 웃었다.

"아벨, 당신은 참으로 다정한 아이입니다. 본래 이기심으로 욕망을 관철하고 세계에 자신의 존재를 증명하려 하는 마술사와는 도저히 어울리지 않을 정도로요. 그 증거로…… 진짜 당신은 마음속으로는 절 완전히 미워하는 게 아니지 않습니까?"

"……?!"

"그렇군요. 그 교회에서의 나날…… 당신과 당신의 누나 아리아와 아홉 명의 아이들…… 우리 「가족」이 주님께 기도를 바치며 함께 지냈던 행복하고 따스한 나날은 저도 아직 어제 일처럼 기억하고 있습니다. 예, 당신은 아직도 그 과거를 버리지 못하고 있는 겁니다. 존경하는 자애로운 스승…… 「파울로」가 있었던 그 광경을 완전히 마음속에서 지워버리지 못한 거지요."

"웃기지 마라! 누가……!"

"그래서…… 당신은 「알베르트 프레이저」라는 이름을 쓴게 아닙니까."

"······?!"

그 순간, 얼음처럼 차가운 알베르트의 표정이 처음으로 흔들렸다.

그렇다. 「알베르트 프레이저」는 그의 본명이 아니다.

그것은 과거 알자노 제국에 존재했던 어느 영웅의 이름이다.

평생을 복수에 살고 복수에 죽은 「알려지지 않은 영웅」.

너무나도 잔혹하고 비정한 소행 탓에 위업보다 악명으로 알려진 거짓된 영웅의 이름이었던 것이다.

"아벨. 당신은 미숙하지만 선량합니다. 그건 인간으로선 매우 중요하고 훌륭한 덕목이지요. 하지만 마술사로서는 아닙니다. 그런 식으론 아무것도 이뤄낼 수 없으니까요. 그래서 당신은 거짓된 영웅의 이름을 써서 다른 인간이 되려고 했던 겁니다. 그때까지의 자신과 함께 미숙함을 버리고 비정한 인간이 되려고 했던 겁니다. 나약한 아벨이 아니라 「냉혹한 복수귀」로서요. 하지만 그 또한 어중간했지요. 그 증거로······ 아벨, 그_{알베르트 프레이저} 은 십자가는 뭡니까?"

"······!"

파웰의 지적에 알베르트는 무심코 늘 목에 걸고 있던 은 십자가를 손에 쥐었다.

원래 이건 특무분실의 마도사 예복에 포함되지 않는 물건이다.

실제로 그 외에 은 십자가를 찬 집행관은 한 명도 존재하지 않았다.

이건 어디까지나 그의 개인 소지품이었기 때문이다.

"흐음. 인생을 복수에 바친 그 거짓된 영웅이 사실 신심 깊은 인물이었다는 이야기는 금시초문입니다만? 이제 아시겠습니까? 그 은 십자가야말로 「당신의 나약함」의 상징. 신앙심 깊은 당신의 마지막 보루. 당신의 누나 아리아가 「아벨」에게 준, 그를 그답게 하는 최후의 일선. 예, 당신은 「알베르트」라는 이름을 대면서도 아직 「아벨」을 버리지 못한 겁니다. 그런 어중간한 알베르트 프레이저인 한…… 당신은 절대로 절 이길 수 없지요. 하하하."

"……."

알베르트는 한동안 말없이 바닥을 내려다보았다.

하지만 곧 고개를 들며 선언했다.

"그런 건 처음부터 알고 있었다."

"……."

"네놈이 새삼스레 지적하지 않아도 내가 어중간한 놈이라는 건 잘 알고 있다."

알베르트는 파웰의 말을 긍정하며 생각에 잠겼다.

난 그 글렌 녀석과는 다르다.

그 녀석처럼 길을 잃고, 좌절하고, 슬퍼하고, 주위의 경멸을 받으면서도 흔들림 없이 한 가지 목표에서 시선을 돌리지 않는 건 처음부터 불가능했다.

자신을 얼버무리고, 속이고, 거짓말하고, 연기하는 잔재주에 의지하지 않으면 누나와 가족을 앗아간 원수에 대한 증오심을 끝까지 관철할 수 없었다.

그러니 이렇게 「자신이 아닌 다른 누군가를 연기하는 행위」에만 능숙해질 수밖에 없었던 것이다.

"하나, 그래도…… 난 네놈을 죽이겠다."

맹금류 같은 두 눈이 변함없는 날카로움으로 파웰을 꿰뚫었다.

"이미 죽어버린 「아벨」의 의지가 지금도 절실히 원하고 있군. 거짓된 「알베르트」의 영혼이 외치고 있는 거다. 널 죽이라고. 복수를 달성하라고. 확실히 난 복수귀로서는 어중간해. 하지만 그러하기에 볼 수 있었던 길이, 도달한 경지가 있었던 거다."

"……"

"덤벼라, 파웰. 전투가 어떤 것인지 가르쳐주마."

하지만 파웰은 그 말을 허세라고 받아들인 건지 의미심장하게 웃었다.

"옳거니. 아무래도 그 「오른쪽 눈」에 어지간히 자신이 있는 모양이로군요."

"……"

"확실히 그 「오른쪽 눈」으로 관찰하고 이해한다면…… 제 아무리 저라도 소멸을 피할 수 없을지도 모르지요."

"……."

"하지만 한 가지 충고를 드리겠습니다, 아벨. 그 「오른쪽 눈」을 남용하는 건 그리 추천하지 않습니다. 인간이 이해할 수 있다는 건 그럴 만한 「이유」가 있는 법이니까요. 인간이 이해할 수 없는 영역…… 즉, 「심연」. 「그대가 심연을 들여다 볼 때, 심연 또한 그대를 들여다보게 될 것이다」 억지로 발돋움해서 인간에게 주어진 영역을 벗어난 이치를 이해하려 하는 행위는 뇌와 심신에 큰 부담이 가기 마련입니다. 자칫하면 그대로 목숨을 잃을 수도 있겠지요."

"헛소리……!"

알베르트는 반박하며 「오른쪽 눈」으로 파웰을 응시했다.

"네놈이 얼마나 강대한 마인이나 괴물인지 모르겠지만, 내 「오른쪽 눈」이라면 네놈의 본질을 간파하고 규정할 수 있을 터! 그 악랄한 정체를 백일하에 폭로해주마, 파웰! 그리고 이 시답잖은 악연에 종지부를 찍어주지! 오늘이 바로 외도 마인 파웰 퓌네의 마지막 날이다!"

그렇게 외친 알베르트는 「오른쪽 눈」을 통해 파웰이라는 존재를 정면에서 마주 보았다.

「오른쪽 눈」이 빛을 발하며 그 신비의 힘으로 파웰의 정체를 간파하려 했다.

파웰의 본질로.

그 안쪽으로.

더 안쪽으로.

더더욱 안쪽으로.

한층 더 안쪽으로.

안쪽으로. 안쪽으로. 안쪽으로.

파웰이라는 작은 세계의 끝에서.

그 너머에 펼쳐지는 「심연」까지 들여다본 순간.

————.

————.

————.

보고말았나?

어리석도다……

■■■■■■■■■■■■■■■■■■■■■■■■■■■■■■

■■■■■■■■■■■■■■■■■■■■■■그것은금기의이

름■■■■■■■■■■■■■■■■■■■■■■■■■■■

■■■■■■■■■■■■■■■■■■■■■■■■■■■■■■

■■■■■■■■■■■■■■■■■■■■■■■■■■■■■■

■■■■■■■■■■■■■■■■■■■■■■■■■■■■■■

■■■■■■■■■■■■■■■■■■■■■■■■■■■■■■

■■■■■■■■■■■■■■■■■■■■■금기시된존재■

■■■■■■■■■■■■■■■■■■■■■■■■■■■■■■

■■■■■■■■■■■■■■■■■■■■■■■■■■■■■■

■■■■■■■■■■■■■■■■■■■■■■■■■■■■■■

■■■■■■■■■■■■■■■■■■■■■■■■■■■■■■

■■■■■■■■■■■■■■■■■■■■■■■■■■■■■■

■■■■■■■■■■■■■■■■■■■■■■■■■■■■■■

■■■■■■■■■■■■■■■■■■■■■■■■■■■■■■

■■가로되,기어오는공포■■■■■■■■■■■■■■■■

■■■■■■■■■■■■■■■■■■■■■■■■■■■■가

로되,얼굴없는사악■■■■■■■■■■■■■■■■■■

■■■■■■■■■■■■■■■■■■■■■■■■■■■■■■

■■■■■■■■■■■■■■■■■■■■■■■■■■■■■■

■■■■■■■■■■■■■■■가로되,어둠의남자■■■■
■■■■■■■■■■■■■■■■■■■■■■■■■■■■■■
■■■■■■■■■■■■■■■■■■■■■■■■■■■■■■
■■■■■■■■■■■■■■■■■■■■■■■■■■■■■■
■■■■■■■■■■■■■■■■■■■■■■■■■■■■■■
■■■■■■■■■■■■■■■■■■■■■■■■■■■■■■
■■■■■■■■■■■■■가로되,혼돈의짐승■■■■■■■■
■■■■■■■■■■■■■■■■■■■■■■■■■■■■■■
■■■■■■■■■■■■■■■■■■■■■■■■■■■■■■
■■■■■■가로되,통곡하는암흑■■■■■■■■■■■■
■■■■■■■■■■■■■■■■■■■■■■■■■■■■■■
■■■■■■■■■■■■■■■■■■■■■■■■■■■■■■
■■■■■■■■■■■■■■■■■■■■■■■■■■■■■■
■■■■■■■■■■■■■■■■■■■■■■■■■■■■■■
■■■■■■■■■■■■■■■■■■■■■■■내이름은…….

"~~~~~?!"

알베르트는 반사적으로 「오른쪽 눈」의 관측을 중지하고 뒤로 몸을 날렸다.

아니, **파웰에게서 달아난 것이다.**

"으, 으윽! 헉! 허억! 뭐지? 방금 그건……!"

과호흡 증세를 일으키며 숨을 내뱉었다.

머리가 망치에 맞은 것처럼 고통스러웠다. 영혼이 모조리 빨려 나간 것 같은 허탈감이 전신을 지배했다. 심장이 터질 것처럼 뛰고 온몸에서 식은땀이 폭포수처럼 흘러내렸다. 온몸의 피를 입에서 토해버릴 것만 같았다.

고작 한순간에 정신이 산산이 부서진 것처럼 세상이 흔들려 보였다. 자아와 발밑의 경계가 애매모호했다.

"호오, 저를「봤음」에도 아직 제정신을 유지하다니 놀랍군요. 아벨. 평범한 인간이라면 그 자리에서 폐인이 됐을 텐데 역시 당신은 훌륭합니다."

파웰이 웃음을 터트렸다.

"허허허…… 그렇게 두려워할 필요는 없습니다. 전 그저 하인에 불과하니까요."

"하, 하인……이라고?"

"예. 저는「저」에 비하면 한없이 왜소한 존재에 지나지 않습니다. 심지어 지금의 전「저」와 인연을 끊고 별개로 확립된 존재라「권능」도 크게 제한되어 있지요. 악마 소환술 같은 잔재주를 쓸 수밖에 없는 것도 바로 그 때문입니다. 하지만 저는 분명「저」로부터 태어나 동일한「본질」을 가진 존재이자,「제」가 가진 천 가지 얼굴 중 하나라는 건 틀림없는 사실입니다."

"대체, 넌 무슨 말을 하는 거지……?!"

파웰은 자신을 빈틈없이 노려보면서도 동요를 감추지 못

하는 알베르트에게 거침없이 말했다.

"저는…… 어둠. 만천의 색채가 자아낸, 결코 빛으로 걷어 낼 수 없는 진정한 어둠. 제 본질은 그 어둠보다 깊은 어둠 너머…… 아득한 심연 끝에 있습니다. 그러니 당신이 제 이름과 본질을 이해하는 건 미래영겁 불가능합니다. 당신이 보려 한 것은 질서 없는 무한의 심연. 천 가지 얼굴을 가진 심연 밑바닥에 정착한 존재. 세상의 모든 심연에서 당신에게 기어 오는 순수하고 무구한 「어둠」이니까요."

그 순간.

어둠. 어둠. 어둠.

압도적인 어둠이. 절대적인 어둠이. 절망적인 어둠.

이 세상의 모든 색이 뒤섞여서 탄생한, 순수하고 무구한 혼돈 그 자체인 어둠이.

파웰에게서 흘러나와 세상을 덧칠했다.

세상이 심연 밑바닥으로 가라앉기 시작했다.

"칭찬해드리지요. 제 오랜 지기이자 동맹자인 대도사님을 제외하면 당신은 인간의 몸으로 제 진정한 정체의 편린에 다가선 인류 최초의 인간입니다. 하지만 동시에 이해하셨겠지요? 아벨. 당신을 절대로 절 이길 수 없습니다. 당신이 어중간한 건 인간이기 때문입니다. 인간이기에 고뇌하고, 망설이고, 갈등하는 법. 그런 나약한 감정을 품고 있는 한 당신은 세상의 가장 깊은 곳에 도달할 수 없습니다. **인간인 채**

로는 인간이 아닌 저를 이길 수 없는 겁니다."

"······?!"

「심연 그 자체」^(파웰)의 앞에서 알베르트는 말문이 막혔다.

사실 그도 파웰이 인간이 아니라는 건 눈치채고 있었다.

하지만 아무리 그래도 이건 예상을 아득히 뛰어넘었다.

알베르트가 지금까지 싸워온 모든 난적을 아득히 초월하는, 아니. 초월했다는 말조차 진부하고 허무하게 들릴 정도로 압도적이고, 절망적이고, 절대적인 존재 앞에서.

진정한 「괴물」 앞에서.

알베르트는 결코 굴하지 않고 그 어둠을 응시했지만, 전부 파웰이 말한 대로였다.

어둠이 깊어도 너무 깊었다.

승산이 전혀 보이지 않았다. 예상 밖인 것도 정도가 있다.

이 인외의 괴물 상대로 대체 어떻게 싸우란 말인가.

파웰은 그런 아벨에게 가르침을 내리는 듯 담담한 목소리로 말했다.

"자, 그럼 슬슬 눈치채셨겠지요? 아벨."

"뭘 말이냐."

"절 타도할 방법 말입니다."

파웰이 방긋 웃었다.

"절 타도하려면····· 당신은 인간이기를 포기해야만 합니다."

"······?!"

"당신이 인간이라는 왜소한 그릇을 초월했을 때, 당신이 얻은 그「오른쪽 눈」의 신비는 한층 더 높은 경지로 승화할 겁니다. 이제 아셨겠지요? 아벨. 대도사님이 당신에게 하사한「파란 열쇠」…… 당신이 절 죽이고 싶다면 지금 여기서 그「열쇠」를 쓰십시오."

파웰은 미소 지었다.

무척 따스한 미소였겠지만, 너무나도 깊은 어둠 때문에 얼굴이 제대로 보이지 않았다.

"공교롭게도 그「열쇠」라면 이미 예전에 부숴버렸다만."

하지만 알베르트는 굴하지 않고 대답했다.

"그리고…… 난 인간이다. 네놈 같은 괴물은 되지 않아."

"호오? 이 절망적인 상황에서도 그리 단언할 수 있는 담력은 훌륭하다고 칭찬해드리지요. 하지만…… 아벨, 당신은 정말로 그 열쇠를 파괴한 겁니까?"

"……?"

알베르트가 눈살을 찌푸리자 파웰이 뒷말을 이었다.

"하하하, 아직도 모르시겠습니까? **그 손에 소중히 쥐고 있는 게 대체 뭐냐고 묻고 있는 겁니다만.**"

"……?!"

이해할 수 없는 지적에 한순간 방심했지만, 알베르트는 곧 파웰의 움직임을 경계하면서도 뭔가를 눈치챈 듯 왼손을 펼쳤다.

"말도 안 돼……."

그러자 그곳에는 어느새 자신의 손으로 파괴했을 터인 「파란 열쇠」가 있었다.

"어째서…… 대체 왜? 난 분명 그때……!"

"그 「열쇠」는 자격이 있는 자의 손에서 절대로 떨어지지 않습니다. 그 자격이란 물론 능력과 자질도 있습니다만…… 무엇보다 중요한 건 본인의 「소망」."

"……소망?"

"예. 당신은 이 어중간한 존재인 저를 죽이기를 원했지만…… 사실 인간인 채로는 절대로 도달할 수 없는 목표임을 본능적으로 깨닫고 있었던 겁니다. 절 죽이려면 인간이기를 포기해야 한다고 본능적으로 깨달았던 거지요. 그래서 그 「열쇠」를 완전히 거부할 수 없었던 겁니다. 마음속 어둠 한편에서는 그 「열쇠」의 힘을 원했던 겁니다. 그러하기에 아직도 그 「열쇠」가 당신의 손아귀에 있는 것이지요."

"내가 사실은…… 이 「열쇠」를 원하고 있었다고?"

"예, 그렇습니다."

파웰은 단언했다.

"자, 아벨! 지금이야말로 그 「열쇠」를 사용할 때! 지금 이 순간이야말로 인간을 버리고 인간이 아닌 존재로…… 예, 제가 있는 곳으로 올 때입니다! 망설일 필요는 없습니다! 제가 밉지요? 죽이고 싶지요? 자, 그럼 인간이기를 포기하십시오!

지금 여기서 사랑하는 이들의 원수를 갚는 겁니다! 어서!"

"……!"

알베르트는 그 「파란 열쇠」를 구멍이 뚫릴 정도로 강하게 노려보았다.

확실히 파웰의 말에 틀린 점은 없었다.

그는 알베르트의 예상의 아득히 초월하는 강대한 적이었다.

이대로는 이길 수 없다.

인간인 채로는 이길 수 없다.

아마 **그러할** 터.

그렇다면 인간이기를 포기할 수밖에 없다.

아마 그것도 **그러할** 터.

인간을 그만두지 않는다면 파웰에게 복수할 수 없을 테니까.

"……."

그래서 알베르트는 그 「파란 열쇠」를…….

제1장 가속되는 혼돈

'……역시 이상해.'

돌파구가 보이지 않는 절망 속에서도 이브는 엘레노아와 싸우며 생각을 거듭했다.

아무리 절망적인 상황이라도 마술사로서 생각하는 것을 포기하지 않고 최선을 수를 모색했다.

그녀가 「삼류」라고 매도하는 사내가 늘 실천해오며 강조했던 일을 무의식적으로 실천에 옮긴 것이다. 그래서 포기하지 않고 무턱대고 공세에 나서는 걸 억제할 수 있었다.

덕분에 꽤 오랜 시간이 지났음에도 이브에겐 아직 여력이 있었다.

엘레노아의 마술에 관해 생각할 시간을 벌 수 있었다.

수수께끼의 무한 부활 재생술.

수수께끼의 무한 망자 소환술.

마술이란 법칙에 얽매이는 것. 하나를 얻으면 하나를 잃기 마련.

이건 마술을 고찰할 때 결코 잊어선 안 되는 대전제이자 원칙이다.

언뜻 엘레노아의 능력에는 법칙이 존재하지 않는 것처럼 보였다.

그래서 마술을 뛰어넘은 마법처럼 느껴지기까지 했다.

하지만 이브는 마침내 눈치챌 수 있었다.

무한 부활. 무한 망자 소환. 이 두 가지 능력이 너무나도 위협적이고 강대한 탓에 머릿속으로는 알고 있었지만, 의식하지 못했던 위화감을. 그녀가 놓치고 있었던 유일한 법칙성을.

그게 정말 법칙이라고 할 수 있을지 의문이었지만, 그래도 공통점이 있는 건 틀림없었다.

그것의 정체는……

'……**여성**. 무한히 부활하는 엘레노아는 **여성**이고 무한히 소환되는 망자도 전부 **여성**. 역시 엘레노아의 능력에는 명확한 법칙이 존재해. 법칙이 존재한다면…… 그건 마법이 아니야. 마술이지.'

사전에 준비한 십만을 넘는 《울티무스 클라비스》의 망자들은 일단 제외하고, 엘레노아가 이 자리에서 소환한 망자는 단 하나의 예외도 없이 전부 여성이었다.

하나같이 썩어 문드러진 탓에 대충 보면 파악하기 어렵겠지만, 그 점은 확실했다.

엘레노아와 엘레노아가 소환한 망자들.

그녀의 무적의 능력을 고찰하기 전에 일단 먼저 제대로 조사해볼 필요가 있었다. 이런 위기 상황 속에서도 냉정하게 그런 결론을 내린 이브는 엘레노아와 사투를 벌이는 와중에도 몰래 한 가지 주문을 영창했다.

————.

"아하하하하하하하하! 아하하하하하하하하하하하하하하하하!"

전장에 울려 퍼지는 낭랑한 웃음소리.

"치잇!"

이브가 혀를 차는 동시에 일으킨 홍련의 열파가 도시를 새빨갛게 비추었다.

역시 둘의 전투는 완전한 고착 상태였다.

엘레노아가 끝없이 소환하는 망자들이 대열을 갖추고 해일처럼 밀려들었다.

"하아아아아아아아앗!"

이브는【제7원】으로 그 망자들을 요격했다.

강대한 불꽃이 하늘과 땅을 태우고 망자로 이루어진 해일을 엘레노아와 함께 불살랐지만, 역시 엘레노아는 그 자리에서 즉시 육체를 재생했다.

"이힛! 우후훗! 아하하하! 아하하하하하하하하하하하하!"

그리고 새로운 망자를 다시 끝없이 불러냈다.

"이게!"

이브도 굴하지 않고 왼손을 들어 불꽃을 일으켰다.

이미 엘레노아가 망자를 소환하는 페이스는 상식을 벗어나 있었다.

상대가 【제7원】을 쓸 수 있는 이브가 아니었다면 벌써 결판이 났으리라.

전황은 언뜻 보기엔 호각이었지만, 아무리 이브라도 캐퍼시티가 「무한」하지는 않았다.

"우홋! 우후후후후…… 왜 그러시죠? 이브 님. 꽤 괴로워 보이시는데요?"

"헉…… 헉…… 후우…… 후우! 큭……."

이마에 구슬땀을 흘리며 결국 거칠어진 호흡을 정돈하면서도 썩은 살로 된 벽 너머에서 여유 있게 서 있는 엘레노아를 노려보았다.

"《진홍의 염제여》!"

그리고 기백으로 불꽃을 일으켜서 과감하게 공세에 나섰다.

'슬슬 알 것 같아. 저 능력의 정체를……!'

하지만 속으로는 전투 중에 입수한 「어떤 정보」를 음미하며 생각을 정리했다.

'네크로맨시는 기본적으로 본인이 계약한 시체에 일시적인 생명을 불어넣어서 소환하고 사역하는 마술. 그래서 난 싸우면서 엘레노아와 소환된 망자들 사이에 「성별」을 제외한 공통점은 없는지 마술로 조사해봤어. 그래. 그녀들의 진 코드를……'

진 코드란 인간의 육체를 구성하는 설계도다. 영혼의 파장인 혼문과 마찬가지로 개개인마다 정해진 형태와 배열이 있기에 동일한 코드는 세상에 존재하지 않았다.

그것을 조사하는 것 자체는 머리카락 한 올, 혹은 피 한 방울만 있어도 가능하다.

그래서 이브는 전투 중에 망자들의 진 코드를 몰래 채집했다.

그중에서도 엘레노아 본인의 진 코드를 입수하는 건 쉬운 일이 아니라 조금 시간이 걸리긴 했어도 간신히 성공했다.

'······세상에, 믿을 수가 없어. 엘레노아와, 그녀가 소환한 여성형 망자들의 육체를 구성하는 진 코드의 배열은 **전부 일치해.**'

하지만 결과는 경악스러웠다.

개개인 고유의 것이어야 할 진 코드가 완전히 일치한다는 건 즉, 엘레노아와 망자들이 완전히 동일한 존재라는 뜻이다.

확실히 그런 시점으로 보면 망자들의 외견 자체는 썩어 문드러진 탓에 자세히 파악하기는 어려워도 키와 골격과 움직임은 전부 엘레노아와 흡사했다.

구체적인 방법은 알 수 없지만, 엘레노아가 「죽은 본인의 시체를 대량으로 소환해서 사역한다」는 사실만큼은 확실했던 것이다.

'이게 대체 어찌 된 노릇이지······?'

수수께끼가 하나 풀리나 싶더니 또 새로운 수수께끼가 앞을 가로막았다.

분명 백금술(白金術)이라면 본인의 클론을 만드는 것 자체는 가능할 터.

클론은 생명이 없는 인형이지만, 그걸 네크로맨시로 조종하는 건 충분히 가능하리라.

'하지만 그렇게까지 해야 할 이유가 전혀 없어. 클론 하나를 만드는 데 얼마나 많은 자원과 수고와 시간이 드는지 알기나 해? 그걸 이렇게 대량으로, 무한에 가까운 수를 갖추는 건…… 절대로 무리야.'

무엇보다 대량의 시체가 필요하다면 묘지나 전장을 뒤지는 게 훨씬 더 쉽고 빠르다. 원래 네크로맨시란 그런 시체들을 효과적으로 활용하기 위한 마술 체계였기 때문이다.

'이것들이 평범한 클론일 리 없어. ……그럼 뭐지? 대체 왜 엘레노아와 동일 존재인 건데.'

역경 속에서도 생각을 멈추지 않는 이브의 사고가 거기까지 도달한 순간.

무한히 부활하는 **엘레노아**.

무한히 소환되는 죽은 **엘레노아**.

새롭게 판명된 법칙이 이브의 머릿속에 잠들어 있던 어떤 기억을 일깨웠다.

'그러고 보니…….'

전에 글렌과 알베르트가 고대 유적 도시 마레스에서 사투를 벌이게 된 계기였던, 『에테르 괴리증』이 발병한 리엘이 쓰러졌을 때의 일이었다.

당시의 이브는 그녀 나름대로 리엘을 구하기 위해 다양한 연줄과 정보망을 이용해서 에테르 법의학에 관한 참고문헌과 연구논문을 수집했었다.

최종적으로는 일반적인 법의 치료로 리엘을 구하는 건 불가능하다는 결론을 내리고 『시온 라이브러리』의 세피라 맵을 확보하는 쪽으로 움직이게 됐지만, 그때 수집한 자료 중에 있었던 하나의 기묘한 논문이 바로 지금 이 순간 떠오른 것이다.

'지금으로부터 250년 이상 전이었던가? 꽤 오래된 논문이었는데.'

그 논문의 주제는 「기사(旣死)체험에 의한 죽음의 초월법」.

육체와 영혼의 등가 대응성과 영혼의 본질적인 불멸성 등을 이용한 마술이론으로, 짧게 요약하자면 『술자 본인이 이미 경험한 적 있는 죽음을 없었던 일로 만든다』는 것이었다.

'확실히 마술이론상 그리 복잡한 이야기는 아니야. 예를 들어 사람이 날붙이에 찔려 죽으면 그 사실이 세계에 기록되고 육체는 붕괴, 영혼은 『섭리의 원환』으로 돌아가. 이것이 바로 인간의 「일반적인 죽음」. 하지만 그 죽음을 경험한 영혼을 모종의 방법으로 이 세계에 묶어둘 수 있다면? 그리고 그 인물을 다시 완전히 똑같은 방법으로 찔러 죽인다면 어떻게 될까? 그 인물은 이미 **날붙이에 찔려 사망했어**. 그건 이미 세계에 기록돼서 남아 있는 엄연한 사실이야. 세계는 모순을 용납하지 않아. 그러니 그 완전히 똑같은 두 번째 죽음은 세계의 의지가 없었던 일로 만들겠지. 그럼 동일 인물에게 다양한 사인(死因)을 망라해서 전부 경험하게 하면…… 완전한 불사성이 성립한다는 이론이었을 터.'

결론부터 말하자면 불가능한 일이었다.

논의할 가치조차 없는 터무니없는 이론이었다.

『섭리의 원환』으로 돌아가서 「완전한 죽음」을 경험한 영혼을 이 세계에 붙들어놓는 것 자체가 이미 불가능한 일이었고, 그 이론대로 따지면 완벽하게 동일한 사인이 아니면 죽음을 없었던 일로 만들 수 없기 때문이다. 그리고 한 개인에게 모든 사인을 경험하게 하는 것 또한 다양한 의미에서 불가능한 일이었다.

실제로도 그 이론은 당시 제국 마술학회의 웃음거리가 됐다는 모양이다.

이브 자신도 훑어보기는 했지만, 대충 웃어넘기고 지금 이 순간까지 까맣게 잊고 있었을 정도였다.

'그렇지만 뭔가가 걸려. ……죽음을 없었던 일로 만드는 엘레노아와, 그런 그녀와 동일 존재인 망자들 사이에서 뭔가가……'

그리고 이브의 기억이 정확하다면 그 논문에 기재된, 그 터무니없는 이론을 제창했던 이의 이름은 분명……..

'……리발. 리발 **샤레트**.'

샤레트는 제국에서 그리 드물지 않은 일반적인 성이다.

실제로 이브가 소속된 제국군이나 마술학원 학생들 중에서도 샤레트라는 성을 쓰는 사람이 한둘이 아니었다.

'하지만 엘레노아 **샤레트**…… 이게 우연일까?'

퍼엉!

이브는 다시 서너 차례 불꽃을 일으켜서 쉴 새 없이 밀려드는 망자 무리를 불태웠다.

열파가 주위를 통과했지만, 계속 마력을 소모해야 하는 이브의 표정은 시시각각 고통스럽게 일그러지고 있었다.

"아하하하하하하하! 아하하하하하하하하하하!"

엘레노아의 웃음소리가 점점 커졌지만, 이브는 그녀에게서 시선을 돌리지 않고 계속 불꽃을 날렸다.

망설일 틈은 없었다.

'각오를…… 다지는 수밖에!'

그리고 이브가 움직였다.

"하아아아아아아아아아아아아아아아아아앗!"

왼팔을 날카롭게 휘두르며 일으킨 그 불꽃은 여태까지의

모든 것을 불태우는 파멸적인 폭염이 아니었다.

뱀처럼 휘감기는 이 불꽃의 정체는 흑마(黑魔)【플레임 바인드】.

그것이 엘레노아의 몸을 칭칭 옭아매며 움직임을 완전히 봉쇄했다.

"어머나, 뭘 하시려나 싶더니."

하지만 그녀는 몸이 불꽃에 타들어 가면서도 여유 있는 표정을 잃지 않았다.

"소용없답니다. 이래 봤자⋯⋯."

"맞아. 이 공격 자체는 소용없을지도 모르지. 어차피 당신은 곧바로 안개로 분해돼서 속박을 벗어날 테니까. 하지만⋯⋯."

이브는 왼손 검지 끝에 작은 불꽃을 피웠다.

그리고 그 불꽃을 사이에 두고 엘레노아의 눈을 들여다보았다.

"그 마술은⋯⋯?"

"비전 【화환술】. 이그나이트가 자랑하는, 불꽃의 일렁임을 이용한 정신 지배 마술이야. 불꽃에는 이런 사용법도 있거든."

"어머, 혹시 고작 그런 걸로 제 정신을 파괴할 생각이셨나요? 후후후, 어디 한번 해보세요. 그래봤자 전⋯⋯."

여유가 넘치는 엘레노아에게 이브는 그녀의 마음속을 들여다보는 것처럼 눈을 가늘게 뜨고 말했다.

"지금부터 이 마술을 나와 당신에게 동시에 걸 거야."

"……예?"

"두 사람의 의식과 정신을 이 마술로 동조시켜서…… 미안하지만, 난 당신의 속마음을 들여다볼 거야. 당신의 옛 기억에서 확인해야 할 게 있거든."

"아……."

이것이 바로 이브의 마지막 수단이었다.

정신 지배 마술로 타인과 자신의 의식과 정신을 동조시키는 건 절대로 해선 안 되는 금기 중의 금기다. 지극히 위험하기 짝이 없는 자살 행위였다.

그것은 아무런 안전줄도 없이 심연 밑바닥을 들여다보는 것과 다름없는 짓으로, 자칫하면 대상의 심층 의식이라는 이름의 나락에 빠진 뒤에 서로의 의식 경계가 사라져서 두 번 다시 원래 몸으로 돌아올 수 없게 되기 때문이다. 그렇게 되면 폐인이 되는 건 확정이다.

하지만 남은 건 이 방법밖에 없었다.

'엘레노아가 아는 조직의 핵심적인 비밀 정보에는 강력한 봉인이 걸려 있겠지. 하지만…… 그 외의 정보는 아닐 거야. 예를 들면 그녀의 과거. 불사성의 비밀은 분명 거기에 있을 터…….'

각오를 다진 이브가 조용히 집중력을 끌어올리며 주문을 영창하려 한 순간.

"우, 웃기지 마아아아아아아아아아아아아아아아아아아

아아아아아아아아아아아아아아아아아아아아아아아!"

넋을 잃은 채 굳어 있었던 엘레노아가 갑자기 태도를 바꿔서 격노했다.

여태껏 여유 있는 태도를 고수하던 그녀가 처음으로 크게 동요한 것이다.

하지만 이브는 흔들리지 않고 담담한 목소리로 말했다.

"나도 타인의 마음을 들여다보는 건 솔직히 내키지 않아. 하지만 당신의 불사성과 무한의 네크로맨시의 비밀이 당신의 과거에 있다는 건 이미 명백해. 그 비밀을 밝히지 않으면 이 페지테가…… 제국이 멸망할 거야. 그러니……."

그러자 엘레노아가 한층 더 높은 목소리로 절규했다.

"웃기지 마! 웃기지 말라고! 날 들여다보지 마! 들춰내지 마! 이 썩어빠진 음험한 창녀야아아아아아아아아아아!"

심상치 않은 기세로 발광했다.

"으아아아아아아아아아아아아아아아아아아아아아아아아아아아아아아아아아!"

그리고 불꽃에 묶인 채로 사상 최대급 규모의 망자를 전방위로 소환해 이브를 공격하게 했다.

"하아아아아아아앗!"

하지만 이브가 일으킨 불꽃 앞에선 소용없었다.

그리고 그녀는 동시에 【화환술】을 쓰기 위해 마력을 끌어 올렸다.

"아, 아아아아아아…… 안 돼! 들여다보지 마! 보면 안 돼! 나를…… 날 보지 마아아아아아아아아아아아아아아!"

냉정하게 마술을 완성한 이브는 눈에 보이게 당황하는 엘레노아를 향해 가차 없이 외쳤다.

"【화환술】!"

그러자 검지에 깃든 환상의 불꽃이 크게 일렁였고, 불꽃의 빛이 주위를 새하얗게 물들였다.

이브는 그 불꽃의 통해 엘레노아의 심연을 들여다보았다.

그렇게 동조한 두 사람의 의식 앞에 펼쳐진 광경은…….

————.

콰득!

주위에 건조한 소리가 울려 퍼졌다.

"아벨?"

이럴 리 없다는 듯 고개를 갸웃거리는 파웰 앞에서.

"……."

말없이 고개를 떨구고 있던 알베르트는 손에 힘을 강하게 줘 「파란 열쇠」를 파괴했다.

"파웰. 나에게…… 이딴 열쇠는 필요 없다."

그리고 「파란 열쇠」의 잔해를 바닥에 털어버리고 파웰을 똑바로 응시했다.

"대체 왜? 그게 아니면 당신은 복수를 이룰 수 없을 텐데요?"

"그래, 그 말대로겠지. 하지만 난…… 아니, 굳이 말로 할 필요는 없나."

뭔가 말하려던 알베르트는 입가를 끌어올리며 웃었다.

"……흥. 전투속행이다. 파웰."

다시 전투태세를 취했다.

"확실히 넌 내 예상을 아득히 뛰어넘는 강대한 존재더군. 실제로 내 승산은 이제 제로에 가깝겠지. 그래도 이기는 건 나다."

"……아벨. 당신은 정말이지……."

파웰이 유감스러운 얼굴로 뭔가 말하려 한 순간.

"으아아아아아아아아아아아아아아아아아아아!"

별안간 새하얀 섬광이 알베르트의 머리 위에서 수직으로 내리꽂혔다.

"……?!"

반사적으로 뒤로 물러났지만, 조금 전까지만 해도 서 있던 곳에 성대하게 폭발했다.

폭풍 속에서 펼치는 세 쌍의 날개. 눈처럼 흩날리는 순백의 깃털.

"아아, 열받아! 진짜 화가 나서 못 참겠네……!"

뭉게뭉게 피어오르는 모래 먼지 속에서 모습을 드러낸 것은 성 엘리사레스 교회의 《전천사》 루나 프레아였다.

지면을 터트린 검을 뽑아 든 그녀는 악귀 같은 표정으로 알베르트를 노려보았다.

"하하! 다 들었어! 알베르트 프레이저. 당신. 나한테 거만하게 실컷 설교를 늘어놓더니, 뭐? 결국 당신도 나랑 똑같은 복수귀였잖아! 그런데 어디서 감히……!"

"……."

"그리고 말했을 텐데? 날 방해하지 말라고! 그런데 뭘 멋대로 시작하는 거야? 파웰은 내 사냥감이야! 그런데도 끼어들겠다면 당신부터 베어버리겠어!"

"칫, 멍청한 녀석."

알베르트는 혀를 찰 수밖에 없었다.

"파웰과의 역량 차를 따지기 이전에 지금의 넌 언급할 가치도 없어. 어서 여기서 물러나."

"닥쳐! 닥쳐! 닥쳐! 평범한 인간이…… 《전천사》인 나한테 말대답하지 말라구!"

격노한 루나가 알베르트를 향해 양손으로 검을 휘둘렀다.

그러자 압도적인 법력(法力)이 검 끝에서 빛의 칼날로 변해 방출되었다.

"……."

하지만 알베르트는 미동조차 하지 않았다.

「오른쪽 눈」으로 그 법력의 흐름을 이해하고 손가락 하나로 분해해버렸다.

"앗?! 이게 감히 막아? 그래, 이제 됐어! 파웰을 죽이기 전에 건방진 당신부터 죽여버리겠어!"

그렇게 외친 루나가 짐승처럼 덤벼들었다.

천사의 무시무시한 완력으로 휘두른 검으로 헤아릴 수 없는 수의 검격이 찰나에 펼쳐졌다.

"칫!"

인간의 반응 한계를 아득히 뛰어넘는 루나의 연속 참격을 알베르트는 「오른쪽 눈」으로 간파해가며 피했다.

저래 봬도 《전천사》이기 때문인지 루나의 공격은 「오른쪽 눈」을 쓰지 않으면 완전히 피할 수 없었다.

'이 여자…….'

그리고 공격을 피하며 루나를 쳐다보았다.

그녀는 이미 제정신이 아니었다.

미칠 듯한 분노와 증오가 타오르는 공허한 눈에서는 한 줄기 눈물이 흘러내리고 있었다.

이젠 그녀 자신도 뭘 어떻게 해야 좋을지 모르겠는 것이다.

아마 파웰에게 가장 사랑하는 이를 빼앗긴 슬픔과 분노와 괴로움 끝에 이런 행동을 보일 수밖에 없었던 것이리라. 이런 식으로밖에 감정을 발산할 수 없는 것이리라.

이렇게 전력을 다해 날뛰는 것밖에 그 메말라버린 감정을 치유할 방법이 없는 것이리라.

'……그 심정은 나도 **잘 알아**.'

알베르트는 그녀의 공격을 담담하게 피하면서 생각했다.

'하지만 이래선 안 돼. ……**이 앞에는 아무것도 없을 테니까**.'

그게 무엇인지는 굳이 말로 할 필요도 없었다.

유사 이래 줄곧 누군가가 주장해왔을 단순 명쾌한 진리였으니까.

—복수는 아무것도 낳지 않는다.

하지만 알베르트도 복수 자체를 부정하는 건 아니었다. 미래로 나아가기 위해 과거에 매듭을 짓는 의미에서 복수가 필요할 때도 있었으니까.

하지만 복수 자체가 살아가는 이유나 목적이 돼선 안 된다.

알베르트는 루나를 비웃을 수 없었다.

자신도 만약 그 남자를 만나지 못했다면 어땠을까.
^{글렌}

증오스러운 원수 앞에서 이렇게 무턱대고 날뛰는 루나의 모습은 어쩌면 존재했을지도 모르는 또 다른 자신처럼 느껴졌기 때문이다.

정작 원수는 여기 있는데 자기들끼리 싸우기 시작하자 파웰이 웃음을 터트렸다.

"하하하! 이거 참 유쾌한 상황이로군요! 루나, 여기서 당신이 올 줄은 상상도 못 했습니다."

"닥쳐! 거기서 목 닦고 기다리기나 해! 이 남자 다음엔 너니까, 퓨너럴!"

"흠, 고집스럽게 불가능에 도전하는 그 의기는 좋습니다. 칭찬해드리지요."

파웰이 짝짝짝 손뼉을 쳤다.

"뭐, 당신 따위가 지금의 아벨을 이길 수 있을 리 없지만 말입니다."

"닥쳐어어어어어어어어어어어어어어어어어!"

루나가 한층 더 격분했지만, 파웰은 전혀 개의치 않았다.

"흐음, 원래대로라면 당장에라도 목적을 달성해야겠지만⋯⋯ 모처럼 배우들이 전부 모였는데 그런 흥이 깨지는 짓을 할 수는 없지요. 이 무대에 어울리는 연출이 필요하겠군요."

파웰이 복잡한 수인을 맺자, 다시 불온한 마력이 일렁이며 소환문 두 개가 단숨에 그려지기 시작했다.

알베르트조차 오한이 드는 불길한 소환 법진이었다.

"치잇!"

루나도 경계할 수밖에 없었는지 공세를 멈추고 뒤로 물러나 파웰에게 검을 겨누었다.

"다, 당신⋯⋯ 대체 무슨 짓을 하려는 거야?"

"글쎄요? 이 세계에서의 제 직업은 『악마 소환사』. 악마 소환사가 할 일이라곤 하나밖에 없지 않겠습니까?"

파웰이 일으킨 마력은 지금까지와 차원이 달랐다.

여태 그가 소환한 악마들과 「격이 다른 존재」가 출현하는 건 의심할 여지가 없으리라.

"큭?!"

알베르트가 「오른쪽 눈」으로 그 술식을 이해하고 분해하려 했지만, 이미 늦었다.

소환술이 완성되고 허공에 두 개의 문이 열렸다.

그리고 나온 것은 전신에서 세상 그 자체를 파괴해버릴 듯한 폭력적인 마력을 내뿜는 두 악마였다.

막을 새도 없이 알베르트와 루나 앞에 강림한 악마들을 양쪽에 거느린 파웰이 자랑스러운 표정으로 말했다.

"어떻습니까. 이들이야말로 악마 소환사로서의 제 최고 전력. 어디 마음에 드셨는지요."

그리고 그 악마들을 본 순간.

"……?!"

알베르트는 경악해서 굳어버릴 수밖에 없었다.

"거, 거짓말…… 어떻게?"

루나도 힘없이 검을 바닥에 떨구며 넋을 잃었다.

파웰이 새로 소환한 악마들이 지금까지 상대해온 악마들과 차원이 다른 존재감을 드러냈기 때문이 아니었다.

한쪽은 등에 검은 날개가 달린 데다 검고 요염한 웨딩드
레스 차림에 적색과 청색의 쌍마창을 가냘픈 두 팔로 거머
쥔 여성형 악마였고.

다른 한쪽은 칠흑색 외투와 갑주 차림에 거대한 흑색 마
검을 든 남성형 악마였다.

둘 다 어이가 없을 정도로 폭력적인 마력이 전신에서 흘러
넘쳤고, 마주친 상대의 영혼을 송두리째 파괴할 듯한 절망
적인 압박감을 자아내고 있었다.

이것만 놓고 보면 그저 강하기만 한 악마이리라.

하지만 문제는 저 악마들의 모습이…….

―――――.

뚝, 뚝, 뚝…….

검 끝에서 흘러내리는 피.

뚝, 뚝, 뚝…….

아래를 향한 공허한 눈.

엘리에테가 검을 든 채 지면을 내려다보고 있었다.

그곳에는 자신이 만든 피 웅덩이에 널브러진 채 전신이 난
도질당한 리엘의 처참한 모습이 있었다.

지금 자그마한 그녀의 몸에 칼자국이 새겨지지 않은 곳은
단 한 군데도 없었다.

수없이 반복한 이미지 트레이닝 덕분인지 저번처럼 팔다리가 날아가지는 않았지만, 출혈량이 너무 심각했다. 그야말로 파리 목숨이었다.

튼튼한 마조인간(魔造人間)임을 감안해도 이미 치사량이었다.

"으…… 아…… 아아……."

이젠 몸에 힘이 들어가지 않는 건지, 혹은 마력을 짜낼 수 없는 건지 리엘의 손에서 떨어진 대검이 분해됐고 그녀의 손은 공허하게 피 웅덩이 위를 헤맬 뿐이었다.

지금 그녀는 피를 너무 많이 흘린 탓에 눈도 보이지 않는 상태였다.

"약해."

엘리에테는 그런 리엘을 향해 분노가 배어 나오는 음색으로 말했다.

"약해…… 약하다구! 너무 약하잖아!"

짜증을 내며 발을 동동 굴렀다.

"어째서? 대체 왜? 넌 왜 그렇게 약한 건데?!"

"으…… 아……."

"아니야! 이게 아니잖아?! 넌 나랑 똑같은 「검천」의 영역에 선 검사야! 그런 네가 고작 이 정도일 리 없어! 사실 넌 더 강했을 거야! 강하지 않으면 안 돼!"

"……."

"모처럼 나랑 비슷한 수준일지도 모르는 검사를 찾았는데…… 난 너랑 검을 겨뤄서 더 높은 경지에 도달할 줄 알았는데…… 기대했는데…… 이런 결말은 너무하잖아아아아아!"

엘리에테는 너무 화가 난 나머지 눈물조차 글썽이며 하늘을 향해 통곡했다.

"역시 넌 「쓸데없는 부분」이 너무 많아. 있지. 나 눈치챘다?"

그렇게 한차례 분노를 터트린 후 성벽 쪽으로 시선을 돌렸다.

"너랑 싸우는 도중에 내가 검광을 날렸을 때…… 우연히 저쪽으로 날렸을 때…… 그때만큼은 너도 기를 쓰고 그걸 막더라?"

"으……."

그 말에 반응한 리엘의 몸이 가늘게 떨렸다.

"그래서 눈치챘어. 네 「쓸데없는 부분」이 저기 있는 거지?"

오싹!

엘리에테가 망가진 미소를 지었다.

"네가 약한 건 역시 검으로서는 「쓸데없는 부분」이 많아서야. 그러니 지금부터 내가 네 대신 그걸 제거해줄게."

"……!"

"네가 쓸데없는 걸 전부 제거했을 때…… 넌 분명 한 자루 검으로서 완전히 완성될 거야. 맞아. 그냥 처음부터 이럴 걸 그랬어."

덥석!

엘리에테가 시선을 내리자 조금 전까지만 해도 움직이지도 못했던 리엘이 그녀의 발목을 움켜잡고 있었다.

"용서…… 못, 해…… 그, 그것만은…… 절대…… 절대로……."

하지만 엘리에테는 망가진 미소를 띤 채 그대로 리엘을 걷어찼다.

"……커, 헉?!"

갈비뼈가 몇 개나 부러지며 속수무책으로 바닥을 굴렀다.

"그러니까 **그런 감정을 갖는 게** 문제라고. 왜 이렇게 말귀가 어두운 걸까?"

"콜록! 쿨럭! ……아, 으아, 아아아……!"

엘리에테는 피를 토하며 괴로워하는 리엘에게 다가가더니 멱살을 잡고 들어 올렸다.

"아…… 으아……."

완전히 축 늘어진 그녀의 몸은 넝마처럼 흔들리기만 할 뿐이었다.

"팔다리는 안 자를게. 난 아직 너랑 또 검을 겨루고 싶으니까."

"으으……."

"자, 가자! 리엘. 너라는 검을 네가 멋지게 완성해줄 테니까! 아아, 네가 어떤 검이 될지…… 벌써부터 기대되는걸!"

그렇게 리엘을 한 손에 든 엘리에테는 산책하는 듯한 걸음걸이로 걷다가 하늘을 향해 도약했다.

"리엘은 어떻게 됐어!"

"모, 모르겠어요! 놓쳤어요!"

페지테 성벽 위에서 망자 무리와 맞서 싸우다 다시 전열을 교대한 카슈 일행이 리엘과 엘리에테의 행방을 찾기 위해 시내를 살핀 바로 그 순간.

갑자기 뭔가가 착지하는 불길한 소리가 들렸다.

그 구역을 지키던 2학년 2반 학생들은 일제히 그쪽으로 시선을 돌리자마자 경악했다.

"⋯⋯아⋯⋯."

그곳에 고풍스러운 기사복을 차려 입은 푸른 머리 소녀가 서 있었기 때문이다.

그들이 잘 아는 소녀와 똑같은 용모였지만, 누구나 한눈에 다른 사람이라는 걸 알 수 있는 소녀.

그녀는 넝마나 다름없는 꼴로 피범벅이 된 그들이 잘 아는 소녀를 손에 들고 있었다.

그리고 거기서 흘러내린 피가 성벽 위의 돌바닥을 쉴 새 없이 두드리고 있었다.

"⋯⋯거, 《검의 공주》⋯⋯ 엘리⋯⋯에테⋯⋯?"

"리, 리엘⋯⋯."

모두가 아연실색한 가운데, 엘리에테는 완전히 축 늘어진 리엘을 바닥에 아무렇게나 내던졌다.

"응. 그럼 리엘. 넌 거기서 제대로 지켜보는 거다?"

"……."

리엘은 뭔가 하고 싶은 말이 있는지 입술만 희미하게 떨 뿐이었다.

"……자, 그럼."

그리고 리엘에게서 등을 돌린 엘리에테는 주위의 학생들을 둘러보았다.

"너, 너어……?! 리엘한테 무슨 짓을 한 거야!"

카슈가 분노에 몸을 떨며 외쳤다.

"자, 잘도 리엘을! 용서 못 해요!"

"리엘, 지금 구해줄게!"

그러자 용기를 얻은 웬디와 테레사를 시작으로.

"가자! 포위해! 해치워버려!"

"일제히 공격하면……!"

2반 학생들이 일제히 왼손을 들고 주문을 영창하려 한 순간.

"아. **움직이지 마.**"

그 한 마디를 시작으로 엘리에테의 존재감이 급격히 팽창했고, 흡사 대기를 터트릴 듯한 그 위압감에 전원의 움직임과 호흡이 강제로 정지되었다.

"으…… 아……."

"아아, 아아아아아……!"

그 자리의 모두가 공포에 질리며 절망했다.

엘리에테는 그저 가만히 서 있을 뿐이었지만, 거인 같은 존재감이 이 자리의 모든 것을 집어삼킨 것이다.

'모, 못 움직이겠어! ……이젠 나도 알아. 지금 움직이면……
죽어!'

'……수, 숨을…… 못 쉬겠어. 심장 박동도 정상이 아니……'

카슈와 기블이 호흡 곤란으로 헐떡였고.

'이, 이게 바로…… 그 영웅 엘리에테라는 건가요?'

'이런 상대와…… 싸우고 있었던 거야?'

'……저, 저 꼬맹이가…… 못 당할 만해!'

학생 중에서는 상위 실력자인 리제와 레빈과 자일도.

'거짓말이지? 이, 이런 놈을 이길 수 있을 리가……'

'없잖아요……'

'노, 농담이 너무 심하네요.'

콜레트와 프랑신과 지니마저 손가락 하나 까딱하지 못했다.
온몸에서 식은땀을 철철 흘리며 떨고만 있을 뿐이었다.

"응. 그 반응을 보고 알았어. 너희가 리엘의 「쓸데없는 부
분」이구나?"

엘리에테가 방긋 웃었다.

"너희가 있어서 리엘이 아직까지 「무딘 칼」인 거야. 정말이
지…… 너희 같은 평범한 인간이 천재의 발목을 잡아서야
쓰겠냐구."

"그, 그게 무슨……?"

카슈 일행은 진심으로 그녀가 무슨 말을 하는지 이해하지

못했다.

이해의 영역을 넘어 두려움에 정신이 아득해질 정도였다.

그 와중에 엘리에테는 일방적으로 선언했다.

"으음~ 뜬금없이 미안한데 말이야. 리엘을 위해…… 다들, 죽어줄래?"

모두가 움직이지 못하는 가운데, 엘리에테가 검지로 허리에 찬 검의 코등이를 밀어 올렸다.

―「죽음」.

그 모습에 누구나가 농밀하고 압도적인 「죽음」의 이미지를 떠올린 바로 그 순간.

유일하게 반응한 사람이 있었다.

"흡!"

안개처럼 잔상을 남기고 사라지는 순보(瞬步).

상대를 현혹하는 보법에서 이어지는 권격이 한 줄기 섬광이 되어 엘리에테의 안면을 급습했다.

"오오?"

공기를 가르는 듯한 날카로운 일격이었지만, 엘리에테는 뒤로 훌쩍 몸을 날리며 가볍게 피했다. 그리고 공중제비를 돌며 조금 떨어진 곳에 가벼운 발소리를 내며 착지하더니 방금 자신에게 주먹을 날린 인물을 신기한 눈으로 쳐다보았다.

"어라? 넌……."

하지만 그 물음에 대답한 건 본인이 아닌 학생들이었다.

"""포, 포젤 선생님?!"""

아무도 예상하지 못했던 인물의 등판에 너 나 할 것 없이 놀란 모양이었다.

"흥."

학생들을 감싸듯 앞으로 나선 포젤은 코웃음을 치며 주먹을 들었다.

"도망쳐."

"예? 그치만……."

"됐으니까 어서!"

평소와는 다른 진지한 표정으로 반론을 허락하지 않겠다는 듯 큰 목소리로 외쳤다.

"이 여자는 내가 맡을 테니 리엘을 데리고 빨리 달아나!"

그 강한 일갈이 얼어붙은 학생들의 영혼을 일깨웠다.

"아, 달아나면 안 돼. 벤다?"

하지만 곧바로 이어진 엘리에테의 한 마디에 다시 몸이 얼어붙었다.

"하아아아아아아아아아아아앗!"

그 순간, 포젤이 달려들었다.

"……?!"

엘리에테는 눈을 크게 떴다.

촌타(寸打)에서 팔꿈치, 뒤돌려 차기, 좌우 정권지르기로 이어지는 연속 공격은 무서울 정도로 매끄럽고 빨랐다.

일격 하나하나에 파공성이 울리며 진공이 휘몰아쳤고, 그 모습은 허공을 춤추며 하늘로 승천하는 용과 같았다.

"……우왓?!"

포젤의 능수능란한 연속기에 엘리에테가 허겁지겁 피하다 뒤로 빠르게 몸을 날린 순간, 포젤의 킥이 회오리처럼 날아들었다. 반사적으로 조금 더 물러났지만, 그만 허리를 스치고 말았다.

"……!"

그러자 검집의 구속구가 깨지고 엘리에테의 검이 성벽 밖으로 날아갔다.

"어어……? 내 검이…… 말도 안 돼~."

엘리에테가 눈을 휘둥그레 떴다.

"……후유."

포젤은 숨을 깊이 내쉰 후 다시 주먹을 들었다.

"……제법이네."

학생들은 방금 대체 무슨 일이 일어난 건지 몰라 아연실색한 와중에, 엘리에테는 흥미로운 눈으로 포젤을 흘겨보았다.

"설마 이런 곳에 그【천곡】을 익힌 사람이 있을 줄이야."

"괴물 같은 자식."

"응~? 아저씨도 만만치 않거든?"

포젤이 이마에서 땀을 흘리며 투덜대자 엘리에테는 어깨를 으쓱이며 대답했다.

"구십구권【천곡】…… 내【트와일라이트 솔리튜드】처럼 하늘에 도달하기 위한 길. 도수공권의 정점이자 일종의 마법. 그 본질은「모든 인과율을 조작해서 익힌 이가 날린 최대 위력의 공격을 반드시 상대에게 닿게 하는 **필중 공격**」. 마치 듣는 이의 운명을 나누는 천계의 악곡처럼 말이야."

"그 필중이어야 할 공격을 쉽게 피한 넌 뭐지?"

"그냥 아저씨의「경지」가 부족했을 뿐이야."

엘리에테는 포젤을 흘겨보며 피식 웃었다.

"아무래도 아저씨도「쓸데없는 게」많아 보이는걸."

"칫…… 이럴 줄 알았으면 농땡이 피우지 말고 좀 더 수련해둘 걸 그랬나."

포젤은 쓸쓸하게 웃으며 아직 주위에서 넋을 잃고 서 있는 학생들을 향해 다시 외쳤다.

"뭘 멍때리고 있는 거냐! 어서 달아나! 아무리 나라도 이런 괴물을 계속 붙들어 놓을 자신은 없다고!"

"그, 그치만 포젤 선생님……!"

"게다가! ……여긴 이미 끝장이야."

포젤이 그렇게 말한 순간.

성벽 어딘가에서 큰 소란이 일었다.

"우와아아아아아아아아아아! 이, 이젠 틀렸어! 더는 못 막아!"

"마, 망자들이…… 쏟아져 들어온다!"

아아아아아아아아아아아아아아아아아아아……!

마침내 망자들이 방위선을 뚫고 성벽 위로 쏟아졌기 때문이다.

완전히 붕괴된 그 전선에서 학생들이 허겁지겁 달아나기 시작했다.

마도병들은 하다못해 학생들이라도 먼저 보내려고 대열을 짠 채 필사적으로 적을 막아내고 있었다.

하지만 망자들은 그런 노력을 비웃는 듯 계속해서 성벽을 넘고 있었다.

그리고 돌파당한 건 그곳만이 아니었다.

주위를 돌아보자 성벽 여기저기서 비슷한 광경이 펼쳐지고 있었다.

"아, 아아아……!"

"이, 이럴 수가……."

"페지테에는 아직 시민들이 많이 남아 있는데……."

"여길 돌파당하면⋯⋯."

"그 러 니 까! 도망치라고! 얼른! 여기서 멍하니 있어봤자
이 괴물한테 칼침 맞고 죽거나 망자들한테 잡아먹혀서 죽는
수밖에 더 있겠냐!"

포젤은 아연실색한 학생들의 등을 떠밀었다.

"큭⋯⋯! 죄송합니다, 포젤 선생님. 여긴 부탁드려요."

그러자 리제가 마지못해 결단을 내렸다.

"전원, 철수하겠습니다! 시가전 중인 각 제국군 부대와 합
류하겠어요! 서두르세요!"

그 호령을 들은 카이와 로드와 엘렌을 비롯한 학도병들이
그제야 분주히 움직이기 시작했다.

"젠장⋯⋯ 리엘은 내가 업고 뛸게!"

카슈도 눈물을 글썽이며 정신을 잃은 리엘을 등에 업었다.

"가자, 애들아!"

"으, 응!"

카슈의 말을 신호로 2반 학생들이 뿔뿔이 흩어지며 성벽
의 계단을 통해 달아나기 시작했다.

"죽지 마세요! 포젤 선생님!"

"흥, 죽긴 누가 죽어? 아직 쓰고 싶은 논문이 산더미처럼
많은데."

그렇게 학생들을 전부 보낸 포젤은 혼자서 엘리에테와 대
치했다.

"이거 참, 놓쳐버렸네."

엘리에테가 어깨를 으쓱였다.

"그래도 뭐, 어때! 장르는 다르지만 예상치 못한 수확이 있었는걸!"

"……."

"나중에 진짜로 완성된 리엘과 싸울 때를 대비해서…… 가볍게 스파링하는 셈 치지 뭐. 아저씨가 본 「하늘」에도 관심이 좀 있기도 하고."

엘리에테는 천천히 전투태세를 취했다.

검이 성벽 밑으로 떨어져서 지금은 맨손이었다.

하지만 틀림없이 손에 검을 들고 있지 않은데도 포젤은 그녀가 손에 쥔 「검」의 존재를 강렬하게 인식했다.

"음. 그 반응을 보아하니 제대로 알아챈 것 같네. 아저씨."

엘리에테는 오히려 기뻐했다.

"검을 잃은 정도로 약해졌을 거라는 희망은 버려. 사실 지금의 난 더 이상 검이 필요 없거든. 다른 그 무엇도 아닌 나 자신이 「검」이니까 말이야."

"칫……! 진짜 뭐 이런 놈이 다 있지?"

"자, 간다! 아저씨의 어중간한 【천곡】이 내 【트와일라이트 솔리튜드】에 얼마나 통할지…… 어디 시험해보자구!"

그 말을 신호로 포젤의 모습이 사라지고, 이어서 엘리에테의 모습도 사라졌다.

서로를 향해 일직선으로 빠르게 돌진한 둘의 검격과 권격
이 교차하며 페지테의 대기를 뒤흔들었다.

제2장 물러설 수 없는 싸움

"······!"

보기 드물게 분노와 격정을 드러낸 알베르트가 눈앞에 나타난 「적색과 청색의 쌍마창을 든 여악마」를 쳐다보았다.

"어······ 어째서? 대체 왜애애애애애애!"

루나 또한 머리를 감싸 쥐고 울부짖으며 눈앞에 나타난 「길고 거대한 흑색 마검을 든 악마」를 바라보았다.

그 악마들의 얼굴이.

속을 전부 게워내고 싶을 정도로 폭력적인 마력을 내뿜고 있는 그 개념 존재들의 모습이.

형상이.

"아리아······."

"체이스······? 어, 어, 어떻게 체이스가······!"

두 사람이 예전에 파웰에게 빼앗긴 사랑하는 이들과 완전히 똑같았기 때문이었다.

"허허허······ 어디 마음에 드셨는지요."

그 반응을 본 파웰이 만족스럽게 웃었다.

"이것이야말로 제 악마 소환술의 궁극이자 도달점. 성 엘리사레스교의 성전인 구약 신담록에 기록된 인류와 천사와 악마들의 최종전쟁에서 이름을 떨친 강대한 6마왕들. 그 마왕의 일원인 《장희(葬姬)》 알리샤르. 마찬가지로 마왕의 일원인 《흑검의 마왕》 메이베스. 제 악마 소환술이 자랑하는 최고이자 최강의 권속들입니다."

"……네놈은 여전히 구역질이 치미는 짓만 해대는군."

알베르트는 시선만으로 저주해 죽일 것처럼 그를 노려보았다.

그리고 동시에 괴로운 과거를 떠올렸다.

그렇다.

알베르트가 아직 「아벨」이었던 무렵.

「아벨」의 친누나인 아리아.

그녀의 육신에는 태어났을 때부터 《장희》 알리샤르의 분령(分靈)이 깃들어 있었다.

그래서 파웰은 《장희》 알리샤르로서의 아리아를 온전히 손에 넣기 위해 알베르트와 아리아의 고향을 없애버린 후 둘을 거둬서 일시적인 가족이 된 후…… 그리고 또 다른 가족이나 다름없었던 아홉 명의 고아를 사악한 의식의 산 제물로 바쳤다.

아리아의 영혼에 강제로 동화시켰다.

전부 그녀를,《장희》알리샤르로 각성시키기 위해.

자신의 도구로써 아리아를 손에 넣기 위해.

하지만 당시 아리아는 「아벨」을 지키기 위해 자폭이라는 수단으로 최후를 맞이했을 터.

"……아리아는 소멸한 게 아니었던 건가."

"예, 마왕쯤 되는 존재가 그리 쉽게 소멸할 리 없지요. 당신의 누이 아리아의 본질은 이미 계약을 통해 제 심연 안에 들어와 있었으니까요. ……사실 아리아로서의 자아와 의식은 완전히 사라져버렸지만 말입니다."

쓰윽!

이어서 아리아, 아니.《장희》가 적색과 청색의 쌍마창으로 알베르트를 겨누었다.

그 두 눈이 머금고 있는 것은 밑바닥이 보이지 않은 심연뿐.

예전에는 분명히 존재했던 육친에 대한 정 따위 일말도 남아 있지 않았다.

"잠깐! 어째서? 대체 왜 체이스가 악마가 된 건데?!"

한편, 루나는 조금 전까지 파윌과 알베르트에게 보냈던 살의와 분노는 어디로 간 건지 그저 머리를 감싸 쥔 채 당황하며 울부짖고만 있을 뿐이었다.

"조금만 생각해봐도 알 수 있는 사실 아닙니까? 평범한 인간이었던 그가 어떻게 흡혈귀의 진조로 부활할 수 있었던 것인지. 그야 당연히 처음부터 그렇게 될 「소질」이 있었기 때문이지요."

"그렇군. 저 사내도 아리아와 같은 케이스인가. 태어날 때부터 그 몸에 마왕의 분령을 품고 있었던 거군?"

알베르트는 파웰을 노려보았다.

"그리고…… 역시 아리아처럼 네놈에게 이용당했고."

"후후…… 무슨 그런 섭섭한 말씀을. 전 그저 그들이 마땅한 모습을 되찾을 수 있도록 작은 도움을 준 것뿐입니다만."

그리고 파웰이 양팔을 활짝 펼쳤다.

"자, 그럼 배우가 전부 모였으니 연회를 시작해봅시다. 과거 신화시대에 세상을 멸망시킨 마왕. 마찬가지로 신화시대에 세상을 구한 천사. 그리고 인류 최강의 마술사. 즉, 이건 인류와 천사와 악마의 최종전쟁…… 구약 신담록 『불꽃의 7일간』의 재래라 할 수 있겠지요. 사랑하는 누이와 사랑하는 사내와의 재회도 겸한, 이보다 더 가슴 뛰는 무대는 세상 어디에도 없을 겁니다."

"……?!"

"자! 여러분이 이 황혼의 폐도를 무대로 신대의 신화를 재현하는 겁니다! 슬픈 비극의 신화를 마음 가는 대로! 영혼이 이끄는 대로! 싸우는 겁니다! 하하하하!"

그 선언을 신호로 아리아, 아니, 《장희》가 검은 날개를 펼치더니 알베르트를 향해 단숨에 돌진했다.

휘몰아치는 충격파가 주위의 낮은 석조 유적들을 모조리 쓸어버렸다.

"《빛의 장벽이여》!"

알베르트는 주문을 영창했다.

흑마 【포스 실드】.

삽시간에 마력 장벽이 전개되었지만, 《장희》가 휘두른 쌍마창에 완전히 파괴되었다.

그리고 그대로 살기를 내뿜으며 인간의 반응속도를 아득히 뛰어넘는, 그야말로 악마적인 속도의 창격을 내질렀다.

《오른쪽 눈》의 출력을 전개해서 《장희》의 움직임을 읽어낸 알베르트가 《슈투름》을 써서 뒤로 피했지만, 《장희》는 그대로 따라붙었다.

그리고 쌍마창을 휘두르자 적색 마창에서는 명계 제7원의 화염을, 청색 마창에서는 명계 제6원의 냉기가 방출되었다.

상반되는 강렬한 에너지의 파괴력이 외경·성전지계역정(聖典至界歷程)의 신화를 완벽하게 재현하는 빙염지옥을 현현하며 가차 없이 알베르트를 노렸다.

"《금색의 뇌수여·땅을 질주하라·하늘로 날아올라 춤춰라》!"

그러자 알베르트도 즉각적으로 번개 폭풍을 날렸다.

「오른쪽 눈」으로 악마가 펼치는 신화마술의 이치조차 완벽히 이해해 소멸을 노린 것이다.

하지만 동시에 뇌에 날카롭고 묵직한 통증이 느껴졌다. 아마 과부하에 의한 대가일 터.

이어서 두 에너지가 충돌한 순간, 강렬한 충격과 폭음이 폐도 전체를 뒤흔들었다.

"……아리아!"

"카아아아아아아아아아아아아아아악!"

세차게 명멸하고 흔들리는 세상 속에서 알베르트와 《장희》가 마술과 마창으로 힘겨루기를 하는 한편, 루나는 체이스. 아니, 《흑검의 마왕》과 대치한 채 몸을 떨고 있었다.

"저기, 체이스…… 체이스? 나야. 루나야."

루나가 먼저 입을 열었지만, 들려온 것은 대답이 아니라 검은 대검으로 자신을 겨누는 싸늘한 금속음이었다.

"왜……? 왜 당신이 나한테 검을……?"

《흑검의 마왕》은 대답하지 않고 머리 위로 대검을 세워 들더니 검은 불꽃을 피워 올렸다.

주위의 빛을 모두 빨아들이는 기묘한 불꽃.

이것이 바로 《흑검의 마왕》의 권능. 닿은 모든 생명을 근원부터 불사른다고 일컬어지는 종말의 불꽃, 명계 제9원의 【흑염】이었다.

그리고 흑검의 마왕은 그대로 루나를 향해 천천히 한 발짝, 또 한 발짝 걸음을 옮겼다.

"이, 이러지 마. 체이스! 난 당신과는 싸울 수 없어……."

루나는 절레절레 고개를 저으며 뒷걸음질 쳤다.

"체이스! 떠올려봐! 언제까지나 내 곁에 있어준다고 했었잖아! 나를…… 지켜준다며! 응? 체이스! 제발…… 제발 부탁이니까 눈을 떠! 정신 좀 차리라구!"

그때였다.

루나의 필사적인 호소가 닿은 건지 《흑검의 마왕》이 움직임을 멈춘 것은.

그리고 그는 이렇게 중얼거렸다.

『……루, 나?』

"……?!"

그러자 루나의 표정이 삽시간에 밝아졌다.

"체이스? 체이스! 알겠어? 날 알아보겠어?"

『루나…….』

"으, 응! 나야! 루나야! 당신의 소꿉친구! 어렸을 때부터 쭉 남매처럼 함께였던…… 아아……!"

루나는 눈물을 뚝뚝 흘리며 위태로운 걸음걸이로 《흑검의 마왕》에게 다가갔다.

"당신이 없어진 뒤로…… 난 줄곧 끝나지 않는 악몽 속을 헤매는 것 같았어. 세상이 온통 회색 천지라…… 모든 게 슬프고, 외롭고, 괴롭고, 고통스러워서…… 혼자선 어떻게 해야 할지 아무것도 모르겠단 말이야……. 흑! 흐흑……."

『……루나…….』

"나한테 남은 건 이제 아무것도 없지만…… 난 바보라서, 완전히 속아서 전부 잃어버렸지만…… 그래도 당신만 있어 준다면 난……."

『…….』

"……돌아가자. 같이 고향으로. 난 이제 아무것도 바라지 않아. 당신과 둘이서 조용히 살 수만 있다면…… 그것만으로 충분해……."

꿈을 꾸는 듯한 애절한 표정으로 다가간 루나가 그 품에 매달린 순간.

『루나…….』

"……왜? 체이스……."

행복한 미소를 지은 순간.

『죽어.』

《흑검의 마왕》은 그야말로 악마 그 자체인 미소를 지으며 흑염이 넘실거리는 대검을 가차 없이 휘둘렀다.

그러자 이 폐도의 천장인 암반에 닿을 듯한 기세로 선혈이 튀었다.

닿으면 모든 것을 불태울 때까지 절대로 꺼지지 않는다는 명계 제9원의 【흑염】이 루나의 전신을 휩쓸었다.

몇 번이나 바닥을 튕기면서 근처의 폐옥들을 무너트리며 날아간 그녀의 몸이 버려진 인형처럼 바닥을 굴렀다.

루나는 흑염의 열기로 달아오른 의식과 온몸에 느껴지는 고통을 뛰어넘는 충격 속에서 피를 토하며 생각했다.

'……응. 알고 있었어. 어렴풋이나마…… 예상했어. 이렇게 될 거라고.'

체념. 절망. 허무.

이제 그녀의 마음을 지배하는 감정은 그것뿐이었다.

이윽고 기세를 잃고 대자로 널브러진 루나는 어두운 천장을 올려다보았다.

더는 손가락 하나 움직일 수 없었다.

육체적인 대미지 이상으로 그녀의 마음이 죽어버렸기 때문이다.

'이젠…… 아무래도 좋아. ……모든 게…….'

흘린 눈물조차 바로 증발해버리는 【흑염】에 타 죽어 가면서 생각했다.

어차피 더는 살 수 없다. 신화대로라면 한 번 불이 붙은 【흑염】은 무슨 수를 써도 꺼지지 않을 테니까.

'피곤해. 이젠 지쳤어……'

공허한 눈으로 허공을 올려다보는 루나의 시야 한편에 《흑검의 마왕》이 들어왔다.

필살의 【흑염】으로 태워버리는 것만으로는 성이 차지 않는지 저 대검으로 목을 쳐서 마무리를 할 생각인 모양이다.

악마다운 포악한 눈으로 루나를 내려다본 《흑검의 마왕》이 천천히 검을 들어 올렸다.

그녀는 그저 가만히 그 모습을 지켜보았다.

지켜볼 수밖에 없었다.

'이젠…… 상관없어. 전부 끝내고 싶어……'

그리고 마침내 최고점에 도달한 흑검이 그녀를 향해 휘둘러지려 한 순간.

푸욱!

별안간 《흑검의 마왕》의 가슴팍에 팔이 돋아났다.

전격을 휘감은 팔이.

움찔거리며 크게 눈을 뜬 《흑검의 마왕》이 몸을 떨면서 고개를 뒤로 돌리자.

"「영원한 빛을 그들에게 비추소서…… 진실로 그렇게 되기를 바라노라」."

그곳에는 알베르트가 서 있었다.

전격을 부여한 손날로 뒤에서 《흑검의 마왕》을 관통한 것이다.

『크……어, 끼이이이이익!』

"……「주여, 불쌍히 여기소서」."

《흑검의 마왕》은 그런 그를 뿌리치기 위해 떨리는 손으로 대검을 휘두르려 했지만, 그보다 먼저 알베르트의 「오른쪽 눈」이 황혼빛으로 불타오르며 전격이 한층 더 강하게 빛나나 싶더니 《흑검의 마왕》의 몸이 맥없이 터져 나갔다.

그리고 그 잔해는 전부 새하얀 재로 변해 루나의 옆에 쌓였다.

"칫……."

하지만 여전히 불꽃에 휩싸여 있는 루나를 본 알베르트는 오른쪽 눈으로 【흑염】의 구조를 이해한 후 팔을 휘둘렀다.

그러자 【흑염】도 싱겁게 꺼져버렸다.

"……아……."

겨우 목숨을 건진 루나는 그대로 상체를 일으키더니 바닥에 쌓인 잿더미로 기어갔다.

"아아…… 아……."

그리고 재를 손에 쥐었지만, 곧 손가락 사이로 하늘하늘 흘러내렸다.

그녀가 사랑한 사람이었던 「것」이.

"아…… 아아아……."

전부 말라버린 줄 알았던 눈물이 다시 뺨을 타고 흘러내
렸다.

눈물이 재를 적셨다.

그리고.

"아아아아아아아아아아아아아아아아아아아아아아아아
아아아아아아아아아아아아아아아아아아아아아아아아악!"

루나는 잿더미를 그러안고 울었다.

"아아아아아아아아아아아아! 으아아아아아아아아아
아아아아아! 아아아아아아아아아악!"

공허한 폐도 전체에 통곡이 울려 퍼졌다.

하지만 알베르트는 그 비통한 모습도 아랑곳 않고 루나의
멱살을 틀어쥔 후.

짜악!

있는 힘껏 뺨을 후려쳤다.

"……으어……?"

뺨을 맞은 충격으로 한순간 넋을 잃은 그녀에게 얼굴을
가까이 들이민 알베르트는 당장에라도 물어뜯을 듯한 표정

으로 외쳤다.

"응석 부리는 건 적당히 해!"

"……?!"

"**그건** 네가 사랑했던 사내가 아니야! 한낱 악마였을 뿐!"

그 말을 끝으로 멱살을 쥔 손을 놔버리자 루나는 바닥에 힘없이 주저앉았다.

그리고 보고 말았다.

여기서 멀리 떨어진 곳에서 **뭔가**가 불에 타고 있는 것을.

점점 돌이킬 수 없을 정도로 형태가 무너져 내리고 있는 뭔가를.

정체는 고민할 필요도 없었다. 《장희》다.

"당신, 설마…… **죽인** 거야?"

"……."

이젠 자신 따윈 안중에도 없다는 듯 파웰을 응시하는 그의 옆얼굴에 대고 물었다.

"뭐야 그게……. 말도 안 돼……. 저건 당신 누나 아니었어?! 대체 뭐야. 당신은 피도 눈물도 없어? 너 같은 건 사람도 아니야!"

"……."

"그리고 잘도 체이스를……! 이 귀신…… 악마! 저주해! 미래영겁 널 저주하겠어! 저주해서……."

하지만 그 저주는 끝을 맺지 못했다.

이번에도 보고 말았기 때문이다.

한없이 날카로운 표정으로 파웰을 응시하는 알베르트의 「오른쪽 눈」에서 흐르는 피 한 방울의 존재를.

그것은 인간의 영역을 초월한 「오른쪽 눈」을 혹사한 대가였을까? 아니면…….

"……."

알베르트는 대답하지 않고 손등으로 피를 훔쳐낸 후 파웰을 향해 당당히 걸음을 옮겼다.

절대로 물러서지 않겠다는 결의가 가득한 힘찬 걸음걸이로.

"다, 당신……."

루나는 그런 그의 등을 지켜볼 수밖에 없었다.

이윽고 알베르트는 십몇 미트라 정도 거리를 두고 다시 파웰과 대치했다.

"시시한 촌극은 그만둬."

"흠. 확실히 그 말씀대로군요."

파웰은 어깨를 으쓱였다.

"설마 당신이 누이의 모습을 한 존재를 이토록 망설임 없이 해치울 줄은. 그리고 지금의 당신을 상대하려면 그《6마왕》조차 힘이 부족했을 줄이야. ……뭐, 그래봤자 어차피 분령에 불과했다는 거겠지만요."

"……."

"그건 그렇고 역시 당신은 훌륭합니다. 더더욱 이쪽으로 끌어들이고 싶어졌군요. 사실…… 저는 줄곧 당신 같은 인간을 찾고 있었으니 말입니다."

"……결판을 내자 파웰."

알베르트는 그 말에 대답하지 않고 조용히 전투태세를 취했다.

"이거 원. 한번 마음먹으면 뜻을 굽히지 않는 건 옛날과 마찬가지군요. 어쩔 수 없지요. 그럼 유치한 장난은 슬슬 끝내도록 하겠습니다."

파웰이 그렇게 선언한 순간.

어둠. 어둠. 어둠.

압도적인 어둠이. 절대적인 어둠이.

파웰을 중심으로 세상 전체를 뒤덮기 시작했다.

"명심하라, 인간의 아이야. 이 세상에는 인간의 힘이 닿지 않는 심연이 있음을. 후회하라, 인간의 아이여. 심연을 들여다본 인간이 인간으로서 존재한 전례가 없음을."

어둠이 수많은 거대한 손으로 변했다.

그리고 주위를 잠식한 어둠에서 온갖 형태의 악마가 계속해서 태어나고 있었다.

이것은 그야말로 어둠과 혼돈의 향연.^{사바트}

그리고 몇백의 「손」과 몇백의 악마가 알베르트를 심연 밑바닥까지 끌어내리기 위해 거센 해일처럼 밀려들었다.

—————.

현재 페지테는 극도의 혼란에 빠져 있었다.

곳곳에서 제국군과 외도 마술사가 전투를 벌이는 여파가 도시 전체를 뒤흔드는 데다 마침내 망자들이 성벽을 돌파해 시내로 침입했기 때문이었다.

"여유가 있는 부대는 성벽 쪽 방어를 지원해! 작전 페이즈 는 2다! 이제부터 적 외도 마술사는 우리 S급 이상의 마도 사가 대응할 테니 서둘러!"

이브가 작전대로 엘레노아와 교전을 시작했을 무렵, 대신 지휘를 맡게 된 크로우 오검은 눈앞에 있는 외도 마술사를 폭 염으로 날려버리며 통신 마도기로 각 부대에 지시를 보냈다.

"제길! 인원이 부족해! 베어! 넌 네 부대를 데리고 마술학 원의 꼬맹이들을 도우러 가! 단 한 명도 죽게 하면 안 된다?"

"알겠습니다. ……앗, 크로우 선배! 뒤!"

베어가 외친 순간.

"꺄하하하하하하하하하하하하하하! 죽어죽어죽어죽 어죽어어어어어어어어어!"

어느새 새로운 외도 마술사가 모든 것을 썩혀버리는 맹독 의 기운을 손에 머금은 채 크로우를 노리고 후방에서 달려 들었다.

"까불지 마라!"

"커헉?!"

하지만 뒤를 돌아보는 동시에 「오니의 팔」을 휘두른 크로우에 의해 외도 마술사는 그대로 두 동강이 나고 말았다.

————.

"꺄아아아아아아아아아아아아아악!"

"으아아아아아아아! 사, 사람 살려어어어어!"

"""크아아아아아아아아아아아아!"""

공황상태에 빠져 뿔뿔이 흩어지는 시민들을 망자 무리가 뒤쫓고 있었다.

시내에 침입한 망자의 수는 아직 소수였고 움직임도 그다지 빠른 편은 아니었다. 어느 정도 전투에 소양이 있다면 별다른 문제가 되지 않을 터.

하지만 반대로 말하면 싸울 능력이 전무한 시민들에게는 크나큰 위협일 수밖에 없었다.

"시민들을 지켜라!"

"""와아아아아아아아아아아아아아아아아아아아아아아!"""

그런 망자들을 페지테의 경비관들이 필사적인 표정으로 진형을 갖춘 채 레이피어와 마술을 써서 막아내고 있었다.

"물러서지 마라! 절대로 물러서지 마! 우리에게 외도 마술사들과 싸울 힘은 없다! 그렇다면 하다못해 시민들이라도 망자들로부터 지켜야 하지 않겠나!"

페지테 경라청의 총감 호나우두의 지휘에 따라 경비관들은 결사적으로 항전했다.

시민의 피난을 유도하고 곳곳에 바리케이드를 설치해가며 간신히 시내 중심부까지 망자들이 흘러들어오는 것을 막고 있었다.

"하앗!"

여성 경비관 테레즈도 최전선에서 레이피어를 들고 망자들과 맞서 싸우고 있었다.

하지만 아무리 해치워도 끝이 없었다.

잠시 이마에 밴 땀을 닦고 숨을 고른 순간.

"……?!"

"""크아아아아아아아아아아!"""

망자들이 그녀를 노리고 동시에 달려들었다.

"……큭!"

아무리 그녀라도 다섯은 힘에 부쳤다.

고개를 돌리자 뒤에서 아들인 듯한 인물이 한 노파를 부축한 채 비척거리며 달아나는 모습이 눈에 들어왔다.

주위의 동료들은 눈앞에 있는 적을 막는 게 한계였다.

"제길……! 나도 여기까지인가! 그래도 해보는 수밖에……!"

여기선 물러설 수 없다는 결사의 각오를 품고 레이피어를 든 순간.

"하아아아아아아아아아아아앗!"

검광이 번뜩이는 동시에 망자들이 우수수 쓰러졌다.

"아……."

탁월한 검술로 망자들을 눈 깜짝할 사이에 처리한 저 인물의 정체는…….

"홋…… 주인공은 늦게 등장하는 법이랍니다. 테레즈 씨."

"넌, 로잘리 디터트?!"

지팡이로 숨기고 있던 레이피어의 검날을 어깨에 댄 소녀, 로잘리였다.

"네, 네가 대체 왜……?"

"아니, 그게…… 아하하. 적당히 숨어 있으려고 했는데 어째선지 제가 숨은 곳에만 망자들이 몰려오는 거 있죠? 그러니 이왕 이렇게 된 거 전선에서 싸우는 편이 오히려 생존율이 올라가지 않을까 해서…… 다시 말해, 저도 이판사판인 셈이죠!"

그렇게 자백한 로잘리가 레이피어를 세워 들었다.

자세히 보니 눈이 이미 자포자기의 단계를 넘어 완전히 맛이 가 있었다.

그리고 마침 저 너머에서 새로운 망자들이 다가오고 있었다.

"으아아아아아아아아아아, 진짜! 그래! 어디 덤빌 테면 덤벼보시지! 이 정의의 천재 마도탐정 로잘리가 전부, 전부, 산산

조각 내주마아아아아아아아아아아아!"

이젠 될 대로 되라는 듯 적진에 과감히 뛰어든 로잘리는 그야말로 맹수 같은 맹활약을 펼치기 시작했다.

"⋯⋯!"

그리고 테레즈가 문득 주위를 돌아보자, 어느새 이 페지테를 지키기 위해 무기를 손에 들고 망자들과 싸우는 용감한 시민들이 하나둘씩 보이고 있었다.

로잘리 외에 특히 눈에 띄는 것은 탁월한 몸놀림으로 망자들을 때려눕히고 있는 소년의 모습이었다.

왠지 낯이 익은 인물이었다. 분명 신문에서 본 적이 있었을 터. 최근 제국 권투계에 혜성처럼 등장한 기대의 천재 신인인 저 소년의 이름은 분명⋯⋯.

"훗⋯⋯ 나도 질 수는 없지!"

이런 최악의 상황 속에서도 어째선지 웃음이 나오는 걸 참을 수 없는 테레즈도 과감하게 망자들을 향해 몸을 날렸다.

———.

"⋯⋯컥!"

하늘의 지혜 연구회의 외도 마술사인 《몽마》 메어가 그 자리에 무릎을 꿇고 쓰러졌다.

흰자위를 드러낸 채 뭔가를 계속 중얼거리는 그녀는 완전히 정신이 나간 상태였다.

정신의 심층 의식영역까지 전부 파괴됐으니 앞으로 평생 제정신으로 돌아올 일은 없으리라.

"정신 지배 대결은…… 아무래도 내 승리인 것 같구만? 아가씨."

그녀를 이런 상태까지 몰아넣은 실크해트를 쓴 멋쟁이, 체스트 남작은 복잡한 얼굴로 손에 든 지팡이를 내렸다.

"자네 같은 아름다운 여성에게 이런 「끝나지 않는 악몽」을 보여주는 건 내키지 않았네만…… 이쪽도 지켜야 할 게 있어서 말일세."

잠시 푸념을 흘린 그는 색적 마술로 주변 상황을 파악했다.

'위험해. 결국 성벽을 돌파한 망자들이 시내로 침입하고 있어. ……이젠 내가 유리하게 싸울 수 있는 적이 거의 없으니 차라리 각 방면의 구호 활동에 전념하는 편이 나을지도 모르겠군.'

빠르게 판단을 내리고 특기인 단거리 전이 마술로 다음 전장을 찾아 움직였다.

―――――.

"싫어…… 이젠 싫다구!"
"……!"

페지테 뒷골목 어딘가에 있는 막다른 길목에서는 두 어린 자매가 몸을 웅크리고 있었다.

그리고 세 구의 망자들이 그녀들을 노리고 천천히 다가왔다.

정신없이 본능적으로 인적 없는 곳을 찾아서 도망치느라 막다른 곳에 몰린 것이다.

"언니…… 나 무서워……."

동생은 공포에 떨면서 언니에게 매달려 울었다.

"괜찮아. 너무 걱정하지 마. 언니가 마지막까지 곁에 있어 줄 테니까……."

동생의 몸을 강하게 끌어안은 언니의 몸도 떨리고 있었다.

하지만 자매의 그런 눈물겨운 우애를 보고도 아무것도 느끼지 못하는 망자들은 그저 그 몸에 새겨진 명령대로 눈에 띈 생명체를 지워버리기 위해 이를 드러냈다.

"《빙랑의 조아여》."

그러자 마침 어디선가 몰아친 냉기가 망자들을 단숨에 얼음 속으로 가둬버렸다.

"……어?"

"……."

자매들이 눈을 깜빡이며 고개를 들자, 어느새 눈앞에는 한 여성이 서 있었다.

마도사 예복 차림의 붉은 머리 여성이었다.

"저쪽."

그녀는 손가락으로 대뜸 한 방향을 가리켰다.

"여기서 한 구역쯤 나와서 오른쪽으로 빠져나가면 제국군 부대 중 하나가 구축한 간이 진지가 있어. 거기로 가면 당분간 안전할 거야. 물론 나중에는 또 어떻게 될지 모르지만."

"……아, 저기……."

그때 붉은 머리 여성의 얼굴 절반을 뒤덮은 화상 자국을 본 언니 쪽이 놀란 얼굴로 물었다.

"그, 그 상처는……."

"아, 이거? 신경 쓰지 마. 옛날에 생긴 상처니까. 그보다 얼른 가기나 해. 일단 근처에 있던 망자들은 정리해뒀는데 또 언제 몰려올지 모르거든."

"그, 그럴게요. ……누구신지 모르겠지만, 감사했습니다!"

"……고마워, 언니!"

왠지 성의 없는 태도로 재촉하는 여성에게 감사를 표한 자매는 황급히 그 자리를 떠났다.

"후유~."

한동안 그 자리에서 자매들이 떠나는 것을 지켜본 붉은 머리 여성, 일리아는 그제야 성대한 한숨을 내쉬었다.

"……나도 모르게 구해줘 버렸네. 난 대체 뭘 하고 싶은 걸까?"

고양이처럼 가볍게 도약한 일리아는 벽을 서너 번 지그재그로 박차며 근처에서 가장 높은 건물의 지붕 위에 도착한 후 주위 상황을 살폈다.

　"참 나…… 그 무능한 실장님은 대체 뭘 하는 거람. 빨리 엘레노아 샤레트를 해치우지 않으면 전부 끝장이잖아. 정말이지……."

　그렇게 푸념을 한 그녀는 혼란스러운 페지테의 광경을 남 일처럼 계속 바라보았다.

　　────.

제3장 돌파구

~~~~.

돌이켜보면.

나, ■■■■의 인생은 쓰레기 그 자체였다.

철이 들었을 때 이미 부모는 없었고 어느 슬럼가에서 시궁쥐 이하의 끔찍하도록 빈곤한 삶을 보내고 있었다.

늘 굶주린 배를 움켜쥔 몸은 벼룩투성이에 그 위에 걸친 건 거적때기뿐.

항상 죽음과 맞닿아 있는 생활.

살기 위해서라면 강도질이든 살인이든 뭐든지 했다.

내 친구는 녹슨 나이프 한 자루뿐. 이 녀석만은 날 배신하지 않기 때문이다.

가끔 호구인 줄 알고 덮친 먹잇감에게 되레 반격을 당해 나 자신도 살아있는 게 신기할 정도의 중상을 입고, 보통은 파상풍으로 길바닥에 쓰러져 죽었어야 할 나는 기적적으로 살아남았다. 그런 식으로 몇 번이나 죽음을 극복했다.

지금 돌이켜보면 이때부터 그 「재능」이 있었던 걸지도.

…………·.

……이윽고 세월이 흘러.

유소년기를 마친 내가 「여자」가 되었을 무렵.

운 좋게도 남들보다 용모가 뛰어났던 난 주변 일대를 장악한 보스가 경영하는 창관에 거둬져 손님을 받게 되었다.

그렇다고 딱히 비참하다는 생각은 들지 않았다.

애초에 나 같은 처지의 고아는 세상 어디에나 있었으니까.

애당초 멍청한 남정네들의 비위를 하룻밤 맞춰주는 것만으로 살아갈 수 있는 그 생활은…… 지금까지에 비하면 그야말로 천국처럼 「행복」한 나날이었으니까.

그런 「행복」한 나날 중에는 이상할 정도로 날 마음에 들어 하고 집착하는 기묘한 손님이 있었다.

그 손님은 매번 터무니없는 금액으로 나를 샀다.

내 또래의 딸이 있어도 이상하지 않을 나이의 뚱뚱한 대머리 남자.

솔직히 생리적인 혐오감밖에 들지 않는 역겨운 남자였지만, 손님은 손님. 그 손님이 지불하는 막대한 돈 앞에서는 나도 가게도 입도 뻥긋할 수 없었다.

아무래도 그 손님은 마술사인 듯했다.

잠자리를 가지며 몇 번이나 같은 이야기를 들었다.

자신은 원래 전 세계의 사람에게 찬사를 받아야 할 위대한 마술사고 이런 데서 썩고 있을 인재가 아니라느니.

지금 마술학회는 바보들뿐이라느니.

자신의 천재적인 이론을 왜 세상이 받아들이지 못하느냐느니.

자신의 연구가 완성되면 셉텐데도 별것 아니라느니.

그런 점에서 난 참 훌륭하다느니. 나만 있으면 자신은 「하늘」에 도달할 수 있다느니.

그런 듣고 나면 바로 까먹어버릴 법한 더럽게 시시한 이야기뿐이었지만, 그때마다 난 남자를 적당히 칭찬해줬다. 자존심을 채워주었다.

어찌 됐든 VIP 아니겠는가. 그 손님이 올리는 매상 덕분에 창관에서의 내 입지는 파격적으로 상승했다. 그러니 그 정도 립 서비스쯤은 해주는 게 당연했다.

우쭐해진 남자는 내 계획대로 더더욱 나에게 빠져들었다.

이윽고, 예상했던 대로 그 남자에게서 날 데려가겠다는 이야기가 나왔다.

하지만 그게 「아내」나 「첩」이 아닌 「딸」로서 거두겠다는 소리를 당당하게 지껄인 시점에서 남자의 사고가 얼마나 비정상적인지 알 수 있었지만, 가게 입장에서는 충분한 대가만 지불하면 문제 삼을 이유가 없었기 때문에 이야기는 순조롭게 진행되었다.

……솔직히 말하자면.

당시의 난 불길한 예감이 들었다.

본능이 맹렬하게 외쳤다.

도망치라고.

지금까지 쌓은 모든 걸 버리고서라도, 다시 그 시궁쥐 같은 삶으로 돌아가는 한이 있어도 그 남자의 것이 되어선 안 된다고. 세상 끝까지라도 도망치라고.

물론 낌새도 있었다.

어느 순간부터 나를 보는 그 남자의 눈이 성적 욕구의 대상만이 아닌 그보다 더 어둡고 위험한 무언가를 갈망하는 듯한 눈으로 변했다는 사실을 느꼈기 때문이다.

마음속 한편에선 그렇게 남자가 숨기고 있는 위험성과 어둠을 눈치채고 있었다.

하지만 당시의 나에게 선택지는 없었다.

이제 와서 그 시궁쥐 이하의 삶으로 돌아가라고? 천만의 말씀.

이 주변 일대를 장악한 보스의 눈과 추격자들을 피해서 살아가라고? 그런 게 가능할 리 없잖은가.

무엇보다 남자에겐 고급 창부 대우를 받는 나를 선뜻 사갈 재력이 있었다.

남자와 매일 밤 살을 맞대는 불쾌함만 조금 참으면 평생 추위와 굶주림과는 인연이 없는 삶을 보낼 수 있으리라.

그 시궁쥐 같은 생활과는 하늘과 땅만큼 차이가 나는 안온한 일상을 누릴 수 있으리라.

그 남자를 사랑하는 건 분명 평생 불가능하겠지만, 어쩌면 둘 사이에서 생긴 아이는 사랑할 수 있을지도 모른다.

이젠 절대로 불가능하다고 여겼던 평범한 행복을 손에 넣을 수 있을지도 모른다.

그런 식으로 스스로를 타이른 나는 그대로 남자의 저택에 끌려 갔다.

결론부터 말하자면, 그건 잘못된 선택이었다.

모든 게 실수였다.

본능이 외치는 대로 모든 걸 버리고서라도 달아나야 했다.

나를 기다리고 있었던 것은 내가 바라던 평범한 행복은커녕 시 궁쥐 생활조차 천국처럼 느껴지는 최악의 지옥이었다.

"아아아아아아아아아아아아아아아아아아악! 끼야아아아아아 아아아아아아아아아아아아악!"

지하실에 내 절규가 울려 퍼졌다.

절망과 고통으로 목이 찢어질 듯 외친 비명이 뒤틀린 세상에 메아리쳤다.

사방이 석벽으로 된 그 방은 한 마디로 표현하면 고문실이었다.

아이언 메이든, 고문대, 사슬, 화로에 꽂은 인두, 강철로 된 우 리 같은 보기만 해도 끔찍한 고문 기구들이 갖춰져 있었다. 라인 업만 보면 고문 기구의 박물관이라고 해도 무방할 정도였다.

그리고 나는— 기묘한 고문대 위에서 전라로 팔다리를 사슬로 묶인 채 고정되어 있었다.

내 온몸에는 마술 문양이 빼곡하게 새겨져 있었다.

"하하하하하…… 하핫! 으하하하하하하하!"

그리고 표정이 환희에 물든 한 남자가 정신없이 내 가슴에 나이프를 찔러 넣고 있었다.

"꺄아아아악! 아아아아악! 으아아아아아아아아악!"

나이프가 연속으로 살을 찌르는 소리와 내 비명이 뒤섞였다.

하지만 남자는 내 절망과 고통스러운 비명이 마치 최고의 음악이라도 되는 것처럼 황홀한 표정으로 외쳤다.

"아아, 좋구나…… ■■■■. 넌 참 훌륭해. 최고의 딸이야! 너 같은 딸을 가졌으니 아버지로서 참 행복하구나!"

"아, 아…… 아아아아아아…… 아……."

"네 마술 특성인 【죽음의 수용·수여】와 이 『사령비법·하늘의 장』 사본만 있으면 내 이론이 옳다는 것을 세상에 증명할 수 있는 거다!"

그리고 내 가슴에 깊숙이 찌른 나이프를 돌리자 갈비뼈가 부서지는 소리와 함께 피가 분수처럼 솟구쳤다.

"꺄아아아아아아아아아악! 컥! 쿨럭! 쿨럭!"

자신이 토한 피에 질식하면서 외친 오늘의 가장 큰 절규가 내 입가에서 튀어나왔다.

"그래…… 「한 번 경험한 적 있는 죽음을 극복하는 법」. 학회의 어리석은 놈들은 하나같이 듣자마자 천재인 내 이론을 부정했지! 천재인 이 몸을 어리석다느니! 광인이라느니 욕하면서! 자신들의 무지몽매함에서 눈을 돌리고 감히 날 폄훼해? 거기다 심지어 학회에서 날 추방하다니…… 이 얼마나 용서할 수 없는 오만함인가! 그 상상력의 빈곤함이야말로 놈들 같은 범부의 한계인 거다! 하지만 나는 달라! 끊임없는 연마와 탐구 끝에…… 마침내 그 이론을 이루어낼 수단을 손에 넣었으니 말이지!"

남자는 손에 든 마도서 사본을 높이 들어 올렸다.

"답은 아주 간단했다! 이 세상은 차원수(次元樹). 다시 말해, 모든 가능성에서 분기한 평행세계가 「중첩」돼서 이루어져 있지! 그렇다면 그 평행세계에서 「동일 존재」를 이쪽 세계에 소환하고, 그 존재가 겪은 「죽음」을 계속해서 계승시키기만 하면 될 뿐! 이 『네크로노미콘・하늘의 장』만 있으면 이 차원수 내의 모든 평행세계를 뛰어넘어서 ■■■■의 동일 존재를 소환하는 게 가능해! 그리고 이 세계에 존재하는 모든 「사인(死因)」을 망라해서 경험하게 하면…… 완벽하고도 완전한 「죽음의 초월」이 가능해지는 거다! 원래 두세 번쯤 죽음을 경험하면 인격이 완전히 망가져버리지만…… 네 퍼스널리티【죽음의 수용・수여】라면 그걸 견뎌낼 수 있을 터. ……그렇지? 내 귀엽고 사랑스러운 딸아."

"……."

난 아무 대답도 할 수 없었다.

고문대 위의 난 이미 숨이 끊어진 상태였기 때문이다. 피투성이의 처참한 모습. 인간의 존엄성 따윈 눈 씻고도 찾아볼 수 없는 쓰레기 같은 「죽음」이었다.

"……아아, 잘 가려무나. ■■■■. ……하지만 금방 다시 만날 수 있을 거란다."

온화하게 웃은 남자는 고문대에서 벗겨낸 내 시체를 바로 옆에 아무렇게나 치워버렸다.

자세히 보니 고문대 주위에는 내 시체 수십, 수백 구가 쌓여 있었다.

하나같이 무심코 시선을 피할 정도로 「망가진」 상태로.

그런 우리에게 눈길도 주지 않은 남자는 어떤 끔찍한 마술법진이 그려진 피투성이 고문대를 향해 마도서를 펼치고 주문을 영창하기 시작했다.

그러자 마도서와 고문대가 불길한 검은 빛에 휩싸였고, 잠시 후 고문대 위에 새로운 내가 묶인 상태로 다시 출현했다.

"우우우우우우웁?! 콜록콜록! 쿨럭! 커헉! 끄윽…… 우웩!"

바로 격렬하게 날뛰다가 겨우 숨을 토해낸 나는 겁에 질린 표정으로 주위를 돌아보았다.

그리고 상황을 이해한 순간.

"히익?! 나, 나…… 또, 또…… 다시 돌아온 거야?!"

"어서 오려무나, 다른 세계의 내 사랑하는 딸아. 아무래도 예전의 네 기억과 「죽음의 경험」은 순조롭게 계승된 모양이지?"

구속된 내 시야에 남자의 뒤틀린 미소가 들어온 순간.

"싫어어어어어어어어어어어어어어어어어!"

쇠를 긁는 듯한 비명이 다시 고문실에 울려 퍼졌다.

"싫어! 이젠 싫어! 더는 죽고 싶지 않아! 죽고 싶지 않다구! 살려줘요! 누가 나 좀 살려줘요! 으아아아아아아아아아아!"

내 팔다리를 묶은 쇠사슬이 귀에 거슬리는 소리를 냈지만, 당연히 꿈적도 하지 않았다.

"아아, 재회하자마자 아버지에게 하는 말이 이런 거라니…… 하지만 너도 분명 언젠가 이해할 수 있을 거란다. 내 사랑을……"

남자는 반쯤 미쳐 날뛰면서 울부짖는 날 무시하고 주위에 있는 고문 기구를 헤집기 시작했다.

"히이이이익?! 히이이이이이이이이익?!"

"난 말이다. 오랜 연구 끝에 이 세상 자체에 기록되고 분류된 인간의 사인을 패턴화하는 것에 성공했단다. 척살(刺殺), 액살(縊殺), 타살(打殺), 격살(擊殺), 고살(絞殺), 분살(焚殺), 소살(燒殺), 참살(斬殺), 박살(撲殺), 사살(射殺), 총살(銃殺), 약살(藥殺), 독살(毒殺), 압살(壓殺), 역살(轢殺)…… 그 수는 총합 75,662가지. 즉, 내가 패턴화한 75,662가지「죽음」을 경험하면…… 넌 진정한 의미에서 온갖「죽음」을 극복한 지고의 존재가 되어 내 이론이 옳았다는 걸 증명할 수 있을 거란다. 그야말로 최고의 효녀가 되는 셈이지! 하지만 이 방법으로는 도저히 네게 경험하게 할 수 없는「죽음」…… 극복할 수 없는「죽음」이라는 딜레마가 발생하지만…… 아무튼 그것도 경험하는「죽음」의 횟수를 늘리다 보면 거의 해결될 문제겠지. 그것만으로도 넌 한없이 불사신에 가까워질 테니까."

"싫어! 싫어싫어싫어싫어싫어어어어어어어! 그만해! 이제 그마아아아아아아안!"

여기가 지옥이 아니면 대체 어디가 지옥이겠는가?

한 번 죽을 때마다 모든 게 리셋되어 버리니 미쳐버리는 것조차 불가능했다.

"아버님! 사, 사랑하는 아버님! 저, 저 뭐든지 할게요! 뭐든지 다 할 테니이이이이! 진심으로 아버님을 사랑할게요. 제 모든 걸 바쳐서 일평생 성심성의껏 아버님께 봉사할게요! 그러니 용서해주세요! 이제 그만해주세요! 제발……!"

"그래, 사랑하는 너라면 분명 그렇게 말해줄 거라고 믿었단다. ……뭐, 앞으로 고작 64,030번만 더 애써보렴. 여긴 《시간 격리의 방》과 같은 공간이라 시간은 얼마든지 있으니까. 너라면 분명 해낼 수 있을 거란다."

그리고 남자는 고문대에 묶인 내 눈앞에 그것들을 들이밀었다.

"그건 그렇고 다음 「사인」은 어느 쪽이 좋겠니?"

거대한 톱과 붉게 타오르는 횃불을.

"아, 아, 아아아ー."

~~~~.

"……윽?!"

이브는 견디지 못하고 마술을 해제했다.

전신에서 식은땀이 솟구치고 폐가 산소를 갈구했지만 제대로 숨을 쉴 수가 없었다.

심장도 당장에라도 터질 것처럼 크게 뛰고 있는 것이 느껴졌다.

"허억……! 허억……! 허억……!"

……위험했다.

자신이 이브라는 것을 떠올리고 엘레노아의 의식과 분리되는 게 조금이라도 늦어졌다면 그대로 **삼켜졌으리라.** 돌아오지 못했으리라.

환상의 불꽃을 매개로 엿본 엘레노아의 어둠.

이브도 지금까지 외도 마술사의 뒤틀린 욕망이 폭주한 마술실험 현장을 수없이 봐왔지만, 엘레노아가 체험했던 그것은 말 그대로 격이 달랐다.

비교하는 것조차 역겨운 최저 최악의 광경이었던 것이다.

베테랑인 그녀조차 반사적으로 구역질이 나고 오한이 드는 걸 참을 수가 없었다. 핏기가 가시고 세상이 멀어지는 듯한 감각이 엄습했다.

하지만 기백으로 정신을 다스리고 의지로 호흡을 고른 후, 간신히 고개를 들 수 있었다.

"……."

자세히 보니 어느새 【플레임 바인드】의 구속을 벗어난 엘레노아가 기분 나쁠 정도의 침묵을 유지한 채 고개를 숙이고 있었다.

"……."

"……."

둘은 멀리서 들리는 전장의 소음을 배경 삼아 기묘한 고착 상태를 이루었다.

하지만 그것도 잠시뿐.

"봤 구 나?"

지옥에서 올라오는 듯한 오싹한 목소리가 엘레노아의 목구멍을 비집고 흘러나왔다.

"……봤구나……? 본 거지……? 봤지? 봤지? 봤지? 봤지? 봤지? 봤지? 봤지? 봤지? 봤지? 봤지? 잘도 봤겠다 아아아아아아아아아아아아아아아아아아?!"

그녀에게 있어선 어지간히 들키고 싶지 않았던 과거, 진정한 역린이었던 것일까. 그것을 함부로 건드린 것에 대한 원한과 분노와 격정은 그 감정만으로도 타인을 저주해 죽일 수 있을 것만 같았다.

"그래, 봤어. 그게 뭐?"

하지만 이브는 머리를 쓸어 올리며 대수롭지 않게 대답했다.

"덕분에 당신의 불사성과 무한에 가까운 시체 소환술의 정체를 파악했어. 당신의 수수께끼는 전부 당신의 과거에 있었지. 그 고문실과 고문대에는 영문을 알 수 없는 다른 차원·다른 세계의 술식이 새겨져 있더군. 그래서 당신은 그 끔찍한 고문실의 고문대 위에서 경험한 「죽음」의 형태를 무효화할 수 있었던 거야. 그리고 당신의 그 무한에 가까운 네크로맨시의 정체는……."

"죽여버리겠어!"

엘레노아는 사령처럼 절규했다.

"감히…… 감히 내 비참하고 애처로운 과거를 들춰냈겠다? 그 끔찍한 과거를 파헤쳤겠다? 용서 못 해! 용서 못 해! 용서못해용서못해용서못해용서못해용서못해용서못해애애애애애애애애애애애애애!"

"……."

격노한 그녀를 이브는 조용히 지켜보았다.

"예, 그래요! 이브 님이 말씀하신 대로! 전 그 방에서 이 세상에 있을 법한 「온갖 죽음」을 경험했어요! 전 이미 죽은 상태라 그 「온갖 죽음」을 극복할 수 있었던 거죠! 그리고……."

엘레노아가 주위에 다시 망자를 소환했다.

비교적 부패와 손상이 적은 그녀들의 모습은…….

"이 아이들은 그 방에서 죽은 저 자신이었답니다. 저와 동일 존재이기에…… 타인의 시체보다 쉽게, 방해도 받지 않고, 제 손발처럼 사역하고 지배할 수 있었던 거죠. 리스크와 대가도 없답니다. 이것이 바로 제 불사성과 네크로맨시의 정체. 오리지널 【사람박물관(死覽博物館)】이랍니다. 우훗, 우후후후후후……!"

"흐응?"

하지만 별다른 감회도 없어 보이는 이브에게 엘레노아는 격정과 분노와 증오를 불태우며 다시 입을 열었다.

"제 유일한 약점은 제가 아직 「경험한 적 없는 죽음」이지만…… 제가 아는 한 그런 「죽음」은 단 하나밖에 남지 않았답니다. 그건 바로…… 글렌 레이더스 님의 흑마 개량형 【익스팅션 레이】…… 그것만은 정말 지극히 한정된 인간밖에 쓸 수 없는 마술이니까요."

"……."

"하지만! 그 외의 죽음은 틀림없이 완전히 망라해서 경험해봤답니다. 아사부터 시작해서 고독사, 발광사, 복상사에 이르기까지! 당신이 생각할 수 있는 저에게 줄 수 있는 죽음도 제가 과거에 경험한 「죽음」의 범주에 반드시 포함될 거라고 단언하죠. 그래요, 이브 님. 이제 당신에게는 눈곱만큼도 승산이 남지 않았답니다."

분명 자신에 대한 구속과 봉인을 무력화할 수 있는 것도 저 오리지널을 응용한 것이리라.

아마 무력화된 시점에서 자살하는 종류의 저주가 **조건 발**

동식으로 걸려 있는 것이 아닐까. 다시 말해, 모든 봉인과 구속을 죽음을 통해 벗어던지고 다시 부활하는 구조인 셈이다.

"그러게. 이건 확실히 무적이겠어."

이브는 조용한 목소리로 말했다.

그리고 엘레노아는 그런 그녀를 날카롭게 노려보았다.

피눈물을 흘리면서 원한과 증오와 분노와 살의를 극한까지 응축한 듯한 위험한 눈으로.

"예, 이해하셨나요? 이브 님…… 그런데 잘도 제 어둠을 백일하에 들춰내주셨군요. 아아, 밉습니다. 정말, 참을 수 없을 정도로 당신이 미워요……!"

엘레노아가 목구멍에서 쥐어짜 낸 목소리가 지옥 밑바닥에서 부는 바람 소리처럼 들렸다.

"여기서 선언하죠. 이브 님. 당신은 평범하게 죽이지 않을 겁니다. 제가 예전에 겪었던 75,662가지의「죽음」전부 맛보게 해드리죠. 과거의 제가 그랬던 것처럼……! 당신을 그 고문실에 가두고 그 고문대에 묶어서…… 한 가지씩 세심하고 정중하게 사랑을 담아……! 그 **빌어먹을 아버지와 같은 꼴**을 당하게 해드리겠어요! 당신이 대체 어떤 식으로 울부짖을지…… 벌써부터 기대가 되네요. 꺄하! 꺄하하하! 꺄하하하하하하하하하하하하하하하하하하!"

전장에 엘레노아의 웃음이 울려 퍼졌다.

세상 그 자체를 뒤틀어버리는 듯한 역겨운 불협화음이 메아리쳤다.

하지만 인간이라면 누구나 무릎이 떨리고 등골이 오싹해질 그 웃음소리 앞에서.

"적당히 좀 해. 이 사이코야."

이브는 팔짱을 낀 채 의연하게 말했다.

엘레노아의 광기를 정면에서 맞받아치는 늠름한 목소리였다.

"하하……하?"

그리고 어이가 없어서 웃음을 그친 엘레노아에게 다시 입을 열었다.

"당신 말이야…… 이제 와서 왜 피해자처럼 구는 건데? 웃기지도 않아 진짜. 분명 당신이 겪은 과거는 동정할 여지도 있어. 하지만 당신은…… 무슨 짓을 저질렀지? 어디 잘 보라구. 이 페지테의 꼬락서니를……. 저 역겨운 《울티무스 클라비스》를……!"

이브도 마침내 격노하며 엘레노아를 노려보았다.

"지금 장난해? 당신이 대체 몇 명이나 죽였는지는 알아? 대체 몇 명을 죽여야 만족할 건데? 제국 역사상 개인의 입장에서 당신보다 많은 살인을 저지른 인간이 또 존재할 것 같냐고! 당신이 대체 뭘 원해서 그 정신 나간 대도사의 밑에 붙은 건지는 모르겠고 진심으로 내 알 바 아니지만, 난 절대로 당신을 용서하지 않아! 이 나라를 위기에 빠트린 당신을…… 죄 없는 이들을 고통에 빠트린 극악인인 당신을……! 제국 마도무문의 동량…… 그 숭고한 마도의 등불로 어둠을 헤치고 인류의 미래를 비추며 인도하는 자, 《홍염공(紅焰公)》이 그나이트로서! 내가 당신을 처단하겠어!"

그렇게 선언한 이브는 왼손으로 불꽃을 일으키며 다시 엘레노아와 싸울 태세를 취했다.

"……."

엘레노아는 그런 이브의 눈을 쳐다보았다.

자신이 해야 할 일에 대해 흔들림이 없는 저 올곧은 눈빛은 역시 그 남자를, 글렌 레이더스를 강하게 떠올리게 했다.

"마음에 안 드네요. 예, 정말 마음에 안 들어요……!"

엘레노아는 오른손의 손톱으로 피가 뭘 정도로 머리와 얼굴을 마구 쥐어뜯었다.

"하지만 행동으로 증명하지 않는 발언만큼 허무한 건 없죠. 이브 님. 제가 말씀드렸죠? 전 불사신이라고요."

"……."

"당신은 그 어떤 수단으로도 절 죽일 수 없답니다. 그런데 대체 어떻게 절 처단하겠다는 거죠? 우훗, 우후후후후후……!"

"……훗."

그러자 이브가 입가를 일그러트리며 웃었다.

"······뭐가 웃기죠?"

"그걸로 어떻게 잘 얼버무릴 수 있을 줄 알았나 봐? 뭐, 마술사로서의 두뇌전은 내가 한 수 위였다는 걸까?"

"그게 무슨······ 말씀이시죠?"

"뻔하잖아. 당신의 약점 말이야."

"······예에?"

엘레노아는 바보를 보는 듯한 눈으로 이브를 흘겨보았다.

"제 약점······ 그건 아무리 저라도 【익스팅션 레이】에 의한 근원소(根源素) 단위의 분해 소멸은 경험해본 적이 없다는 것. ······그게 대체 뭐가 문제라는 건가요?"

"······아니, 당신은 그렇게 유도하고 싶었던 거야. 내 말이 틀려?"

"······?!"

그 지적을 들은 순간, 엘레노아의 표정이 주의를 기울이지 않으면 알아채지 못할 정도로 작게 굳었다.

"왜 당신은 일부러 약점을 공개한 걸까? 그래. 확실히 상황만 놓고 판단하면 당신에겐 【익스팅션 레이】가 통할 가능성이 높아. 그러니 당신의 그 발언에는 어느 정도 진실이 포함되어 있고 나도 그 점은 확실히 납득할 수 있었어. 그런데······ 당신은 왜 그런 약점을 스스로 드러낸 걸까? 그런 정보는 딱히 숨겨둬도 문제 될 건 없잖아?"

"······."

"부자연스러움에는 반드시 이유가 존재해. 그리고 이번 경우 그 답을 찾는 건 무척 간단했어. **이 전장에는 글렌이 없으니까.** 즉, 이번에는 절대로 당할 걱정이 없는 【익스팅션 레이】라는 약점을 공개하는 것으로 어쩌면 이 전장에서도 당할 가능성이 있는 **또 하나의 약점**에서 주의를 돌리고 싶었던 거지. 안 그래?"

"……."

"사실 이건 냉정하게 정보를 하나씩 정리해보면 충분히 눈치챌 수 있어. 애초에 전제부터가 이상하거든. 당신을 산 마술사…… 리발 샤레트가 제창한 「기사체험에 의한 죽음의 초월법」은 250년 이상 전의 이야기야. 그리고 세계 최고의 셉텐데인 세리카 아르포네아가 【익스팅션 레이】를 개발해서 선보인 건 2백 년 전의 『마도대전』 때. ……이렇게 놓고 보면 도저히 시간대가 맞지 않잖아?"

"……."

"당신의 육체연령 같은 건 마술로 어찌 해결한다 쳐도 당시의 리발이 【익스팅션 레이】를 사인 중 하나로 상정하는 건 아무래도 무리가 있어. 그러니 그보다 더 가능성 있는 확실한 「죽음」이 존재하는 거겠지. 당신이 그 고문실 안에서는 절대로 경험할 수 없는 「죽음」. 그건 다름 아닌 75,662번의 죽음을 넘어선…… 75,663번째 「죽음」. ……내 말이 맞지?"

"……?!"

그 지적을 들은 순간, 엘레노아의 표정이 동요로 흔들렸다.

절대로 연기일 수가 없었다. 예상조차 하지 못한 진실을 들켰기에 보인 「빈틈」이라는 것을 이브는 지금까지의 경험으로 눈치챌 수 있었다.

"내가 본 당신의 과거에서 리발은 분명 이렇게 말했어. ⋯⋯「이 방법으로는 도저히 경험하게 할 수 없는 죽음이 있다」고⋯⋯「극복할 수 없는 죽음이라는 딜레마가 발생한다」고⋯⋯「하지만 그건 경험하는 죽음의 횟수를 늘리다 보면 거의 해결될 문제」라고⋯⋯. 아무래도 당신이 언급한 【익스팅션 레이】만으로 납득하기에는 어려운 말투지? 아마 당신이 지닌 불사성의 비밀은⋯⋯ 그 방에서 경험한 「사인」뿐만 아니라 그 방에서 「죽은 횟수」도 중요한 요소였던 걸 거야. 따라서 **그걸 넘는 횟수는 부활할 수 없다.** ⋯⋯딱히 증거는 없고 반쯤 추측에 불과하지만 아무래도 당신의 반응을 봐선⋯⋯ 정답이었던 모양이네?"

그러자 엘레노아가 고개를 떨구며 어깨를 떨기 시작했다.

"⋯⋯그래서⋯⋯ 어쨌다는 거죠?"

그리고 시선만 들어서 어두운 눈빛으로 이브를 노려보았다.

"만약⋯⋯ 혹시 사실이라고 쳐도⋯⋯ 그게 뭐 어쨌다는 건가요?"

"⋯⋯."

"전 75,662번의 죽음을 극복할 수 있잖아요? 이건 이미 거의 무한……."

퍼엉!

이브가 일으킨 폭염이 엘레노아의 말을 가로막았다.

새카맣게 탄 육체가 바로 재생을 시작했지만, 이브는 그 틈에 그녀의 말을 부정했다.

"멍청하긴! 「무한」과 「거의 무한」은 비슷한 것 같아도 전혀 달라! 거기엔 하늘과 땅 수준의 차이가 있어! 마술의 신비는 정체를 들키면 그 위력이 반감되는 법! 그러니 당신은 이미 불사신의 괴물이 아니야! **그저 끈질기기만 한 인간일 뿐이지!** 그럼 어디 한번 해보는 수밖에! 고작 75,662번! 내가 끝까지 죽이고 말겠어!"

"아핫! 꺄하하하하하하하하하하하하하하하하하하하하하!"

엘레노아는 웃었다.

불에 타들어 가면서도 웃었다.

"가능할까요? 지금까지 사력을 다해 싸웠는데도 당신이 절 죽인 횟수는 기껏해야 112번, 아니, 113번밖에 안 되는데도요?"

"해내겠어! 반드시! 내 목숨을 걸고! 이그나이트의 긍지를 걸고서!"

이브는 빠르게 복잡한 수인을 맺고 주문을 영창했다.

그리고 육체의 마력을 극한까지 쥐어짜 내며 왼손을 하늘에 들고 외쳤다.

"언니, 나에게 힘을!《무간대연옥진홍·칠원》!"

이그나이트의 권속비주【제7원】의 궁극기를 발동한 순간.
이브가 지배하고 있던 모든 공간이 한 치의 틈도 없이 초
고열의 불꽃으로 채워지며 아득히 먼 하늘 끝까지 피어오르
는 대초열지옥이 강림했다.

"꺄아아아아아아아아아아아아아아아아아아아아악!"

그렇게 모든 것이 진홍빛으로 물든 세계에서 엘레노아의
절규만이 울려 퍼졌다.

제4장 여명의 빛

"우오오오오오오오오오오오!"

"후홋⋯⋯."

불타오르는 성벽 위에서 두 남녀가 격렬히 손발을 주고받고 있었다.

포젤과 엘리에테였다.

"하아아아아아아아아아앗!"

언뜻 보기에 우세한 건 포젤이었다.

성벽을 따라서 내려가는 엘리에테를 놓치지 않겠다는 듯 어깨로 바람을 가르고 진공을 찢어발기며 전진 또 전진.

그 교묘한 발놀림이 자아내는 거센 바람 같은 기세를 타고 쉴 새 없이 연타를 날린다.

일반인이었다면 단 한 수도 제대로 받아내지 못할 압도적인 속도와 위력.

날카로운 레프트 잽에서 이어지는 대포알 같은 라이트 스트레이트, 그대로 오른발을 축으로 삼고 회전하면서 왼쪽 팔꿈치로 타격, 오른쪽 무릎, 레프트 스트레이트, 가볍게 도약하는 동시에 킥.

엘리에테는 물러나면서 피했다. 몸을 흔들며 계속해서 뒤로 물러났다.

그러자 포젤도 쉴 새 없이 파고들며 매달리듯 추격했다.

접근, 오른쪽 팔꿈치, 왼쪽 팔꿈치, 3연속 앞차기, 이어서 파고들며 왼쪽 손날치기, 역회전, 뒤돌아 차기, 거기에 페인트가 아닌 라이트 스트레이트 원, 투, 스리.

앞으로 파고드는 동시에 세찬 물결처럼 뒤로 흘러가는 주위의 광경.

하지만 포젤이 아무리 공세를 퍼부어도.

포젤이 아무리 맹공을 되풀이해도.

"아차차."

엘리에테는 가벼운 스텝을 밟는 동시에 후퇴하며 마치 춤을 추는 것처럼 모조리 회피했다.

"크윽!"

포젤은 계속 마력을 전력으로 전개해 신체능력 강화 마술을 한계까지 끌어올리고 있었다.

육체와 정신을 전부 불사르려는 것처럼 공격을 퍼붓느라 서서히 숨이 차올랐다.

하지만, 그럼에도 포젤은 공격과 호흡의 회전수를 한층 더 올리며 엘리에테를 공격했다.

그런데도 제대로 된 정타가 없었다. 맞출 낌새조차 느껴지지 않았다.

애당초 포젤이 날리는 공격은 그 모든 것이 【천곡】이었다.

즉, 전부 피할 수 없는 공격일 텐데도— 맞지 않았다. 맞을 낌새조차 없었다.

"으음~ 솔직히 피하는 것만으로 한계려나?"

도저히 그렇게 보이지 않는 여유 있는 표정으로 엘리에테는 계속 피했다.

절대로 맞지 않는 공세를 잠시도 늦추지 않은 채, 포젤은 막연히 이런 생각을 했다.

'……이거, 아무래도 나, 죽겠구만.'

그가 아직도 살아 있는 것은, 아니. 그를 살려두고 있는 것은 어디까지나 엘리에테의 변덕이었다.

그럴 마음만 먹으면 단숨에 죽일 수 있을 터.

그녀의 변덕은 오로지 그가 사용하는 【천곡】에 대한 흥미와 경의 덕분이었다.

포젤의 눈에 그가 사용하는 【천곡】은 마치 팔과 다리로 음악을 연주하는 것처럼 보인다. 자신 말고는 아무도 볼 수 없는 악보가 주먹과 발끝에 보이는 것이다.

엘리에테는 그런 【천곡】을 흥미진진한 느낌으로, 마치 장난감을 눈앞에 둔 어린애처럼 반짝거리는 눈으로 관찰하고 있었다.

그녀에게도 자신에게만 보이는 이 악보가 보이는지는 알 수 없지만, 그 관심 덕분에 여태껏 살아 있을 수 있었던 것이다.

그러니 질려버리거나 아니면 다른 것에 관심이 옮겨 간 시점에서 포젤의 명운은 끝이 나리라.

'나 원, 괜한 고집을 피웠군. 아직 못 쓴 논문이 산더미처럼 많은데 말이지.'

포젤은 정말 바보 같은 짓을 했다며 마음속으로 혀를 찼다.

솔직히 말해 도망치면 그만이었다.

엘리에테와 싸우지 않고, 학생을 버리고, 아니. 애당초 이런 시시한 전쟁이 시작되기 전에 페지테를 벗어났어야 했다.

그런데도 결국 자신은 무슨 영문인지 최전선에서 적장급의 적과 목숨을 건 격투놀이라는 어리석기 짝이 없는 짓을 저지르고 있었다.

'그래도, 뭐……'

한편으로는 왠지 모르게 납득도 됐다.

이렇게 글렌과의 약속을 지키며 싸우는 것은 극도의 이기주의자인 자신에게도 무척 놀라운 일이었지만, 그리 나쁜 기분은 아니었다.

'하지만, 그것도 여기까지겠지.'

포젤이 막연히 그런 생각을 한 순간.

퍼엉!

페지테의 성벽 안쪽, 마술학원과 가까운 중심부에서 어마어마한 불기둥이 솟구쳤다.

마치 하늘을 찌를 듯한 압도적인 화염이었다.

"오오? 저건 뭐지?"

"……?!"

그리고 정신을 차리고 보니 곧게 뻗은 주먹 앞에 있어야 할 엘리에테의 모습이 홀연히 사라졌다.

그녀는 포젤의 몇 미트라 뒤에 있었다.

성벽의 난간에서 몸을 내민 채 그 불기둥을 보고 있었다.

대체 어느 틈에.

포젤은 아무도 없는 공간으로 주먹을 뻗은 자세 그대로 등에서 식은땀이 흐르는 것을 느꼈다.

"어라, 엘레노아. 결국 와버린 거야? 그럼 이제 놀고 있을 여유는 없겠네."

그리고 마침내 사형 선고가 내려왔다.

"나도 빨리 내 목적을 달성해볼까. ……뭐, 그렇게 됐으니."

엘리에테가 자신을 슬쩍 흘겨본 순간.

"큭, 우오오오오오오오오오오오오오오!"

포젤은 몸을 돌리는 동시에 전력을 다해 최고 속도의 마지막 일격을 날리려 했다.

"……?!"

하지만 어느새. 정말 눈 깜짝할 사이에.

아니, 애당초 언제 **그걸** 주운 건지.

엘리에테는, **검을 들고 있었다.**

"즐거웠어, 잘 가."

포젤의 시야에서 그녀의 모습이 사라진 후.

푸확!

심상치 않은 양의 피가 그 자리에 성대하게 솟구쳤다.

―――――.

페지테 시내를 망자들이 서서히 잠식해가고 있었다.

대열을 갖춘 채 대로변을, 뒷골목을 휩쓸고 있었다.

페지테 경라청과 연계한 제국군이 주요 지점마다 바리케이드를 쌓고 필사적으로 막았지만, 뚫리는 건 이미 시간 문제였다.

페지테 중심부에서는 아직도 수많은 외도 마술사가 날뛰며 제국군의 주력 마도사들과 일진일퇴의 공방전을 되풀이하고 있었다.

그렇게 페지테는 서서히 불길에 휩싸이고 있었다. 어지러운 혼돈에 집어삼켜지고 있었다.

이브의 고육지책 덕분에 개전과 동시에 《울티무스 클라비스》에 밀린 채 【메기도의 불】에 단숨에 전멸하는 사태는 피했지만, 그럼에도 페지테는 현재 서서히 멸망으로 향해가고 있었다.

"헉! 헉! 하아…… 하아……."

"후우, 후우…… 크윽!"

그런 혼란과 혼돈의 도가니 속에서 뒷골목을 필사적으로 달리는 소년 소녀들의 모습이 있었다.

다 죽어가는 리엘을 등에 업은 카슈와 웬디, 기블, 테레사, 세실, 린이었다.

사람을 하나 업고 뛰느라 당장에라도 쓰러질 것처럼 지친 카슈의 양옆에서 나란히 달리는 테레사와 린은 필사적으로 리엘에게 힐러 스펠을 걸고 있었다.

"헉! 헉! 리엘은 아직도 차도가 없는 거야?"

"미안, 전혀 낫질 않아! 우리도 필사적으로 하고 있는데도……!"

린이 눈물을 글썽거리며 외쳤다.

"생각해보면 리엘은 저번 싸움에서 사지를 잃는 중상을 입었으니…… 이미 치료 한계에 가까웠던 걸지도 모르겠어요."

테레사도 침통한 표정으로 그렇게 말했다.

"로드랑 카이…… 학교의 다른 사람들은 무사할까?"

후위를 맡은 세실도 숨을 헐떡이며 목소리를 쥐어짜 냈다.

"몰라! 우린 도망치는 도중에 망자들 때문에 헤어져버렸으니…… 그 녀석들, 제국군 부대랑 잘 합류했으면 좋겠는데…….

뭐, 리제 선배랑 다른 선배들도 붙어 있으니 그리 쉽게는……."

카슈가 그렇게 중얼거린 순간.

""""으어어어어어어어어어어어어어!""""

그들의 앞길을 가로막듯, 전방 십자로의 왼쪽 길목에서 망자 몇 구가 튀어나왔다.

"젠장! 결국 이런 데서도 나오기 시작한 거야?!"

반사적으로 멈춘 카슈를 향해 망자들이 짐승처럼 달려든 순간.

"《홍련의 사자여·분노에 몸을 맡기고·사납게 울부짖어라》!"

"《백은의 빙랑이여·눈보라를 두르고·질주하라》!"

기블과 웬디가 날린 어설트 스펠이 적들을 쓸어버렸다. 전시 특례 조치로 배운 군용마술도 슬슬 손에 익기 시작했다.

"앗?! 나이스! 고맙다!"

"흥."

"이 정도는…… 별거 아니죠!"

"카슈! 저쪽이야!"

사태가 수습되고 모두가 안도한 순간, 세실이 오른쪽 길을 가리켰다.

"탐색 마술로 주변 상황을 확인해봤어! 저쪽은 아직 적이 적어서 안전하고, 전력이 건재한 제국군 부대 하나가 방어거점을 구축한 곳이 있는 것 같아!"

"으, 응! 그럼 그쪽으로 가자!"

전원이 고개를 끄덕인 후, 학생들은 오른쪽 길로 몸을 돌렸다.

카슈 일행은 한데 뭉쳐서 달렸다.

조금도 정신을 차릴 낌새가 없는 리엘을 지키며.

도중에 망자들과 몇 번 조우했지만, 다행히도 아직 이 일대는 수가 적은 편이라 그들의 힘만으로 헤쳐 나갈 수 있었다.

그렇게 마침내 제국군이 방어거점을 구축한 광장에 도착한 순간, 그들은 깨달았다.

이곳은 결코 안전지대가 아니었다는 사실을.

어디까지나 사지(死地)에 불과했다는 사실을.

"……뭐야, 이게."

주변 일대가 전부 피바다였다.

여기서 바리케이드를 쌓고 망자들의 침공으로부터 도시를 지키려 했던 병사들의 시신이 쌓여 있었다.

전멸.

누가 봐도 확연한 광경 한복판에, 그 악마는 서 있었다.

"안녕."

엘리에테다.

마치 애타게 기다리던 연인과 다시 만난 것 같은 기쁜 표정으로 카슈 일행을 돌아보며 수줍게 손을 흔들었다.

"마, 말도 안 돼! 다, 다, 당신이 여기 있다는 건……?!"

"……포, 포젤 선생님!"

웬디와 카슈는 경악했다.

몸 바쳐 자신들의 퇴로를 열어준, 그 완고한 사회 부적응 교수의 최후를 직감한 학생들은 저마다 침통한 표정으로 고개를 떨굴 수밖에 없었다.

그리고 엘리에테는 그런 그들에게 한없이 천진난만한 얼굴로 잔혹한 선고를 내렸다.

"응, 확신했어. 너희가…… 리엘의 가장 **쓸데없는 부분**이야. 확실해."

"……?!"

"으음~ 친구라고 하던가? 너희 같은 하찮고 별 볼 일 없는 존재 때문에 리엘의 검은 완성되지 않아. 계속 「무딘 칼」인 채야. 그러니 리엘의 완성을 위해…… 내가 그녀에게서 너희를 벗겨내 줄게. 나쁘게 생각하진 마. 이것도…… 전부, 전부 리엘을 위해서니까."

일방적으로 선언한 엘리에테는 검을 들고 카슈 일행을 향해 천천히 다가왔다.

교수대에 오르는 죄인이 13계단을 한 단씩 오를 때마다 점점 눈앞으로 둥글게 묶은 매듭이 가까워지는 게 이런 심정일까?

"너, 너희는…… 도망쳐."

하지만 카슈는 리엘을 내려놓고 앞으로 나섰다.

"내, 내, 내가…… 저 녀석을 막고 있을 테니, 너희는 그 틈에 리엘을 데리고……."

솔직히 말해 그 모습은 조금도 멋지지 않았다. 새파랗게 질린 얼굴로 폭포수처럼 식은땀을 흘리고 온몸을 덜덜 떨면서 이를 딱딱 부딪치고 있었으니까.

하지만, 그럼에도 앞으로 나섰다. 이건 이미 오기였다.

"……멍청하긴. 네 수준으로 1초라도 벌 수 있겠어?"

그러자 이번에는 기블이 카슈의 옆으로 나섰다. 그 역시 떨고 있었다.

"아, 안타깝지만…… 우린 여기까지인 것 같네. 아, 아하하……."

세실도 떨면서 어깨를 움츠렸지만, 그 자리에서 움직이지 않았다. 기분 탓인지 개운한 표정이었다.

"……모두, 함께하죠. ……마지막까지."

웬디는 의식을 잃은 리엘을 안아 일으키며 품에 꽉 끌어안았다.

"예. ……우린 친구니까요."

테레사가 그런 그녀의 곁으로 다가왔다.

"……미안, 리엘. 널 구해주지 못해서."

린이 눈물을 글썽이며 리엘의 머리카락과 뺨을 쓰다듬었다.

"하하…… 죄다 바보들이구만."

그런 학우들의 모습에 카슈는 자연스럽게 웃음이 나왔다.

"선생님이라면 절대로 포기하지 않고 맞서 싸우셨겠지만…… 솔직히 이건 우리한테 짐이 너무 무겁지 않아?"

"……그러게. 그래도 뭐, 우리치곤 잘한 편 아닐까?"

"응. ……우리 최선을 다했어. 선생님도 칭찬해주실 거야."

"예, 맞아요. 그래요. 분명 그분이라면……."

카슈 일행이 잠시 그런 훈훈한 분위기를 자아낸 순간.

"후유…… 진짜 이해가 안 가네."

엘리에테는 지긋지긋하다는 눈으로 한숨을 내쉬었다.

"너희는…… 정말로 리엘을 녹슬게 하는 「쓸데없는 것들」이야."

아무런 감회도 없이.

아무런 감정도 없이.

엘리에테의 검 끝에 그녀만의 빛, 황금색 빛이 깃들었다.

그리고 눈앞에서 미소를 주고받는 학생들을 이 세상에서 육편 한 조각, 머리카락 한 올조차 남기지 않겠다는 듯 온 힘을 담아.

인정사정없이 검을 휘둘렀다.

~~~~.

~~~~.

이건…… 내가 꾸고 있는 꿈이다.

공주는 나에게 이렇게 말했다.
「쓸데없는 부분」을 떼어 내라고,
그러지 않으면 난 엘리에테를 이길 수 없을 거라고.

"난…… 글렌의 검."

이곳은 교실이었다.
알자노 제국 마술학원 2학년 2반의 교실.
글렌이 있고.
루미아가 있고.
시스티나가 있고.
반 애들이 있고.
왠지 시스티나에게 혼나는 글렌을 모두가 웃으면서 바라보는.
그런 특이할 것 없는 평소의 광경이 눈앞에 있었다.
그런 내 마음속 세계의 한복판에서 난 이렇게 말했다.
"글렌은 내 전부. 난 글렌을 위해 살기로 정했어. 글렌의 소중한 걸 지킬 수 있다면 난······."

그리고 내 손에 든 검을 그들을 향해 세워 들었다.

공주에게 받은 검을 그들을 향해 세워 들었다.

간단한 이야기다.

이 자리에 있는 모든 사람을, 사물을 베어버리면 될 뿐.

여기 있는 건 전부 내가 한 자루의 「검」이 되는 걸 방해하는 「쓸데없는 부분」.

그렇다면 그걸 베어서 깔끔하게 떼어버리면 난 완성된다.

더는 두 번 다시 그들을 봐도 아무것도 느끼지 못하고, 이름마저 잊게 될지도 모르지만.

내 마음속에서 살아가는 그들을 파괴하면. 잊어버리면.

······난 강해질 것이다.

공주의 말대로 나라는 「검」이 완성될 것이다.

내 검 끝에서 퍼져나가는 황금색 검광【트와일라이트 솔리튜드】.

그것이 훨씬 더 강하게 빛날 것이다.

지금까지와는 비교도 되지 않을 정도로 강한 검이 완성될 것이다.

분명 그럴 것이다. 틀림없이.

내 영혼과 본능으로 직감하는 확신이었다.

하지만.

"나, 는······."

난 검을 들고 한동안 꼼짝도 할 수 없었다.

"······"

이윽고, 모두에게 시선을 고정한 채 천천히 검을 내렸다.

그리고 검을 바닥에 꽂은 후 손을 떼고 등을 돌렸다.

"······뭐 하는 거야? 리엘."

그런 나를 지켜보던 공주가 의아한 눈으로 질문을 던졌다.

난 대답했다.

"안 해."

"······!"

"난······ 모두를 안 벨 거야."

그렇게 결심한 순간, 내 입에선 평소에는 상상도 할 수 없는 긴 말이 흘러나왔다.

"아니, 못 베. 난 모두를 지키려고 강해지고 싶은 건데······ 모두와 함께 있고 싶어서 지키는 건데! 그런데 왜 강해지려면 버려야 하는 거야?! 그런 건 싫어! 그래야만 손에 넣을 수 있는 검 같은 건······ 난 필요 없어!"

"리엘······!"

공주는 그런 나에게 필사적으로 호소했다.

"하지만······ 그럼 넌, 나를······ 엘리에테를 이길 수 없어! 넌 죽을 거야! 모두도 죽어! 넌 정말 그래도 괜찮은 거니?"

"······."

"이해해. 소중한 사람들인 거지? 그래도 네가 엘리에테를 이기지 못하면 전부 죽을 거야. 그러니 어쩔 수 없잖아. ······슬프겠지만, 괴롭겠지만, 적어도 그들만이라도 지키려면······ 넌 모두를 버리고, 모두를 지키는 단 한 자루의 검이 되어야만 해. ……내 말이 틀려?"

"……조금은."

난 내 마음을 표현하기 위해 신중하게 단어를 골랐다.

"내가, 내가 아니게 되는 걸로 모두를 지킬 수 있다면…… 그래도 상관없다고, 조금은 생각했었어. ……하지만 안 돼. 그런 짓을 하면 분명 글렌이 화낼 거야."

"……글렌 선생님?"

"글렌이라면 그런 짓 안 해. 자신도, 모두도 웃을 수 있는 방법을 온 힘을 다해 고민할 거야. 난…… 그런 글렌이 늘 굉장하다고 생각했어."

"……."

"그리고…… 만약 네가 모두를 베어버리고 그 황금색 검을 강하게 만들어도…… 그 엘리에테는 못 이겨."

"뭐?"

공주가 놀라서 눈을 깜빡거렸다.

"어째서…… 그런 생각을?"

"그건."

공주는 왜 이런 간단한 것도 모르는 걸까?

난 고개를 갸웃거리며 말했다.

"으음~ 그 【트와이…… 뭐더라? 아무튼 그건 엘리에테의 검이니까."

"······?!"

"내가 흉내내봤자······ 저렇게까지 강해질 것 같진 않아. ······감이지만."

"······."

공주는 잠시 넋을 잃은 얼굴을 했지만, 곧 뭔가 납득한 듯 한숨을 내쉰 후 작게 미소 지었다.

"그래. ······아마 네 말이 맞겠지. 저건······ 나의······ 엘리에테의 유일무이한 검이었어. 우리와 넌 달라. 영혼 일부를 공유했을 뿐······ 전혀 다른 일생을 걸어온 별개의 존재니까. 넌 「엘리에테」가 아니라······ 「리엘」이었어. 난 왜 그런 간단한 사실도 눈치채지 못했던 걸까. ······미안해, 리엘. 자칫하면 난 너에게 돌이킬 수 없는 선택을······."

"상관없어. 공주는 날 걱정해준 거잖아?"

난 고개를 떨군 공주의 머리를 글렌이 늘 나에게 해줬던 것처럼 툭툭 쓰다듬었다.

"그런데 리엘······ 그럼 이제 어떻게 할 거니? 난······ 「엘리에테」는 강해. 지금의 네가 그녀를 이기는 건······ 불가능해."

"나도 알아. 그러니 난······ 나만의 빛을 찾을 거야."

난 대검을 연성했다.

"난······ 모두를 지킬 거야. 그러기 위해 검을 쓸 거야. 그게 쓸데없는 일이라고 해도······ 상관없어. 난 지키기 위해 검을 쓸 거야. 살아갈 거야."

내가 그렇게 결심한 순간.

『그래. 리엘. 그거면 돼. 그거면 된 거야……』

『힘내렴, 리엘. 우리의 희망……』

『부디 우리 몫까지 행복한 길을……』

"……?!"

시야 한편에 붉은 머리 남자와, 마찬가지로 붉은 머리 여자가…… 보인 것 같았다.

나에게 따스한 미소를 지어준 것처럼 보였다.

고개를 돌렸다. 이미 없었다.

하지만 방금 거기 있었던 건 분명…….

"……시온? 일루시아?"

그리고.

"……"

공주는 그런 날 보고 말했다.

"알았어. 혹시…… 너라면 가능할지도 몰라."

"응? 뭐가?"

"까놓고 말해 검이란 건…… 궁극적으론 「사람을 죽이기 위한 도구」잖아? 아무리 호의적으로 포장해봤자 그 본질이 바뀌지 않아. 그러니 누군가를 지키겠다는…… 그런 감정은 「쓸데없는 부분」이 될 수밖에 없어. 그건 어디까지나 검을 쓰는 사람의 사정이

지 검 자체의 본질과는 아무런 관계도 없으니까."

"……."

"그래서 과거의 난 포기했었어. 검의 궁극에 도달하려면 「쓸데없는 부분」을 벗겨낼 수밖에 없다고 생각하고 한 자루의 검이 되려고 했어. 뭐, 생전의 난 그것도 어중간하게 끝났지만."

"……."

"그래도…… 하늘에 도달하는 길은 하나뿐이 아닐 거야. 무언가를 지키기 위해 쓰는 검 끝에도 빛이 깃들지도 몰라. 길을 선택하고 나아가는 건 인간의 강한 의지. 그리고…… 우린 검이 아닌, 도구가 아닌, 인간이니까."

그렇게 말한 공주는 내가 바닥에 꽂은 검을 손에 쥐었다.

"리엘. 네가 널 도울게. 누군가를 지키고 싶은, 모두를 지키고 싶은…… 지키기 위해 쓰는 검으로서의 검. 지키겠다는 사람의 의지 그 자체의 「빛」. 네가 너만의 「빛」을 찾는 걸 내가 돕게 해줘. 아슬아슬한 순간까지 내가 네 상대가 돼줄 테니까."

그리고 날 향해 검을 들었다.

그러고 보니 어느새 주위의 풍경은 그 황혼녘의 해변으로 바뀌어 있었다.

외로운 황금색으로 물드는 고독한 세계로.

"솔직히…… 네가 선택한 길은 고될 거야. 그런 「빛」이 정말로 존재하는지도 알 수 없어. 그리고 너만의 「빛」을 찾았다고 해서…… 그게 엘리에테의 빛에 통할지도 알 수 없어. ……넌 죽게 될지도 몰라."

"그래도."

나도 공주를 향해 대검을 들었다.

"난 나만의 「빛」을 찾을 거야."

그 대답을 들은 공주의 입가에서 웃음이 새어 나왔다.

"그럼 간다?"

"응."

나와 공주는 검을 섞기 시작했다.

마음속의 세계에서 오로지 나만의 빛을 찾으려고 「몰두」하기 시작한 것이다.

그리고—.

~~~~.

카아아아아아아아아아아아앙!

세상을 모조리 태워버릴 듯한 황금색 빛이 카슈 일행을 지워버리려 한 바로 그 순간.

커다란 금속음이 마치 세상 끝까지 닿을 것처럼 메아리쳤다.

"아……."

"……세상에."

그 자리의 모두가 눈을 크게 떴다.

"후우…… 하아…… 하아! 콜록! 콜록!"

어느새 리엘이 일어서 있었기 때문이다.

그녀는 친구들을 지키려는 듯 대검을 든 채 당장 숨이 끊어져도 이상하지 않은 상태로 온몸에서 선혈을 흩뿌리며 외쳤다.

"……네 맘대로는 안 돼! 모두 죽게 할 수 없어! 지켜! 내가…… 모두를…… 지킬 거야! 전부…… 내 소중한 사람들이니까!"

"리, 리엘……."

"너……."

"리엘…… 아직도 싸우겠다는 건가요? 저희를 위해……?"

"이젠, 됐어. 리엘…… 이젠 됐으니까…… 그만해."

카슈 일행이 눈물을 흘리며 리엘의 자그마한 등을 바라보았지만, 엘리에테는 한없이 차가운 얼굴로 말했다.

"그러니까…… 그게 「쓸데없는 것들」이라고."

"……."

"그런 「쓸데없는 것들」을 지방처럼 온몸으로 그러안은 채 완전히 검이 되질 못하니까 넌 약해. 내 발끝에도 미치지 못하는 거야."

"……."

"지금도 늦지 않았어. 뒤에 있는 저 「쓸데없는 것들」을 베어 버려. 그러면 넌 분명 강해질 거야. 그때까지 기다려줄……."

"닥쳐!"

리엘은 강하게 외쳤다.

"몇 번이고 말했어! 그런 건 됐다고! 난 검이 되지 않아! 난 리엘 레이포드…… 모두를 지키기 위해 싸우는 **인간**이야!"

"……구제할 도리가 없네. 진심으로 실망했어."

한숨을 내쉰 엘리에테는 다시 검 끝에 황금색 빛을 담았다.

그러자 그녀와 리엘에게만 보이지만, 극도로 농밀한 죽음의 기운이 카슈 일행을 영혼 밑바닥부터 뒤흔들었다.

"그만 끝내자. 널 저 「쓸데없는 것들」과 같이 세상에서 지워줄게."

"……!"

뿌드득…….

리엘은 떨면서 대검을 세워 들었다.

같은 황금색 검광으로 그녀의 빛을 막으려 하는 것일까.

"슬프네. 이제 네 검 끝에는 아무런 빛도 보이지 않아."

"지켜…… 지킬 거야. 난 지켜…… 모두를…… 지키겠어."

리엘은 몽롱한 의식 속에서 마치 고장 난 축음기처럼 지키겠다는 말만 되풀이했다.

"이게 어쩌면 나와 같은 영역에 도달했을지도 모르는 검사의 말로라니."

엘리에테는 도저히 가만히 두고 볼 수가 없었다.

"어쩔 수 없지. ……잘 가렴, 리엘."

선고를 내리고 검을 아무렇게나 휘둘렀다.

그 검 끝에서 방출된 압도적인 빛이 이번에야말로 리엘과 그 뒤에 있는 이들을 전부 집어삼켰다.

그들을 흔적도 없이 이 세상에서 지워버리고 있었다.

'이번에야말로 끝이야, 리엘.'

황금색 빛으로 물들어가는 세상에서 엘리에테가 그런 생각을 한 순간.

위화감이 들었다.

'⋯⋯**이번에야말로**?'

왜 이 상황과 조금도 어울리지 않는 그런 단어가 떠오른 것일까.

'그러고 보니 조금 전의 일격은⋯⋯ 어떻게 막은 거지? 리엘은 이미 【트와일라이트 솔리튜드】를 잃은 상태였잖아. 아직 조금 남아 있었더라도 그때 내 일격을 막을 수준은 아니었을 터. 그런데 어떻게 막은 거지? 대체 무슨 수로⋯⋯?'

엘리에테의 생각이 거기까지 닿은 순간.

한 줄기 은색 빛이 세상을 물들이는 황금색 빛을 위에서 아래로 갈랐다.

그러자 남은 황금색 빛도 그대로 흩어져 맥없이 사라졌다.

"⋯⋯?!"

엘리에테는 예상치 못한 사태에 굳어버릴 수밖에 없었다.

"커헉! 쿨럭! 콜록콜록!"

그녀의 눈앞에는 리엘이 있었다.

이젠 다리도 제대로 못 가누겠는지 대검을 휘두른 자세에서 앞으로 비틀거리며 바닥에 한쪽 무릎을 꿇었다.

하지만 곧 피를 토하며 비틀비틀 몸을 일으켰다.

검 끝이 덜덜 떨리는데도 다시 대검을 들었다.

"……!"

그 순간, 엘리에테는 볼 수 있었다.

리엘이 손에 든 대검.

그것의 검 끝에는 미약하지만 분명한.

작은, 무척 자그마한 빛이 깃들어 있다는 사실을.

그것을 본 순간.

"……?!"

오싹!

맹렬한 오한이 전신을 휩쓸었고, 엘리에테는 그 오한에서 벗어나기 위해 충동적으로 황금색 참격을 날렸다.

"이, 야아아아앗……!"

그러자 리엘도 대검의 무게 휘둘리면서도 반격했다.

그 검 끝이 아름다운 은색의 궤적을 그린 순간.

퍼엉!

역시 이번에도 엘리에테의 황금색 빛을 가르며 소멸시켰다.

억지로 검을 휘두른 반동인지 리엘의 온몸에서 피가 쏟아졌다.

하지만 이 세상에서 지워졌어야 할 그녀는 아직 살아 있었다.

다시 엘리에테를 향해 대검을 들었다.

그 검 끝에 깃든 은색 빛은 조금 전보다 아주 약간 강해져 있었다.

"……그건 뭐지?"

엘리에테는 넋이 나간 눈으로 그런 빈사상태의 리엘을 쳐다보았다.

"방금…… 넌 대체 뭘 한 거야?"

하지만 그런 의문을 느낀 건 카슈 일행도 마찬가지였다.

"리엘…… 대체 어떻게 된 거지?"

"저런 몸으로 아직 움직일 수 있는 것도 놀랍지만…… 그것보다……."

"예, 뭔가…… 리엘의 검 끝에서 이상한 빛이 보이지 않았나요?"

"응, 작고 약하지만…… 무척 아름다운 은색 빛이……."

학생들의 그 대화를 들은 엘리에테는 생각에 잠겼다.

'……보였다고? 리엘의 저 빛은…… 나 말고 다른 인간한테도 보인다는 거야? 그렇다면 저건……【트와일라이트 솔

리튜드)가 아니잖아! 그럼 대체 뭐지……?'

"……이제야, 보였어."

동요하는 엘리에테 앞에서 리엘이 작게 말문을 열었다.

"보, 보였다고?"

"응. 이 빛을…… 계속…… 공주랑 함께 찾고 있었어. 결국 못 찾았지만…… 이제야…… 겨우, 보였어……."

리엘은 엘리에테를 응시했다.

초점이 제대로 맞지 않았지만, 그래도 분명 그녀를 바라보고 있었다.

"이건…… 나의 빛. 나만의 빛. 내…… 삶의 방식. 필요 없는 걸 그냥 버리기만 했던 넌…… 절대로 도달할 수 없는 빛……."

"……아……."

넋을 잃은 엘리에테 앞에서 리엘은 대검을 어깨에 짊어지듯 들어 올렸다.

"예전의 난…… 뭘 위해 사는 건지…… 알 수 없었어. 그래서 누군가의 검이 돼서 살면 된다고 생각했어. 아무것도 생각하지 않아도 되니까 편하다고 생각했어. 하지만…… 그래선 안 된다는 걸 깨달았어. 왜냐하면, 이 세상에는…… 엄청 따스하고 소중한 것들이 있다는 걸…… 알았으니까. 이젠 검인 척, 못 본 척 눈을 돌리는 건…… 못 해!"

"……?!"

"난…… 살 거야. 그런 소중한 걸 지키면서…… 살 거야.

모두랑 같이 살아갈 거야! ……난 그걸 위해 검을 쓸 거야!
주위에 아무도 없는 하늘의 정점 같은 건…… 필요 없어! 살
기 위해! 다른 그 누구도 아닌…… 나를 위해……!"

————.

『아아, 그게 바로 네가 살아가는 방식인 거구나. 리엘.』
마음속 한편에서 공주가 나에게 말을 걸어왔다.
따스하게 지켜보는 것처럼 말해주었다.
『그리고 그것이 네가 목표로 삼은 검…… 너의 「빛」…….』
『이해했어. ……넌 검사가 아니었던 거야.』
『그저 한 명의 멋진 소녀였어.』
『넌…… 검을 연마하는 데 몰두하느라 소중한 걸 계속 버려온
나와는 달라. 인간이기를 포기하고 검이 되려 한 바보 같은 나와
는 달라.』
『넌 진정한 의미로 강한 아이였어…….』
『리엘. 네가 목표로 삼은 그 검과 삶의 방식에 행운이 있기를.』
『이 세상에 첫울음을 터트린 네 「빛」에 축복이 있기를.』
『그리고…… 혹시 괜찮다면 내가 그 「빛」의 이름 지어줘도 괜
찮을까?』
『너도 분명 마음에 들 거야.』
『그 이름은…….』

————————.

"【유대의 여명】ㅇㅇㅇㅇㅇㅇㅇㅇㅇㅇㅇㅇㅇㅇㅇㅇ!"

리엘이 온 힘을 다해 휘두른 대검에서 내뿜어진 흡사 새
벽의 여명처럼 눈부신 은색 빛이 엘리에테의 시야를 새하얗
게 물들였다.

제5장 혼돈의 경계

"시, 싫어! 안 돼애애애애애애애애애애애애애애!"

전장에 소녀의 구슬픈 절규가 울려 퍼졌다.

페지테 어딘가에 있는 그 일대는 그야말로 빙결지옥^{코퀴토스}이나 다름없는 상태였다.

지면이, 건물이, 가로수가 전부 새하얗게 얼어붙어 있었다.

공기마저 얼어서 빛을 반사하며 흩날리고 있었다.

그런 극저온의 세상을 지배하는 건 바로 그 소녀, 하늘의 지혜 연구회 소속 외도 마술사인 《겨울 여왕》 글레이시아였을 터였다.

그녀가 발산한 냉기가 이 세상 전부를 얼려버려야 했을 터였다.

하지만 그 《겨울 여왕》도 지금 현재진행형으로 **얼고 있었다.**

발가락부터 혈액이 완전히 얼어붙으며 발밑부터 성장하는 얼음 덩어리 속에 서서히 갇혀가고 있었다.

그런 그녀의 주위에는 수많은 보석을 영점^{레이 스팟}으로 구축된 마술결계가 펼쳐져 있었다.

마치 얼음처럼 보이는 담청색 보석의 빛이 소녀가 온몸에서 발산하는 냉기를 압도하는 마력의 냉기로 잔혹하게 침식하고 있었던 것이다.

"천청석(天靑石) 결계. 결계 안에 들어온 상대를 그 마력과 함께 동결시키는 빙결 계열 포박 결계."

그 결계의 술자인 크리스토프는 바닥에 손을 댄 채 담담한 목소리로 설명했다.

"내가 너한테 통하지도 않는 보석 결계들을 계속 전개하는 와중에…… 이 셀레스타이트로 널 죽일 결계를 구축하고 있었다는 걸 몰랐나 봐?"

글레이시아가 눈치채지 못한 것도 당연했다. 크리스토프가 손바닥 위에서 굴리는 셀레스타이트는 언뜻 보기엔 완전히 얼음 조각처럼 보이는 보석이었기 때문이다.

이토록 모든 것이 눈과 얼음으로 뒤덮인 장소에서 셀레스타이트를 멀리서 눈으로 구분해내는 건 거의 불가능에 가까웠다.

"확실히 극저온 상태에선 모든 에너지와 운동이 정지해. 그러니 네 지배 영역에선 대부분의 마술이 제대로 효과를 발휘하지 못하지. 네 절대적인 자신감도 거기서 나온 걸 거야. 하지만 조금만 생각해보면 이런 상태에서도 작동하는 마술은 엄연히 존재하잖아? 맞아. ……같은 **빙결 계열 마술**이지."

"아…… 아…… 아아아아아아……?!"

"……끝이야. 《얼음 여왕》 글레이시아 이시즈. 아니면 뭔가 대응책이라도 있어?"

"어째서?! 어째서어째서어째서어째서?!"

끝없이 성장하는 얼음 속에 갇히는 가운데 글레이시아가 절규했다.

"그치만! 냉기 마술은 내 특기잖아! 나보다 냉기를 잘 다루는 마술사가 이 세상에 있을 리 없어! 그런데 어째서?! 왜 내가 냉기 마술로 지는 건데?! 말도 안 돼! 이건 전부 말도 안 된다구우우우우우우우우!"

이젠 기묘한 말투를 꾸밀 여력조차 없는지 꼴사납게 발광했다.

"답은 간단해. 지금의 너보다 내가 더 강하니까. 단지 그것뿐이야."

이제 끝이라는 듯 일어선 크리스토프는 냉기로부터 폐를 지키기 위해 입가에 두르고 있던 머플러를 내렸다.

"그, 그럴, 그럴 수가……!"

"조금은 깨달았어? 지금까지 네가 장난삼아 얼려버린 아무런 죄도 없는 사람들의 심정을."

"아, 아아아아아아! 시, 싫어! 추워! 차가워! 몸이 안 움직여…… 손이 안 움직여어! 피가, 피가 얼어붙고……! 살려 줘! 제발 살려 줘!"

"미안하지만, 난 바빠. 너 같은 쓰레기를 상대로 낭비할 시간은 이제 없어. ……그럼 이만. 내세에는 좀 더 남들에게 따뜻하게 대할 수 있는 인간으로 태어나길 바랄게."

마술사다운 냉혹한 태도로 일방적인 작별인사를 고한 크리스토프는 그대로 등을 돌렸다.

"……아."

그리고 마치 투명한 금속성 같은 소리가 울리는 동시에 글레이시아는 거대한 얼음덩어리 안에 완전히 갇혀 버렸다.

빛을 난반사하는 얼음 속에 갇힌 아름다운 소녀의 모습은 누군가에겐 일종의 배덕적인 미와 예술성을 느끼게 할 수도 있었으리라. ……그 얼굴에 새겨진 절망과 고통을 제외한다면.

"……그래도 예상보다 시간이 걸렸네. 나도 아직 멀었어."

그 작품을 만들어낸 무시무시한 예술가는 한 번도 뒤돌아보지 않고 다음 전장을 향해 질주했다.

————.

"자자자자자자자자자자자자자!"

"으으으으으윽?!"

두 주먹에 폭염을 두른 버나드가 제토에게 맹공을 펼치고 있었다.

주먹과 주먹이 격돌할 때마다 세찬 폭염이 작렬하고 충격파가 주위로 퍼져나가는 동시에 공중으로 떠오른 제토의 몸이 뒤로 밀려났다.

"흐랴아아아아아아아아앗!"

한 걸음 크게 파고든 버나드가 다시 주먹을 휘두르자, 제토는 팔을 십자로 교차하며 그것을 막았다.

퍼억!

"끄으아아아아아아아아아아아아아아아앗?!"

하지만 막는 것과 동시에 날아간 그의 몸은 폭염에 휩싸인 채 바닥을 구를 수밖에 없었다.

"마, 말도 안 돼. 이럴 수는 없어! 왜지?! 왜 이 몸이……! 이렇게까지 속수무책으로 당할 수밖에 없는 거냐!"

믿을 수가 없었다.

도저히 믿을 수 없는 현실이었다.

뭔가 속임수나 잔재주에 당한 거라면 그나마 납득할 수 있었다.

원래 버나드는 그런 교활한 수법으로 유명한 마도사였기 때문이다.

하지만 이 싸움이 시작된 뒤로 그는 조금도 잔재주를 부리지 않았다. 머스킷 총, 강사, 다양한 마술도구들, 기습에 가까운 속임수 등을 일절 쓰지 않았다.

다시 말해, 제토는 정면 대결에서 버나드에게 완벽하게 압도당하고 있었다는 뜻이다.

　"이럴 리가…… 이럴 리가 없어. 내가…… 이 내가……!"

　굴욕감에 몸서리치는 제토를 향해 버나드는 목을 뚝뚝 꺾으면서 말했다.

　"거참, 뭐가 구도자라는 건지. 역시 자네는 내가 예상한 대로였구만. 그저 자신보다 약자를 괴롭히면서 기쁨에 잠기는 무인인 척 하는 쓰레기였어."

　"뭐……?!"

　"그 증거로 자네의 기술은…… 전에 싸웠을 때에 비해 조금도 바뀐 게 없지 않나. 같은 수법이 두 번이나 통할 정도로 우리 마술사들의 세계는 만만하지 않다고?"

　그 도발에 가까운 지적에 제토는 경악했다.

　"그런 점에서 난 참 훌륭해. 왕년의 날카로움을 되찾으려고 어울리지도 않는 수행을 다시 시작했거든? 덕분에 젊은 여성 관료들 사이에선 최선을 다하는 모습이 멋지다며 극찬을 받았으니 이게 바로 일석이조 아니겠나? 꺄하하하하하하하하하하하하!"

　"너…… 너, 네 이 노오오오오오오오오오오오오옴!"

　조롱하는 듯한 말투에 제토의 분노가 들끓었다.

　버나드는 그런 그를 향해 천천히 주먹을 들었다.

　"흐응? 분하면 어디 덤벼보시지 그러나. 다음은 정면에서

가주지!"

그렇게 선언한 후 버나드는 오른 주먹에 폭염을 집중시키기 시작했다.

지금까지와는 차원이 다른 마력량.

아마 다음에 오는 건 지금의 버나드가 펼칠 수 있는 최강의 일격이리라.

"좋다! 받아주마! 내 진짜 실력을 보여주지!"

그렇게 맞받아친 제토도 오른 주먹에 전격을 집중시키기 시작했다.

응축되는 폭염과 전격으로 인해 공간이 비명을 질렀지만, 두 명의 마력은 한없이 상승했다.

"우오오오오오오오오오오오오오오오오오오오오오!"

먼저 움직인 것은, 제토였다.

버나드를 향해 일직선으로 돌격하는 그 모습은 그야말로 기관차 같았다.

닿는 모든 것을 박살내서 날려버리는 물리력의 폭거였다.

그리고 버나드와의 간격을 단숨에 지워버린 제토는 주먹을 내질렀다.

분노와 전력이 담긴 그 일격은 틀림없이 버나드의 힘을 아득히 뛰어넘고 있었다.

아무리 왕년의 날카로움을 되찾았다 한들 버나드는 노인
이다.

위력까지 완전히 되돌아온 것은 아닐 터.

그러니 기술만 제대로 펼칠 수 있다면, 명중시킨다면 그대
로 힘으로 압도해서 이길 수 있다고 이때의 제토는 확신하
고 있었다.

버나드의 얼굴을 향해 날아가는 자신의 주먹을 보며 승리
를 확신했다.

하지만 그 기대는 다음 순간 완전히 무너졌다.

"어……?"

몸이 뭔가에 뒤로 끌려가는 것처럼 멈추었다.

그리고 버나드의 얼굴에 닿을 뻔한 팔이 뭔가에 잘려서
밑으로 떨어졌다.

정신을 차리고 보니.

주위에는 거미줄처럼 강사로 된 결계가 펼쳐져 있었다.

그의 몸은 어느새 그 수많은 강사에 꽁꽁 묶여서 옴짝달
싹도 할 수 없었다.

"이…… 이, 이게 무슨?!"

예상치 못한 사태에 굳어버린 순간.

"브아~~~~보."

버나드는 그를 향해 얼굴을 불쑥 내밀고 혀를 내밀며 조롱하듯 말했다.

"젊은 자네와 정면 대결이라니, 이 늙어빠진 몸으로 그런 확률 낮은 도박을 할 리가 있겠냐고. 푸흐흐흐흐흡!"

"너, 너너, 너너, 너어어어어어어어어어어어어어어!"

제토가 격노했지만, 이미 늦었다.

강사에 대체 어떤 마술적 처리를 한 건지 마비라도 된 것처럼 전혀 움직일 수가 없었다.

그리고 버나드는 느긋하게 동결을 해제한 머스킷 총을 꺼내서 멋들어지게 한 바퀴 돌리더니 완전히 당황한 제토의 미간을 향해 총구를 들이밀었다.

"자, 그건 그렇고…… 자네처럼 같은 수법에 두 번이나 당한 마술사를 이 업계에서 뭐라고 하는지 아나?"

"자, 잠깐! 잠깐만 기다려봐!"

"「얼간이」라고 한다네."

"으, 으아아아아아아아아아아아아아아아아아아아앗!"

탕!

제토의 원통함과 절망이 뒤섞인 절규는 이내 화약이 터지는 소리에 묻혀 사그라졌다.

————.

"여, 크리 도령!"

"버나드 씨?!"

전투의 소음과 혼란이 지배하는 페지테를 질주하던 크리스
토프의 옆에 착지한 버나드가 나란히 달리면서 말을 걸었다.

"무사하셨군요! 그렇다는 건 《포효》의 제토를 해치우신 건
가요?"

"물론이지! 이 몸이 그런 애송이를 상대로 당할 리……
엡, 허세입니다! 엄청 고생했다고! 보기만큼 쉬운 싸움은 아
니었지 뭔가! 으윽! 허, 허리가!"

"아하하하! 하긴, 제토는 지금의 하늘의 지혜 연구회에서
도 손꼽히는 실력자였으니까요."

"나 원, 진심으로 나이는 먹고 싶지 않구만! 그건 그렇고
자네도 무사한 걸 보아하니 《얼음 여왕》 글레이시아를 함락
시킨 모양인걸?"

"예, 솔직히 좀 버거운 상대였지만요."

"됐네, 됐어. 이겼으면 됐지 뭘! 아무튼 이걸로 이쪽이 꽤
유리해졌겠구만!"

이러니저러니 해도 제토와 글레이시아는 전투력이라는 측
면에서는 엘레노아, 엘리에테, 파웰이라는 3강을 제외하면
적의 최강급 전력이었다.

그런 둘을 일대일이라는 환경에서 최소한의 피해로 격파한 건 엄청난 공적이라 할 수 있으리라.

"예. 지금 색적 결계로 주위의 상황을 파악 중인데…… 외도 마술사들과의 시가전도 조금씩이지만 흐름이 이쪽으로 넘어오고 있습니다. 제1실의 크로우 천기장과 베어 십기장, 특무분실의 신입 집행관인《운명의 수레바퀴》엘자 씨를 중심으로 상당한 전과를 올리고 있네요. 페지테 경라청 소속 경비관들의 분투와 일부 시민들의 가세한 덕분에 그만큼 제국군의 전력을 다른 곳으로 돌릴 수 있었던 게 조금이나마 효과가 있었던 것 같습니다."

"그런가. 상황이 아슬아슬할수록 고작 나뭇잎 한 장 차이로 저울이 이쪽으로 기울 수도 있으니 말이지."

"예. 이대로 가면 적 외도 마술사들을 전부 격파하는 것도 가능할지도 모르겠습니다."

하지만 희망적인 내용과는 반대로 크리스토프는 미간을 찌푸렸다.

"그보다 문제는…… 이 페지테의 시내로 성벽을 넘어서 침입하는《울티무스 클라비스》의 수가 서서히 늘어나고 있다는 점. 그리고……."

"적의 3대 전력, 엘레노아 샤레트. 엘리에테 헤이븐. 파웰 퓌네……겠지?"

"예. 결국 적 외도 마술사들과의 시가전도,《울티무스 클라비스》와의 공성전도 **부수적인 것**에 불과해요. 이 셋을 처치하지 않는 한 전황은 간단히 뒤집히겠죠."

"그래서 지금 상황은 어떤가. 솔직히 난 싸우는 데 집중하느라 전혀 파악하지 못했네만."

"잠시만요. 지금……."

크리스토프가 다시 색적 결계로 페지테 내부의 정보를 확인하려 한 순간.

퍼엉!

시내 중심부 쪽에서 어마어마한 불꽃이 하늘을 찌를 것처럼 솟구치는 광경이 두 사람의 눈에 들어왔다.

"……앗?! 저, 저 불꽃은…… 이브 씨의……?"

"서두르세, 크리 도령. 아무래도 저쪽은 클라이맥스인가 보군."

고개를 끄덕인 크리스토프와 버나드는 중심부를 향해 발걸음을 돌렸다.

———.

그것은 그야말로 현대에 되살아난 신화의 대전이었다.

한 명의 인간이 절대적인 악마의 대군과 사악한 혼돈과

맞서 싸우는, 비밀스런 영웅담이었다.

알베르트는 달렸다.

집중해서 폐도를 일직선으로 질주했다.

그저 자신이 타도해야할 거대하고 강대한 적, 파웰을 향해 올곧게 전진했다.

그런 그의 앞에서 파웰은 손가락에 반지를 낀 왼손을 움직여 허공에 무수히 많은 악마 소환문을 그렸다.

역겨운 흑마력의 태동.

심연 밑바닥에서 터져 나오는 악의의 산성(産聲).

문이 열린다. 끊임없이. 하염없이.

지옥의 악마들이 이 세상으로 흘러넘치고 있었다.

666의 악마군단. 다채로운 절망의 개념에서 태어난 끔찍한 모습의 대악마들이 알베르트의 앞에 봇물처럼 밀려들었다.

그를 물어뜯고, 그의 영혼을 지옥 밑바닥으로 끌고 가기 위해 살의와 악의를 드러낸 채 노도처럼 덤벼들었다.

뿐만 아니라 암흑 그 자체인 파웰로부터 생성된 무한한 혼돈이 온갖 악의 있는 형태를 이루며 이를 드러냈다.

"큭!"

악마의 대군과 무한한 혼돈.

그것들과 맞붙은 알베르트의 「오른쪽 눈」이 황금색으로 세차게 타올랐다.

알베르트는 달리면서 전력을 다해 마력을 불살랐다.

강대한 벼락이 하늘을 나는 끔찍한 새 모습의 악마를 격추한다.

왼손으로 날린 주먹이 해골기사 모습을 한 악마의 두개골을 분쇄한다.

휘몰아치는 홍련의 화염이 땅을 기어오는 식인 식물 형태의 악마를 불사른다.

그것을 뛰어넘으며 날린 돌려차기가 하늘을 나는 벌레 모습의 악마를 양단한다.

착지하는 동시에 지면에 마술법진을 전개, 그 위에 있는 혼돈의 바다를 성스러운 빛의 기둥으로 소멸시킨다.

폐도의 무너져가는 건물 벽을 발판 삼아 달리는 알베르트에게 쇄도하는 늑대, 사자, 수소 모습의 악마.

유성우처럼 쏟아지는 혼돈의 말뚝들.

알베르트가 빠르게 주문을 영창해 왼손에서 방출한 극대 전격포가 그것들을 모조리 날려버린다.

혼돈으로 이루어진 칼날이 날카로운 진공파를 일으킨다.

얼굴이 여러 개 달린 인간형 악마가 마계의 독기를 흩뿌린다.

진공 칼날이 육체를 상처 입히고 독기가 침식했지만, 알베르트는 개의치 않고 왼손에서 일곱 개의 뇌창을 종횡무진 방출해 혼돈과 악마를 꿰뚫어 날려버렸다.

격진하는 세계.

포효하는 세계.

명멸하는 세계.

그 신화 속 싸움의 재현에 세계가 통곡하고 있었다.

하지만 알베르트는 전혀 개의치 않고 앞으로, 또 앞으로 나아갔다.

그러자 새로운 악마들의 그의 앞길을 계속, 또 계속 가로막았다.

"우오오오오오오오오오오오오오!"

"허허허허, 제법이군요!"

파웰은 자신을 향해 무서운 기세로 달려오는 알베르트를 그 이상의 기세로 악마들을 소환해 막고 있었다.

그리고 급기야 혼돈의 별마저 떨어트렸다.

제아무리 알베르트라도 이만한 공세 앞에서는 무사할 수 있을 리 없었다.

흑마에 탄 기사 모습의 악마가 내지른 마상창이 옆구리를 꿰뚫었다.

불꽃의 악마가 내뿜은 지옥의 불길에 휩싸였다.

여섯 개의 팔을 지닌 근육 체형의 거인 악마가 여섯 자루의 검을 내리찍었다.

거대한 늑대형 악마가 오른팔을 물었다.

폭발하는 혼돈의 별의 반짝임이 육신을 짓눌렀다.

"으, 우오오오오오오오오오오오오오오오오오오오오오!"

하지만 그럴 때마다 알베르트는 더 강하게 「오른쪽 눈」을 연소시켰다.

그렇게 번개폭풍으로 길을 막는 것들을 모조리 쓸어버렸다.

날리고, 찢어버리고, 쓸어버리고, 베어버린다.

그 모습은 그야말로 수라. 혹은 전귀.

이젠 어느 쪽이 악마인지 알 수 없을 지경이었다.

물러서지 않고, 주눅 들지 않고, 겁먹지 않고.

그저 앞을 향해, 저 너머에 있는 파웰을 향해 오로지 일 직선으로 전진했다.

"허허, 애쓰는군요. 아벨."

파웰은 그런 알베르트는 즐거운 눈으로 지켜보면서 장난이 라도 치는 것처럼 추가로 악마를 소환하고 혼돈을 흩뿌렸다.

"파웰……! 파웨에에에에에에에에엘!"

알베르트는 마력을 쥐어짜 내서 폭염으로 요격했지만, 멀 었다.

파웰은 끝없이 멀었다.

「오른쪽 눈」의 특성으로 무시하고 있지만, 원래 파웰이 소 환하는 악마들은 단독으로 도시 하나를 궤멸시킬 수 있는 상위 개념존재다.

거기다 파웰이 흩뿌리는 혼돈도 고작 하나를 「이해」할 때마다 뇌가 타들어갈 듯한 부담을 요구했다.

그만한 존재들을 미친 듯한 속도로 쏟아내고 있으니 도저히 닿을 수가 없었다.

심지어 파웰은 알베르트가 해치운 악마도 다시 재소환하고 있었다.

당연했다.

악마는 개념존재, 사실 그 「본체」는 《의식의 장막》 너머에 존재하기 때문이다. 악마 소환술이란 결국 그 「본체」의 「분령」을 마력으로 된 육체로 이 세상에 소환하는 기술에 불과하다.

다시 말해, 술자가 계약한 악마는 마력이 바닥나지 않는 한 무한히 불러낼 수 있다는 뜻이다.

그리고 파웰의 마력은 무한.

게다가 파웰이 내포한 혼돈 또한 무한.

그러니 결국 피아의 거리는 무한대나 다름없었다.

"하하하하! 아벨, 당신이 뭘 노리는지는 알고 있습니다."

파웰은 공세를 늦추지 않으며 여유 있게 말했다.

"당신의 「오른쪽 눈」…… 인간이 가질 수 있는 그 칼날의 힘이라면 절 소멸시키는 것도 불가능하지는 않겠지요. 예, 저라는 존재의 본질을 진정으로 「이해」할 수만 있다면 말입니다."

"……!"

"하지만 절 「보고」, 「이해」하는 건 그리 쉬운 일이 아닐 겁니다. 그보다 당신이 폐인이 되는 게 먼저겠지만…… 그래도 당신은 제가 인정한 유일한 인간. 만에 하나의 가능성을 간과할 수는 없겠지요."

"……!"

"그러니 당신이 절 「볼」 틈을 주지 않을 겁니다. 당신은 여기서 끝입니다."

파웰은 다시 허공에 문을 열었다.

이번에 출현한 악마는 그야말로 그의 악의와 악취미의 구현. **세 명**의 《장희》 알리샤르였다.

"……너……?!"

분노에 타오르는 알베르트를 향해 세 《장희》가 붉은색과 푸른색의 쌍마창을 들고 일제히 달려들었다.

아무래도 《6마왕》 중 하나를 셋이나 동시에 상대하는 건 버거웠는지 처음으로 전진을 멈추고 벼락으로 창격을 응수했다.

천지개벽을 방불케 하는 폭발과 충격이 폐도 전체를 뒤흔들었지만, 이윽고 《장희》들의 창이 그의 어깨를, 다리를, 팔을 찌르자 피가 솟구쳤다.

하지만 알베르트는 그 창들을 분질러 부수고 다시 팔을 들어 올렸다.

그런 식으로 고군분투하는 알베르트의 모습을, 뒤에서 무릎을 꿇고 주저앉은 루나가 망연자실한 눈으로 지켜보고 있었다.

"······어떻게?"

이때 그녀의 마음을 지배한 것은 어둠보다 깊은 절망과 한 가지 의문뿐이었다.

루나의 공허한 눈은 알베르트의 상처 입은 뒷모습에 고정된 채 움직이지 않았다.

악마와 혼돈의 공격은 개념적인 현상이라 육체보다 영혼에 직접적으로 피해를 준다.

어쩌면 저 기묘한 「오른쪽 눈」으로 그 피해를 경감하고 있는 걸지도 모르겠지만, 그래도 한계가 있는 법이다.

아마 저 사내는 어떤 결과가 됐든 이 싸움이 끝나면 살아남을 수 없으리라.

하지만 그런 건 자신에겐 아무래도 상관없었다.

지금 그녀의 마음을 지배하는 건 단 하나의 의문이었다.

"어떻게······ 그렇게까지 싸울 수 있는 거야?"

루나는 전력을 다해 싸우는 알베르트의 모습을 눈으로 좇으며 마침내 그 의문을 입 밖으로 꺼냈다.

"······그치만······ 아무리 생각해봐도 승산이 없잖아. 힘의 차이가 너무나도 커. 복수를 생각하는 것조차 우스울 정도로······."

그 와중에도 알베르트는 누나의 모습을 한 악마를 지근
거리에서의 극대 전격포로 날려버렸다.

"그렇지 않아도 차이가 압도적인데…… 사랑하는 존재까
지 소환해서 싸우게 만드는데……."

이어서 또 다른 《장희》의 흉부를 손날로 꿰뚫었다.

"왜…… 어떻게 싸울 수 있는 거지? 불가능해! 이제 복수
하는 건 무리인 게 뻔한데도……!"

누나의 모습을 한 마지막 악마까지 폭염으로 불살라버린
알베르트는 그녀들의 잔해에는 눈길도 주지 않고 다시 앞으
로 전진했다.

그러자 혼돈과 악마들이 당연하다는 듯 다시 밀집 진형을
이루며 쇄도해왔다.

"대체 왜……!"

루나는 더는 그 모습을 지켜볼 수가 없어서 머리를 부여
잡고 몸을 웅크릴 수밖에 없었다.

분명 자신의 마음은 격렬한 복수심에 사로잡혀 있었을 터
였다.

타오르는 복수의 불길은 복수를 이루라며, 원수를 갚으라
며 그녀의 마음을 충동질했다.

상대가 누가 됐건 자신을 막을 수 있는 건 이제 아무것도
없다고. ……그렇게 생각했었다.

설령 이 목숨을 모조리 불태우더라도, 악마나 악귀가 되

더라도 파웰을 죽이겠다고 맹세했었다.

그 맹세만이 잔해뿐인 이 몸을 움직이게 하고 있었다.

그런데 그 결과가 이 모양 이 꼴이라니.

결국 그녀의 마음은 완전히 꺾여버리고 말았다.

상상을 초월하는 원수의 강대함과 사랑하는 이의 무참한 모습에.

그녀의 복수심을 전부 집어삼키고도 부족해 하는 끝이 보이지 않는 사악함과 악의에.

마음이 완전히 굴복해버린 것이다.

지금의 루나는 파웰에 대한 분노가 조금도 남아 있지 않았다.

그저 **운이 없었던 거다.**

이런 절망적이고 절대적인 악과 마주쳐버린 자신이 불행했던 것이다.

그런 식으로 **모든 것을 체념할 수밖에** 없었다.

그런데도…….

"치잇!"

알베르트는, 저 「인간」은 계속 싸우고 있었다.

저 기묘한 「오른쪽 눈」이 있다고 해도 육체적인 강함은 천사인 자신보다 훨씬 모자랄 터.

하지만 저만한 강적, 절망, 심연 앞에서도 그는 굴하지 않고, 물러서지 않고 앞만 보고 계속 나아가고 있었다.

그 싸움 끝에 남는 것이 자신의 죽음뿐이라는 것을 이해하고 있으면서도 우직하게 포기하지 않았다.

"어째서? 어째서야……?"

천사인 주제에 나약하고 꼴불견인 자신과.

인간인 주제에 강하고 어딘지 모르게 눈부신 저 남자는.

대체 뭐가 다른 것일까.

파웰에 대한 저 남자의 복수심이 그만큼 강하다는 뜻일까.

자신의 체이스에 대한 마음이 저 남자가 누나를 생각하는 마음보다 부족하다는 것일까. 약하다는 것일까. 가짜였다는 것일까. 그래서 이토록 차이가 생겨버린 것일까.

마지막으로 남은 이 마음조차 부정당해버린다면, 자신이라는 존재는 대체 무엇일까. 그 삶에 무슨 의미가 있는 것일까.

"……어째……서……."

루나는 서럽게 울었다.

왠지 체이스에 대한 마음을 부정당한 것 같아 눈물이 멈추지 않았다.

자신이라는 존재가 완전히 부정당한 것 같아 원통했다.

그러니 증명해야만 했다. 체이스에 대한 마음도, 자신의 존재 이유도 저 남자에 비해 모자람이 없을 정도로 강하다는 것을. 틀림없다는 것을.

투쟁과, 분노와, 증오로 증명해야만 했다.

그런데도 루나의 손에는 검을 쥘 힘조차 없었다.

그 순간.

"크으으으으으으으윽!"

눈앞에 전개한 마력 장벽으로 밀려드는 혼돈의 해일을 막았지만, 그 압력과 충격을 결국 버티지 못한 알베르트가 두 발로 땅에 선을 그으며 루나의 옆까지 밀려났다.

"……?!"

루나는 퍼뜩 놀라서 고개를 들었다.

"……쿨럭! 치잇!"

알베르트가 필사적으로 좁힌 50미트라의 거리가 단숨에 멀어졌다.

저 사력을 다한 싸움이 전부 물거품이 되었다. 시작 지점으로 되돌아오고 말았다.

하지만 알베르트는 피를 토하고 잠시 한쪽 무릎을 꿇었을 뿐, 바로 입가를 훔치고 다시 일어섰다.

그의 형형한 눈은 여전히 저 멀리서 몰려드는 악마 군단과 끝없이 흘러넘치는 어둠의 혼돈 너머에 있는 파웰에게 고정되어 있었다.

그 한없이 올곧은 시선을 보고 만 루나는.

"어째서?"

그렇게 묻지 않을 수 없었다.

"……"

다시 망설임 없이 전진하려던 알베르트가 그 자리에 멈춰섰다.

"……어째서냔 말이야!"

루나는 울면서 다시 질문했다.

"어떻게 당신은…… 아직도 복수심을 버리지 않을 수 있는 건데!"

"……"

"그치만 승산이 없잖아! 복수 같은 건…… 이젠 무슨 수를 써도 이룰 수 없어! 당신도 알고 있잖아? 불가능하다구! 힘의 차이가 너무 커!"

"……"

"그런데도 왜 당신은 포기하지 않는 거지? 싸울 수 있는 거지? 나아갈 수 있는 거지? 당신은…… 그렇게까지 저 남자에게 복수하고 싶은 거야? 왜?"

"……"

"모르겠어…… 난 전혀 모르겠어! 어떻게 그럴 수가 있는 거지? 체이스에 대한 내 마음이 당신이 누나를 생각하는 마음보다 부족하다는 거야? 당신이 그러니까…… 당신 때문에 난 이토록 비참한 기분을……."

울부짖는 것처럼 약한 소리를 하는 루나에게 알베르트는
이렇게 답했다.

"복수를 위해서가 아니다."

루나는 옆에서 그의 얼굴을 올려다보았다.

알베르트는 여전히 앞에서 시선을 떼지 않은 채 담담한
목소리로 말했다.

"내가 싸울 수 있는 건······ **부탁받았기 때문이다.**"

그 순간, 머릿속에 떠오른 것은 이 페지테를 그에게 맡기
고 떠난 한 남자의 말이었다.

─그래, 그럴 때는 날 불러.

─켁! 그래도 너랑 나 둘이라면 그런 최악의 상황이라도
그나마 낫겠지.

─너무 혼자서 짊어지지 마.

'그 녀석은 분명 지금 여기에 없지만, 영혼은 나와 함께해.
혼자라는 건 물리적으로 떨어진 상태만을 뜻하는 말이 아
니야.'

알베르트는 아주 조금이지만 입가를 끌어올려 쓴웃음을
지었다.

복수하고 싶은 것뿐이라면 「파란 열쇠」를 쓰는 것도 하나
의 방법이었다.

하지만 그랬다간 자신은 아마 적의 첨병으로 돌아서서 그 남자에게 부탁받은 것들을 지킬 수 없게 되리라.

그리고 만약 지금 여기에 그 남자가 있었다면 분명 이렇게 말했을 것이다.

고작 이 정도 역경에 약한 소리 하지 말라고.

그 남자는 그 어떤 절망적인 상황 속에서도 절대로 꺾이지 않았다.

그렇다면 그런 남자가 믿고서 뒷일을 부탁한 자신이 꺾일 수는 없었다.

"루나 프레아. 분명 난 너와 같은 복수귀다. 하지만 그 동기만으로는 이렇게까지 싸우지 못해. 그것뿐이었다면 지금의 너처럼 압도적인 절망과 힘의 차이 앞에서 속수무책으로 무릎을 꿇었겠지. ……아니면 이 「파란 열쇠」를 내 몸에 꽂았을 수도."

알베르트는 계속 버리고 파괴해도 어느새 자신의 손에 돌아와 있는 「파란 열쇠」를 루나에게 보여준 후, 손아귀 힘만으로 부숴버리고 다시 입을 열었다.

"하지만…… 아무리 거대한 절망 앞에서도 결코 좌절하지 않고 자신의 소중한 것을 믿고 지켜온 내 벗의 뒷모습이 가르쳐주더군. ……진정한 강함이라는 게 무엇인지를."

"……."

"그 녀석이 없었다면…… 지금쯤 난 혼자서 모든 걸 짊어졌다는 망상에 사로잡혀서 아무것도 이루지 못한 채 어딘가에서 고독한 최후를 맞이했겠지. 그런 벗이…… 나에게 맡기고 떠난 거다. 동료들을. 이 나라를. 이 세상을. 그 약속이 있기에…… 내 영혼의 불길은 꺼지지 않아. 이 상처 입고 당장에라도 무너질 것 같은 몸과 마음에 다시 싸울 힘이 생기는 거다. 너와 내 차이는 단지 그것뿐이겠지."

루나는 망연자실한 얼굴로 알베르트를 올려다보았다.

그래서 싸울 수 있다고? 그래서 포기하지 않을 수 있다고? 사랑하는 가족의 모습을 한 존재를 죽이면서까지?

그는 자신과 같은 복수귀.

여태까지는 지옥의 업화 같은 증오와 분노를 연료 삼아 살아왔지만, 이제는 그 이상의 동기가 그의 버팀목이 되고 있다는 것일까.

루나가 계속 넋을 잃고 있자, 알베르트는 그제야 처음으로 그녀의 얼굴을 흘겨보았다.

"아쉽게도 난 네 과거를 알지 못해. 그러니 정보부의 서류에서 얻은 데이터로 너라는 개인을 추측할 수밖에 없어. 힘을 얻기 위해 인간이기를 포기하고 천사가 된 어리석은 여자…… 그게 바로 너다. 하지만 난 네가 그저 힘만을 추구하는 부류의 인간이라는 생각은 들지 않더군. 천사 전생…… 그건 어지간한 각오로는 감히 시도조차 할 수 없는 일이니까. 그러니너도 나와 같은 **계기**가 있었던 게 아니었나? 누군가가 맡긴 소중한 뭔가가 있었기에 넌 인간이기를 포기하면서까지 천사가 된 게 아닌가?"

"……?!"

루나는 퍼뜩 놀라 눈을 크게 떴다.

그리고 머릿속에서는 주마등처럼 옛 동료들의 얼굴이 하나둘씩 떠올랐다.

—아버지나 다름없었던 요하네스.

—오지랖이 넓었던 시르딘.

—호쾌한 오빠 같았던 길더.

—상냥한 언니 같았던 셰릴.

—친남매처럼 자라온 소꿉친구 체이스.

자신이 약했던 탓에 죽어버린, 성당기사단의 동료들.

가족이나 다름없었던 동료들.

그런 그들은 어떤 전장에서 그녀를 지키고 목숨을 잃었다.

그런 그들은 이 세상을 조금이라도 바로잡으려고, 이 세상에서 슬퍼하는 이들을 조금이라고 줄이려고 스스로 검을 든 사람들이었다. 동경하는 사람들이었다.

그런 그들의 마음을 루나는 계승했다. 스스로의 의지로 받아들였다.

그래서 천사가 되기로 결심했던 것이다.

돌이켜보면 그것이 계기이자, 《전천사》 루나의 시작점이었다.

하지만 뭔가를 지키기 위해 싸울수록 주위에서 괴물 취

급을 받는 동안.

글렌 레이더스라는, 인간인 채로 모든 것을 지켜낸 남자에게 질투하는 동안.

파웰 퓌네라는, 끝을 알 수 없는 사악한 존재에게 증오와 복수의 불꽃을 태우는 동안.

어느새 잊어버리고 말았다.

계속, 지금 이때까지 잊고 있었다.

"난…… 내가 싸우는 의미는……."

그렇다. 복수가 아니었다.

아니, 복수심 자체는 이제 와서 부정할 수도 없고 버릴 생각도 없지만.

그보다 훨씬 더 중요한 게 있지 않았던가.

"……!"

정신을 차리고 보니 어느새 알베르트는 다시 파웰을 향해 달려가고 있었다.

전혀 끝이 보이지 않는 악마의 군세와 무한한 혼돈을 향해 정면에서 마력과 마술을 터트리자, 루나의 시야가 새하얗게 물들었다.

"아…… 아아아……."

그런 알베르트의 모습과 등이 과거에 그 어떤 강적을 상대로 굴하지 않고, 좌절하지 않고 사람들을 지키겠다는 긍지로 싸움을 계속해왔던 사랑하는 동료들의 모습과 겹쳐 보인 순간.

루나의 재만 남은 마음에 다시 희미한 불씨가 깃들었다.

텅 비어버린 것 같았던 육체에 느리지만 분명히 힘이 돌아
오고 있었다.

"……맘에 안 들어! 진짜…… 제국 놈들은…… 죄다 하나
같이…… 맘에 안 들어!"

손등으로 눈가를 문지른 루나는 검을 지팡이 삼아서 일어
난 후, 등에 달린 세 쌍의 날개를 활짝 펼쳤다.

"하아아아아아아아아아아아아아아아아아아아아아앗!"

"……?!"

충격음이 들리고, 알베르트는 눈을 부릅뜬 채 굳어버렸다.

눈앞에서 새하얀 깃털을 흩날리며 내려온 루나가 무시무
시한 위력을 지닌 빛의 법력검으로 혼돈과 악마들을 쓸어버렸
기 때문이다.

성검의 칼날에서 방출된 백색 법력의 포효.

신성한 법력이 악마와 혼돈에게는 특효약이었는지 놈들
은 단말마를 지르며 소멸했다.

"허어. 이건 또 예상 밖의 일이……."

파웰이 어딘지 모르게 즐거워 보이는 얼굴로 다시 악마와 혼돈을 불러냈지만.

"거기 너!"

루나는 무시하고 알베르트를 향해 외쳤다.

"일시 휴전이야! 네가 저 빌어먹을 늙은이한테 가는 길을 뚫어줄게! 그러니 그 「오른쪽 눈」으로 저 녀석을 후딱 해치워버려!"

"흥. 이제야 정신을 차린 건가."

"시끄러워! 나도…… 오기가 있다고!"

그 순간, 루나의 뒤에서 한 악마가 맹렬한 속도로 달려들었다.

《흑검의 마왕》메이베스. 그녀가 사랑하는 가족, 체이스 포스터의 모습을 한 악마였다.

"꺼져!"

하지만 루나가 돌아보는 동시에 휘두른 포스 세이버가 거대한 백색 호선을 그리며

"……따라 와!"

한순간 눈과 입가에 애수에 가까운 감정이 떠올랐지만, 루나는 결국 그쪽에는 눈길도 주지 않은 채 파웰을 향해 달리기 시작했다.

"훗…… 뭐, 상관없겠지."

알베르트도 아주 살짝 입가를 끌어올리며 뒤를 따랐다.

"《금색의 뇌제여·대지를 전부 정화하고·하늘에 울부짖으며 꿰뚫어라》!"

그리고 전력을 다한 마술이 악마들을 날려버렸다.

"하아아아아아아아아아아아아아아앗!"

루나도 전력을 다해 악마들을 소멸시켰다.

무리 짓는 막대한 혼돈의 어둠을 단칼에 베어버렸다.

"흠…… 악마와 혼돈으로는 더 이상 막지 못하겠군요."

하지만 파웰은 어디까지나 여유 있는 태도로 미소를 머금은 채 그런 둘의 모습을 지켜보고 있었다.

"우오오오오오오오오오!

"하아아아아아아아아아아아아아아앗!"

알베르트와 루나는 때로는 서로를 지원하고, 때로는 서로를 방패로 삼고, 때로는 서로를 이용해가며 전진했다.

앞으로, 계속 또 앞으로.

작렬하는 법력.

포효하는 마력.

찬란하게 타오르는 눈동자.

파공성을 울리는 검.

어지럽게 흘러넘치는 혼돈.

끝없이 밀려드는 무한한 악마.

맞서는 인간과 천사에게 가차 없이 이를 드러내는 무시무시한 폭력들.

"윽?!"

"크으으으으윽!"

성대하게 휘두른 혼돈의 날개가 알베르트의 뼈를 부러트렸고, 루나를 물어버린 악마의 송곳니가 깊게 살을 파고들었다.

틈을 주지 않고 칼날이, 창이, 악마들이, 온갖 흉기와 광기의 형태가 굴하지 않고 달려드는 두 사람을 향해 무자비하게 쏟아졌다.

이미 둘은 방어에 마력을 돌릴 여유조차 없었다.

그저 전력으로 전진할 뿐. 그저 마모되어갈 뿐.

혼란스럽게 뒤섞이는 전장에서 인간과 천사의 몸과 마음이 깎여나가고 있었다.

순식간에 망가진 그들의 육체에서 피가, 생명이 흘러내리고 있었다.

이젠 돌이킬 수 없을 정도로.

하지만, 그럼에도 그들은 흘러내리는 한 방울의 목숨을 대가로 삼아 한 걸음, 또 한 걸음씩 거리를 좁혀 나갔다.

"우오오오오오오오오오오오오오오오오오오오오오!"

"하아아아아아아아아아아아아아아아아아아아앗!"

그렇게 쉴 새 없이 달린 끝에 기다리고 있었던 것은…….

—————.

그곳은 진홍빛 세상이었다.

"하아아아아아아아아아아아아앗!"
"아아아아아아아아아아아아아아아아아아아아아악!"

이브의 기백 어린 고함과 엘레노아의 단말마가 길게 울려
퍼졌다.
《무간대연옥진홍·칠원》.
이브가 사랑하는 언니와의 사투를 통해 마침내 비결을 얻
은 이그나이트 최대의 비술.
자신의 지배영역을 한 치의 빈틈도 없이 초고열의 불꽃으
로 채우는 필중 필멸의 공격 술식.
극한의 불꽃이 도망칠 곳 없는 엘레노아의 몸을 태웠고,
무한에 가깝게 샘솟는 망자들도 출현하는 동시에 불사르고
있었다.
"꺄아아아아아아아아아아아아아아아아아악!"
엘레노아는 무시무시한 기세로 죽음과 부활을, 소멸과 재
생을 반복하면서.

비웃음을 흘렸다.

"이힛…… 크흣…… 아핫, 꺄하하하하하하하하하하하!"

"……!"

"강해, 강하시네요. 이브 님! 역시 대단하세요! 진심으로 이 저를 75,662번 죽일 생각이신 거군요?! 아하하하하하하하! 설마 이런 비장의 수를 준비하셨을 줄이야…… 이히히힛, 꺄하하하하하하하하핫!"

엘레노아는 빈정거리듯 입가를 끌어올리고 이브를 오만하게 내려다보았다.

"덕분에 전 벌써 거의 2백 번쯤 죽었답니다? 앞으로 몇 번을 죽어야 완전한 죽음을 맞이할지는…… 전 숫자에 약하다 보니 잘 모르겠네요?"

"……치잇!"

엘레노아의 도발에 이브는 이를 악물 수밖에 없었다.

확실히 비장의 수인 《무간대연옥진흥·칠원》을 꺼낸 덕분에 엘레노아를 죽이는 속도는 훨씬 빨라졌다.

하지만 아직도 한참 부족했다.

75,662번이라는 숫자는 너무나도 멀고, 막대해고 끝이 보이지 않았다.

"보아하니 당신의 그 대마술은…… 어지간히 마력을 잡아먹는 술식인 것 같네요. 그런 페이스로 마지막까지 유지할 수 있을지…… 유지한다고 해도 그때까지 페지테가 버틸 수 있을지…… 저도 참 걱정 되는걸요?"

"……시끄러워!"

이브는 강한 목소리로 반박했다.

"그런 건 상관없어! 가능성이 있다면 시도하는 수밖에! 난…… 이그나이트니까!"

"어머머. 이제까지 늘 완벽한 계산과 이론으로 저희의 예상을 뛰어넘어왔던 당신이…… 마지막에 와선 결국 정신론을 입에 담는 건가요? 이거 참 우습네요."

"……시끄럽다고 했지! 내가 준비한 계획이 설마 이걸로 끝일 것 같아?"

물론 끝이었다.

그저 허세와 블러핑이었다.

이제 그녀의 수중에 남은 계획은 아무것도 없었다.

얼마 전까지의 그녀였다면 슬슬 손을 뗄 준비에 들어설 단계였다. 전공을 포기하고 피해를 최소한으로 줄여 철수할 타이밍이었다. 어디까지나 자신의 보신을 위해.

하지만 지금은 아니었다. 조금도 물러날 생각이 들지 않았다.

'설마…… 이 내가 이런 계획도 없고 승산도 없는 절망적인…… 글렌 같은 싸움을 하게 될 줄이야……!'

물러설 수 없는 싸움을 하게 될 줄이야.

어쩌면 당시의 글렌과 리디아도 이런 심정이었던 걸까?

'그건 그렇고, 어쩌지? 전에 언니가 썼던 자기희생 자폭 마술【대종염】은 위력은 확실해도 유지 시간이 너무 짧아. 이제 와서 목숨이 아까운 건 아니지만, 저 엘레노아와는 상성이 최악이야! 역시 여기선《무간대연옥진홍·칠원》밖에……!'

즉, 엘레노아를 죽이는 속도를 더 높여야만 했다.

그러기 위해 필요한 것은.

'**열량**이야. ……내 불꽃의 열량을 더, 더, 훨씬 더 올려야 해!'

《무간대연옥진홍·칠원》으로 엘리노아를 죽이는 속도가 훨씬 빨라진 건 이 마술이 공간 제압형 공격이라는 점도 있지만, 가장 큰 이유는 「열량 차」였다.

실제로 불꽃의 열량을 올리면 엘레노아를 죽이는 속도가 빨라지는 것을 확인했다.

그렇다면 엘레노아를 단숨에 죽일 수 있는 열량의 도달점이 어느 정도일지 고민한 순간, 불현듯 어떤 기억이 떠올랐다.

전에 자유도시 밀라노에서 리티아와 싸웠던 때를.

당시 리디아의《무간대연옥진홍·칠원》에 자신의 마력을 더하는 것으로 간섭작용을 일으켜서 한순간이지만 **무한 열량**의 영역에 도달했었다.

'맞아, **무한 열량**! 그걸 쓰는 수밖에 없어! 지금, 여기서……!'

「∞」. 그것이야말로 이 세상에서 모든 것을 승화시키는 궁극의 에너지.

삼속성 공명 간섭으로 「허수」의 에너지를 발생시키는【익스팅션 레이】와는 다른 의미로 필멸의 공격 마술이 되리라.

그거라면 엘레노아를 단숨에 죽이는 것도 가능할 터.

'하지만…… 무슨 수로? 아무리 생각해도 지금의 내 기량과 마력으로는…….'

그 터무니없이 높은 난이도에 이브가 이를 악문 순간.

"그건 그렇고…… 이브 님."

진홍빛 세상 한복판에서 끊임없이 타오르고 있는 엘레노아가 자신만만하게 미소 지었다.

"당신은 뭐, 아주 신나게 절 태우고 계시는데 설마…… 제가 이대로 가만히 있을 거라고 생각하셨나요? 우훗, 우후후후후……."

"……?!"

"설마 「비장의 수」가 있는 게…… 당신뿐인 줄 아셨나요?"

그렇게 말한 엘레노아가 어딘가에서 「열쇠」를 꺼냈다.

「검붉은 열쇠」였다.

하지만 그 열쇠는 **반으로 쪼개져** 있었다.

그런 불완전한 형태지만, 저 불길한 마력을 내뿜는 「열쇠」의 모습은 잊으려야 잊을 수가 없었다.

"아……! 엘레노아, 설마 당신도 그 「열쇠」를?!"

이브는 아연실색할 수밖에 없었다.

그만큼 저 「열쇠」는 위험한 물건이었다.

당장에라도 쓰는 걸 막아야 한다.

하지만 이미 《무간대연옥진홍·칠원》의 작열지옥 한복판에 갇혀있는 엘레노아에게는 더 이상 손쓸 방법이 없었다.

하염없이 죽음과 부활을 반복하는 엘레노아가 거침없이 말했다.

"하늘의 지혜 연구회의 헤븐스 오더는 거의 전원이 「열쇠 소유자」이기도 한 **인간을 그만둔 분들**이에요. 하지만 전 「인간」으로서 대도사님께서 맡긴 역할을 완수해야 했기에 「인간」으로서의 성질을 남기기 위해 이런 불완전한 열쇠를 하사받을 수밖에 없었죠. 그래서 제 위계는 제2단 《지위》. ^{어엘터스 오더} 하지만 이 「열쇠」는 대도사님이 절 가장 신뢰하신다는 증거. 제 자랑이기도 하답니다. 그리고 단언하죠. 이 「열쇠」는……불완전한 상태인 것을 감안해도 「최강의 열쇠」라는 것을요."

"치잇……!"

이브가 이를 악무는 것보다 먼저 엘레노아는 뭔가에 도취된 듯한 표정으로 그 「열쇠」를 자신의 가슴에 꽂았다.

다음 순간.

쿠웅!

폭력적이기까지 한 검은 마력을 하늘 높이 방출한 엘레노아의 모습이 바뀌기 시작했다.

인간이 아닌 마인— 최후의 마장성(魔將星)으로.

그 압도적인 존재의 강림에 페지테 전체가 뒤흔들렸다.

―――――.

제6장 주여, 인간이 소망하는 것의 기쁨이여

멀리서 시끄러운 전투음이 들리는 페지테의 어느 뒷골목.

"······쿨럭! 쿨럭!"

"괜찮은가?"

그곳에는 두 남성이 있었다.

하나는 알자노 제국 마술학원 소속의 마도 고고학 교수 포젤.

다른 하나는 같은 마술학원의 백마술 교수 체스트 남작이었다.

포젤의 가슴에는 심한 검상이 나 있었지만, 그래도 간신히 치명상을 면한 상태였다.

그는 셔츠를 찢어서 상처를 묶어 지혈하고 손을 대 힐러 스펠을 영창했다.

"진심으로 위험할 뻔했네. 그 《검의 공주》 엘리에테와 맞상대를 하다니······ 자네도 참 무모한 짓을 하는군 그래."

옆에서는 체스트 남작이 실크해트을 고쳐 쓰며 한숨을 내쉬었다.

방금 전 엘리에테와 싸우고 있던 포젤은 하마터면 그녀가 날린 【트와일라이트 솔리튜드】 앞에서 속수무책으로 죽을 뻔했다.

하지만 【트와일라이트 솔리튜드】가 그의 몸을 갈라버리기 직전, 멀리서 그 싸움을 지켜보고 있던 체스트 남작이 마지막 남은 마력을 쥐어짜서 발동한 원격 단거리 전송 마술로 여기까지 대피시킨 것이었다.

아슬아슬한 타이밍에 포젤을 놓친 엘리에테는 딱히 아쉬워하는 기색도 없이 시내 어딘가로 사라졌다.

"……그건 피차일반 아닌가, 남작."

포젤은 자신의 몸을 치료하면서 씁쓸한 목소리로 말했다.

"말해두지만, 우리는 그 여자의 변덕 덕분에 산 거다."

그리고 조금 전까지 자신과 엘리에테가 싸우고 있던 페지테의 성벽을 올려다보았다.

여기서 직선거리로 5백 미트라쯤 떨어진 그곳은 엘리에테의 【트와일라이트 솔리튜드】로 인해 반으로 갈라져 있었다.

"솔직히 그 여자라면 이 정도 거리쯤 전혀 문제도 되지 않았겠지. 하물며 그 여자는 우리를 놓친 게 아니었어. 분명 눈이 마주쳤으니까. 그저 나에게서 흥미를 잃었을 뿐."

"……그렇겠지. 덕분에 목숨을 건졌군."

"왜 날 구한 거지? 엘리에테가 조금만 더 나에게 관심이 있었다면 너도 지금쯤 나와 같이 저승행이었을걸? 그냥 내버려두면 됐을 텐데."

"뭐, 같은 직장의 동료라 나도 모르게 몸이 움직였다……
그밖에 할 말이 없군. 사실 자네가 우리를 동료로 여기고
있는지는 의문이지만 말일세."

"……흥."

체스트 남작이 이죽대자, 포젤은 겸연쩍은 듯 코웃음을
쳤다.

그리고 비틀거리며 일어나더니 뚝뚝 핏방울을 흘리며 벽
을 따라 걷기 시작했다.

"가야 해."

"어디로?"

"……학생들의…… 곁으로. 글렌 선생에게…… 부탁받았으
니까……."

포젤은 아직 상처가 거의 아물지 않은 상태였다. 조금만
더 깊었다면 즉사했을지도 모르는 심각한 상처가 이런 짧은
시간 동안 건 힐러 스펠로 완치될 리 없었기 때문이다.

그럼에도 그는 걸음을 옮기기 시작했다.

"하지만 어디로 말인가. 지금 이 페지테는 그야말로 혼돈
의 도가니일세. 색적 마술로도 누가 어디에 있는지 전혀 알
수 없는 상황이네만?"

"그래도……다……!"

그 순간.

파앗!

여기서 한참 먼 곳에서 눈부신 은색 섬광이 터지며 하늘을 꿰뚫었다.
"저, 저 빛은 뭐지?"
"설마……."

—————.

그저 거룩하고 신성한 광경이었다.

"이이이이이이이이야아아아아아아아아아아아아아아아앞!"
"크으~?!"

리엘과 엘리에테가 처절한 검극을 나누고 있었다.
엘리에테의 황금색 검광【트와일라이트 솔리튜드】.
그 황혼의 빛이 이 세상을 전부 불태우려는 듯한 기세로 검 끝에서 빠르게 방출되었다.
하지만 그것들을 리엘의 검 끝에서 퍼져나간 은색의 검광
—【데이브레이크 링크】가 모조리 베어내고, 튕겨내고, 털어내고, 지워버렸다.
"하아아아아아아아아아아앗!"

"크으으으으으윽!"

리엘은 쉴 새 없이 검을 휘둘렀다.

대상단에서 내리치고, 옆으로 받아치고, 온몸을 회전시켜서 휘둘렀다.

그 참격 하나하나에 눈부신 은색 빛이 깃들어 있었고, 공격이 이루어질 때마다 온 세상이 동틀 녘의 하늘처럼 밝게 빛났다.

"앗?!"

엘리에테는 그 은색 빛에 완벽히 밀리고 있었다. 수세에 몰렸다.

필사적으로 【트와일라이트 솔리튜드】를 날려서 리엘의 【데이브레이크 링크】를 요격했다.

하지만, 어째선지 전부 힘이 모자랐다.

리엘의 빛이 더 강했다.

황혼의 황금색이 여명의 은색으로 덧칠되었다.

"애들아…… 너희도…… 보여?"

그런 식으로 싸우는 리엘의 모습 앞에서 카슈가 눈물을 흘리며 나직하게 말했다.

"예, 보여요. 보이고 있어요……."

"응, 나한테도 보여. 저 빛이……."

"리엘의 검에서 퍼져 나가는 은색의 빛…… 무척 따스하고 강해서……."

"뭘까, 저건. 논리적으로 설명할 수 없는…… 말도 안 되는, 터무니없는 현상인데도……."

"왠지…… 눈물이 멈추질 않네요……."

웬디도, 세실도, 린도, 기블도, 테레사도, 저마다 눈물을 흘리며 리엘의 싸움을 지켜보았다.

그렇다.

리엘의 【데이브레이크 링크】는 그녀만의 빛이 아니었다.

엘리에테의 【트와일라이트 솔리튜드】와 달리 모두의 눈에도 보였다.

강하고 따스한 희망의 은색이 보였다.

그 빛을 휘두르는 리엘의 모습은 한없이 신비스럽고 천사처럼 아름다웠다.

"이것이…… 우리를 지키기 위해 싸우고 있던 리엘의 「빛」……."

"응. 검 끝에 「빛」이 보인다니, 무슨 말도 안 되는 소리인가 싶었는데…… 분명 이걸 말하는 거였어……."

"예. 어마어마한 힘을 가진 빛인데도…… 전혀 무섭지 않아요. 오히려 보이지 않았을 때보다 훨씬 더……."

실제로 리엘이 폭풍처럼 사방팔방으로 퍼붓는 은색의 검광은 주위의 건물이나 카슈 일행을 몇 번이나 휩쓸었다.

하지만 카슈 일행이나 건물에는 아무런 영향도 주지 않았다.

그저 기분 좋은 바람이 스쳐 지나가는 듯한 느낌만 있었을 뿐.

그런데도 엘리에테에게만은 무시무시한 위력으로 이를 드러내는, 그런 「빛」이었다.

─이길 수 있어. 가능해. 힘내.

리엘을 지켜보는 모두가 마른 침을 삼키며 그런 생각을 한 순간, 린이 불안한 목소리로 중얼거렸다.

"그, 그런데…… 리엘…… 괜찮은 걸까?"

그 말을 들은 순간, 모두 입을 다물 수밖에 없었다.

그렇지 않아도 리엘의 몸은 만신창이였다. 한계 따윈 이미 예전에 초월했다.

원래대로라면 절대안정을 취해야 하는 상태다. 겨우 목숨 줄만 붙어있을 뿐, 전투 같은 건 언어도단이다.

호문쿨루스의 내구력을 감안해도 이미 목숨이 위험한 상태인 것이다.

그런데도 리엘은 검을 멈추지 않았다. 계속해서 【데이브레이크 링크】를 날렸다.

엘리에테와 전력을 다해 맞서 싸웠다.

검과 검이 처절하게 맞부딪히자, 당연히 그 충격과 반동 때문에 온몸에 난 상처가 크게 벌어지고 사방에 피가 흩뿌려졌다.

극한을 돌파한 상태로 검무를 출 때마다 육체가 붕괴하고 있었다.

"거기다…… 리엘의 저「빛」은……."

린은 코를 훌쩍이며 겨우 말을 이었다.

"마치…… 리엘에게 남은「최후의 목숨」을 쥐어짜 내서…… 그 목숨을 불태워서 밝히는「최후의 빛」처럼 느껴지는걸……!"

말로 대답하지 않아도 모두가 느끼고 있었다.

그녀의 말이 사실이라는 것을.

이유는 알 수 없었다. 영혼으로 이해하고 있었다.

리엘은 이미 한계를 초월했다.

그렇다면.

이대로 가면 그녀는…….

"그게 뭐가 어쨌다는 거야!"

카슈가 울면서 소리쳤다.

"리엘은 우리를 위해…… 이 페지테를 지키려고 자기 의지로 싸우고 있잖아! 이젠 아무도 막지 못해! 아무도 막을 자격 따위 없다고! 그나마 우리가 할 수 있는 건…… 리엘을 믿는 것뿐이야. ……리엘의 싸움을 끝까지 이 눈으로 지켜보는 것뿐이야! 안 그래?!"

"……예, 맞아요."

"힘내, 리엘. 아무쪼록……."

"이겨…… 제발……!"

"리엘……!"

카슈 일행은 기도하는 심정으로 리엘의 싸움을 지켜보았다.

"흐아아아아아아아아아아아아아아아아아아아아아아아
아압!"

리엘이 온몸에서 선혈을 흩뿌리며 방출한 은색의 섬광이
세상을 새하얗게 물들이며 고속으로 질주했다.

"크, 으으윽?! 으아아아아아앗!"

그것을 황금색 빛으로 막은 엘리에테의 몸이 뒤로 밀리며
공중으로 떠올랐다.

"이, 이럴 수가…… 뭐야 이게! 난 이런 검은 몰라…… 이
런 검은 본 적도 없다고!"

발을 동동 구르는 엘리에테의 얼굴에서 처음으로 여유가
사라졌다.

"하아아아아아아아아아아아아아아아아아아아앗!"

그 얼굴을 향해 리엘이 공중에서 대검을 내리쳤다.

다시 세상이 은색으로 밝게 타올랐다.

"으그으으으으으으으으으윽?!"

검을 머리 위로 쳐올려서 막아봤지만, 바닥이 움푹 내려
앉았다.

"이이이이이이이야아아아아아아아아아아아압!"

리엘은 공중에서 몸을 비틀어 머리가 아래로 내려오는 자
세로 대검을 휘둘렀다.

이번에는 은색이 가로로 일자를 그리며 허공을 갈랐다.

"으아아아아아아아아앗!"

반사적으로 막아낸 엘리에테의 몸이 그 위력을 이기지 못하고 뒤로 날아갔다.

리엘은 틈을 주지 않겠다는 듯 대검을 세워 들고 달려들어 소나기 같은 은색의 난격을 퍼부었다.

엘리에테는 그 맹공을 필사적으로 막으며 초조한 목소리로 외쳤다.

"아니야! 이럴 리가 없어! 내 빛은…… 【트와일라이트 솔리튜드】는 무적……! 최강의 검이어야 하는데……!"

필사적으로 막으며 반격을 시도했지만, 리엘은 그 이상의 속도로 그녀의 시도를 전부 무산시켰다.

"난 모든 「쓸데없는 부분」을 떼어 내고…… 나 자신을 한 자루의 검으로…… 최강의 검으로 완성했을 터! 그리고 나와 같은 검과 싸우는 것을 통해…… 연마를 통해…… 더 높은 「하늘」에 도달할 수 있을 터였어! 그런데……!"

리엘의 은색 검과 싸워도 그녀 자신의 검은 전혀 강해지지 않았다.

높은 곳으로 도달할 수 없었다.

그야 당연하다.

엘리에테와 리엘의 검은 근본적으로 성질이 달랐기 때문이다.

자신을 그저 한 자루의 검으로 바꿔 뭔가를 베는 것만을 위해 연마된 검광.

인간인 채로 누군가를 지키기 위해 단련된 검광.

이렇듯 둘은 비슷한 것 같으면서도 근본적으로는 완전히 다른 개념이다.

애당초 룰이 다른 이종 격투기전이나 다름없으니 거기서 얻을 수 있는 건 아무것도 없었던 것이다.

그렇다면 그런 둘의 승패를 가를 수 있는 요인은 무엇일까.

답은 간단했다.

승리는 더 강한 빛을 품은 자에게 돌아오리라.

그리고 그 결과는······.

"이럴······ 수가······!"

엘리에테는 속수무책으로 밀리고 있었다.

황금색 빛이 은색의 빛에 집어삼켜지고 있었다.

"내가 더······ 약하다는 거야?! 네 검이 더······ 강하다는 거냐구!"

"하아아아아아아아아아아아아아아아아아아아아앗!"

"그럴 리······ 없어! 그럴 리가 없단 말이야! 그게 사실이라면······ 난······ 난 대체 뭘 위해······!"

그때, 엘리에테의 머릿속에 불현듯 떠오른 것은.

검에 모든 것을 걸고, 검을 위해 살았던 생전의 유일한 친구였다.

하지만 그 친구의 모습, 얼굴, 이름은 잘 기억나지 않았다.

얼마 전까지만 해도 분명히 기억했는데, 지금은 떠올릴 수 없었다.

「떼어 냈기」 때문이다.

다만, 길고 화사한 머리카락과 진홍색 눈동자가 인상적인 매우 아름다운 여성이었다는 것만은 어렴풋이 생각났다.

하지만 구체적인 건 아무것도 기억나지 않았다. 아무리 애를 써도 떠올릴 수 없었다.

왜냐하면, 이미 「버렸으니까」.

검밖에 없었던 자신의 시시한 인생에서.

그녀와 함께 했던 날들만이 유일한 ■■이었는데도…….

"으아아아아아아아아아아아아아아아아아아아아아악!"

엘리에테는 소리쳤다.

이대로 질 수 없다고.

그리고 그대로 온 힘을 다해 검을 휘둘렀다.

그 순간만은 황혼색 빛이 세상을 황금색으로 물들이며 리엘의 은색 빛을 밀어냈다.

"큭?!"

그 위력과 충격을 이기지 못한 리엘의 몸이 뒤로 날아가고 바닥을 굴렀다.

피를 흩뿌리고 몇 번이나 바닥에 부딪히며 뒹굴었다.

리엘이 바닥을 기며 피를 토했다.

절호의 기회였다.

하지만 엘리에테는 그 기회를 살리기는커녕 리엘을 향해 검을 겨누고 이렇게 외쳤다.

"승부를 내자…… 리엘!"

"……"

"네 「빛」과 내 「빛」…… 정말로 강한 게 어느 쪽인지! 서로 잔재주 없이 전력을 다한 일격으로 승부를 내는 거야! 어때?"

하지만 리엘은 대답하지 않았다.

그저 대검에 기대 간신히 몸을 일으킬 뿐.

어쩔 수 없었다.

이미 그녀는 몇 번이나 한계를 넘은 상태였다.

조금 전까지의 우세했던 흐름이 끊어진 탓에 다리에는 더 이상 빠르게 달릴 힘이 없었고, 팔에는 기교를 부릴 여력도 없었다.

그러니 엘리에테의 제안을 그대로 받아들이는 것밖에 남은 길은 없었다.

'너한테 이기는 것뿐이라면 딱히 정면 승부를 고집할 필요는 없어.'

엘리에테는 실이 끊어진 인형처럼 고개를 떨군 리엘을 응시했다.

'이미 넌…… 생명도, 힘도…… 전부 소진했어. 하지만 난 아직 여력이 있지. 적당히 히트 앤 어웨이만 반복하는 소모전으로 들어가면 확실히 널 쓰러트릴 수 있어. 하지만…… 그게 정말 널 이겼다고 볼 수 있을까? 그런 식으로는 내 「빛」이 네 「빛」보다 강하다는 걸 증명하지 못해! 그런 결말은…… 이 「빛」에 모든 것을 건 한 명의 검사로서 용납할 수 없어!'

그러하기에 정면 승부.

그리고 정면 승부라면 자신이 질 리 없었다.

'내 검은…… 최강이니까!'

엘리에테는 검을 대상단으로 들어 올렸다.

그리고 그 검에 황금색 빛을 깃들게 하고 힘을 끌어올렸다.

그녀가 보는 세계를, 그저 고독할 뿐인 세계를 전부 황금색으로 물들이는 그녀의 「빛」.

외롭고 쓸쓸한 그 황혼의 세계에 엘리에테는 홀로 서 있었다.

그리고 이어진 것은 그녀의 최강이자 최대의 일격이었다.

"자, 와라! 리엘!"

리엘은 비틀거리며 대검을 들어 올렸다.

이젠 검의 무게를 지탱할 힘도 없는지 무릎이 떨렸고 검 끝도 흔들렸다.

이런 상태로 날릴 수 있는 공격은 그녀의 최약이자 최저의 일격일 터.

"리엘……!"

하지만 뒤에서 들린 친구의 목소리에 반응해 검 끝에 빛이 맺혔다.

"힘내, 리엘!"

친구들의 목소리에 빛이 더 강해졌다.

"지지 마, 리엘!"

"부탁이야! 이겨!"

"또 다 같이 선생님의 수업을 듣는 거야!"

"네가 이런 곳에서 죽는 건 절대로 인정 못 해!"

"리엘!"

"……리엘! 리엘……!"

"부탁할게. 제발, 제발…… 지지 마!"

"그 누구보다, 너 자신을 위해…… 이겨줘!"

""""리엘!""""

소중한 친구들의 목소리가 비틀거리는 몸의 버팀목이 되어주었다.

흐트러진 호흡을 정돈시켜주었다.

늘어진 팔에 검을 쥘 힘을 주었다.

공허한 눈에 강한 의지가 타오르게 해주었다.

반쯤 죽어버린 육체를, 마치 불사조처럼 부활하게 해주었다.

이윽고 리엘은 강하게 눈을 부릅떴다.

"엘리에테……!"

리엘이 들고 있는 대검에 깃든 세상 전체를 밝히는 듯한 빛은 지금까지 중 가장 강하고, 밝고, 신성하게 느껴졌다.

여명의 은과 황혼의 황금.

두 개의 빛이 모든 것을 물들이며 호각으로 힘겨루기를 하는 눈부신 세상 속에서.

엘리에테는 어렴풋이 자신의 운명을 깨달았다.

'아아…… 리엘의 빛은…… 정말 아름다워…….'

그녀의 등 뒤에 있는 「쓸데없는 부분」, 아니. 「동료들」.

그들을 짊어진 리엘의 검에서 느껴지는— 아름다움과 따스함에 비해 뒤에 아무도 없는 자신의 검은 이 얼마나 얄팍하고 고독한가.

그런 자신의 최강의 검과 리엘의 최약의 검 중 어느 쪽이 더 강하냐는 건.

……이미 정해져 있었다.

"하아아아아아아아아아아아아아아아아아아아앗!"

"이이이야아아아아아아아아아아아아아아아아아압!"

둘은 동시에 검광을 날렸다.

엘리에테는 그녀의 고집과 전부를 걸고 이 일격에 모든 것을 담았다.

꽝음을 울리며 방출된 두 가지 색의 빛이 충돌하자 온 세상이 뒤흔들렸다.

하지만 두 가지 색이 대등했던 건 아주 짧은 순간뿐이었다.

곧 리엘의 은색이 엘리에테의 황금색을 폭발적으로 집어삼켰고, 여명과 황혼으로 뒤섞였던 세상 전체가 눈 깜짝할 사이에 은색으로 덧칠되었다.

그런 여명의 빛 속에 엘리에테는 속수무책으로 집어삼켜졌다.

새벽이 찾아온 것이다.

하얗다.

모든 것이 하얗다.

은색의 빛줄기가 유성처럼 뒤로 꼬리를 그리는 순백의 세계.

그런 세상 속에서 엘리에테는 혼잣말을 중얼거렸다.

"아하하…… 이런 「검」이 있었다니……."

하지만 그녀의 얼굴은 무척 온화하고 개운해 보였다.

"응, 알고 있었어. 사실은 알고 있었어……."

엘리에테는 검을 쥔 자신을 손을 쳐다보았다.

무적의 진은(眞銀)으로 단조된 검이 빛이 감싸인 채 검 끝부터 서서히 사라지고 있었다.

"……【트와일라이트 솔리튜드】인가……."

왜.

대체 왜 자신은 이런 속 빈 강정 같은 최강의 검을 갈구했
던 것일까. 본 적도 없는, 닿지 않는 「하늘」을 보고 싶어 했
던 것일까.

"……아……."

그 순간, 머릿속에 한 이미지가 떠올랐다.

새하얀 빛 속에서 어렴풋이 보인 뒷모습.

이제는 전부 「떼어 내서」 선명히 떠올릴 수는 없지만.

화려한 금발과 진홍색 눈동자를 가진 **그 녀석**.

마술의 궁극에 도달한 탓에 이 세상의 정점에서 홀로 고
독하게 서 있었던 그 녀석.
^{세리카}

어쩌면 자신은 그저 그 녀석에 옆에 대등하게 서고 싶었던
것뿐일지도 몰랐다.

그 녀석에게 넌 혼자가 아니라고 말해주고 싶었던 것뿐일
지도 몰랐다.

그 녀석에게…… 인정받고, 칭찬을 듣고 싶었던 것뿐일지
도 몰랐다.

어디까지나 전부 추측이었지만, 왠지 그런 기분이 들었다.

"바보구나, 난……."

그 말을 마지막으로.

희대의 영웅 《검의 공주》 엘리에테 헤이븐은 은색의 세상 속에서 빛무리에 감싸인 채 서서히 녹아들 듯 소멸했다.

————.

"리엘!"

"리엘 양!"

두 검사의 처절한 싸움에 종지부가 찍힌 순간.

카슈 일행은 그 자리에서 쓰러진 리엘을 향해 달려갔다.

그리고 붕괴해가는 대검 옆에 있는 그녀를 필사적으로 안아 들었다.

"리엘! 정신 차려! 리엘!"

"리엘……."

"리엘!"

축 늘어진 그녀의 이름을 필사적으로 불렀다.

"……모두, 들……."

그러자 리엘이 웃었다. 진심으로 웃었다.

"나…… 해냈어…… 이겼어……."

"그래, 네가 이겼어! 완벽하게……!"

"당신은 그 《검의 공주》에게 이긴 거라구요!"

"굉장해…… 넌 정말 대단한 애야. 친구로서 널 진심으로 존경해."

"응…… 그래. 다행……이다……."

하지만 동시에 리엘의 몸에서는 중요한 무언가가 빠져나가고 있었다.

저마다 말로 하지 않아도 그 잔혹한 사실을 본능적으로 느낄 수 있었다.

"나…… 열심히 했어. 정말…… 엄청…… 애썼어……."

"응, 응!"

"……글렌…… 칭찬해……줄까……?"

"응, 물론이지!"

"흑, 딸기 타르트도…… 잔뜩 사주실 거예요. 분명……."

학생들은 엉망이 된 얼굴로 눈물을 흘렸다.

그리고 리엘은 천천히 눈을 감았다.

호흡이 얕아지고 맥박도 얕아졌다.

그녀의 몸에서 서서히 온기가 식어갔다.

"……리, 리엘?!"

"왠……지…… 피곤해. 응…… 엄청…… 피곤해……."

"아, 아아…… 아아아아……."

"안 돼…… 눈을 떠…… 리엘……."

"……엄청…… 졸려…… 응…… 나…… 조금만…… 잘……
게……."

————.

"……여긴가?!"

"큭……!"

포젤과 체스트 남작이 도착한 순간, 그곳에서는 2반 학생들이 누워 있는 누군가를 에워싸고 흐느껴 울고 있었다.

"……?!"

"이, 이럴 수가…….."

상황을 파악하고 굳어버린 포젤과 체스트 남작은 뒷말을 잇지 못하고 눈을 감으며 고개를 떨굴 수밖에 없었다.

카슈, 웬디, 기블, 세실, 테레사, 린의 눈앞에서 조용히 눈을 감은 리엘은.

온기를 잃고 완전히 호흡과 맥박이 멎어 영원한 잠에 빠진 리엘은.

만신창이가 된 몸으로도 무척 행복한 얼굴을 하고 있었다.

무척 좋은 꿈을 꾸고 있는 듯한 얼굴이었다.

"……편히 쉬어, 리엘……."

"정말…… 고마웠어요."

————.

"……파웰."

알베르트는 피를 토하며 처절한 표정으로 말했다.

정신이 아득해질 것만 같은 기나긴 사투와 전진 끝에 마침내 파웰의 눈앞까지 도달했다.

앞으로 내민 왼손이 파웰의 얼굴을 완전히 움켜쥐었지만, 한편으로 파웰의 왼손은 알베르트의 복부를 완전히 관통한 상태였고 흐르는 피가 발밑을 적시고 있었다.

"허허허…… 치명상이군요? 아벨."

파웰은 얼굴을 붙잡힌 상태로도 여유 있는 표정을 무너트리지 않고 말했다.

"이대로면 죽겠군요. 「파란 열쇠」를 쓸 거면 지금입니다. 당신만한 신비에 도달한 인간이 이런 곳에서 죽는 건…… 무척 애석한 일이니까요."

"고맙다, 루나 프레아."

알베르트는 파웰의 헛소리를 무시한 채 입가에서 피를 흘리며 말했다.

"네 덕분에…… 파웰에게 「닿았다」. 뒷일은 나에게 맡기도록."

"……."

그 말에 대답해야 할 루나는 뒤에 쓰러져 있었다.

그녀도 처참한 모습이었다.

여러 개의 창에 온몸이 꿰뚫린 데다 날개 세 개가 뿌리부터 뜯겨 있었다. 그녀 자신의 피로 이루어진 웅덩이에 잠긴 채 꿈적도 하지 않았다.

알베르트로서는 그녀가 죽었는지 살았는지 짐작조차 할 수 없었다.

"흠…… 또 그 「오른쪽 눈」으로 절 이해하시려는 겁니까?"

"……."

"몇 번을 해봤자 소용없습니다. 인간이라는 왜소한 존재가 절 이해하는 건 불가능하니까요. 이성을 잃고 죽음을 맞이할 게 뻔합니다. 그런데도 하겠다는 겁니까?"

알베르트는 대답하지 않고 작게 주문을 영창했다.

그러자 그의 「오른쪽 눈」이 황금색 빛으로 불타올랐다.

아직 빛을 잃지 않은 동공이 파윌만을 날카롭게 응시했다.

"이거 참, 완고하시군요. 좋습니다. 어디 해보십시오. 당신의 「자아」는…… 제 심연의 어둠을 견딜 수 있을까요?"

"이걸로…… 끝이다! 파윌!"

목소리를 쥐어짜 낸 알베르트는 다시 파윌의 심연을 직시했다.

파윌의 눈동자 안쪽.

알베르트의 의식이 파윌이라는 존재의 본질 속으로 흘러들어갔다.

그리고 세상이 빛의 속도로 암전되고— ■■■■■■■■

■■■■■■■■■■■■■■■■■■■■■■■■■■■■■■■
■■■■■■■■■■■■■■■■■■■■■■■■■■■■■■■
■■■■■■■■■■■■■■■■■■■■■■■■■■■■■■■

다시 심연 속으로 뛰어든 알베르트의 의식이 앞으로 나아
갔다.

이 심연을 소유한 존재의 윤곽을 파악하기 위해 어둠 속
을 똑바로 헤쳐 나갔다.

이유도 없이 알베르트의 정신을 침식하는 공포와 절망을
의식의 힘으로 물리치고 우직하게 돌진했다.

절대적인 각오와 신념을 품고 전진했다.

앞으로.

앞으로. 앞으로. 앞으로. 앞으로. 안쪽으로— ■■■■■
■■■■■■■■■■■■■■■■■■■■■■■■■■■■■■■
■■■■■■■■■■■■■■■■■■■■■■■■■■■■■■■
■■■■■■■■■■■■■■■■■■■■■■■■■■■■■■■
■■■■■■■■■■■■■■■■■■■■■■■■■■■■■■■
■■■■■■■■■■■■■■■■■■■■■■■■■■■■■■■
■■■■■■■■■■■■■■■■■■■■■■■■■■■■■■■
■■■■■■■■■■■■■■■■■■■■■■■■■■■■■■■
■■■■■■■■■■■■■■■■■■■■■■■■■■■■■■■
■■■■■■■■■■■■■■■■■■■■■■■■■■■■■■■

■■■■■■■■■■■■■■■■■■■■■■■■■■■■
■■■■■■■■■■■■■■■■■■■■■■■■■■■

……얼마나 시간이 지났을까.

파웰의 본질을 이해하기 위해 이 심연을 들여다보고 발버둥 치면서 대체 얼마나 오랜 시간이 흘렀을까?

하루? 한 달? 일 년? 십 년? 백 년? 천 년?

혹은 그 이상?

모르겠다.

전혀 모르겠다.

시간 감각이 완전히 사라졌다.

소리가 들리지 않는다.

여전히 어두워서 아무것도 보이지 않았다.

방향 감각과 평형 감각조차 모호했다.

그럼에도 강철 같은 의지로 전진하는 걸 멈추지 않았다.

■■■■■■■■■■■■■■■■■■■■■■■■■■■■
■■■■■■■■■■■■■■■■■■■■■■■■■■■

……그런데 자신은 대체 왜 이런 곳에 있는 것일까?

'아니, 난 파웰을 타도하기 위해 온 거다!'

알베르트는 스스로를 질타하며 한층 더 심연 깊숙한 곳으로 의식을 밀어 넣었다.

'파웰은…… 그것의 본질은…… 반드시 이 심연 끝에 있을 터! 겁먹지 마라! 물러서지 마, 물러서지 마, 물러서지 마! 앞을, 앞만 보고 나아가는 거다!'

그렇다.

파웰을 타도하기 위해.

그것을 위해 이 어둠에 삼켜질 수는 없었다.

강철 같은 의지로 이 끝없는 심연을 돌파해야만 했다.

어둠의 너머에서 눈을 돌릴 수는 없었다.

그러니 다시 마음을 굳게 먹고 심연을 향해 나아갔다.

■■■■■■■■■■■■■■■■■■■■■■■■■■■
■■■■■■■■■■■■■■■■■■■■■■■■■■■

……그런데 자신은 왜 파웰을 타도하려는 것일까.

'……이 무슨 미련한 생각! 파웰을 타도하지 못하면 페지테가…… 제국이…… 세상이 멸망해! 애초에 난…… 약속했을 터. 그 맹세를 지키기 위해서라도……!'

그렇다.

자신은 분명 약속했었다.

그 약속은 지켜야 한다. 깨트려선 안 된다.

자신에게 있어선 목숨을 걸 가치가 있는 약속이었으니까.

그러니 다시 마음을 굳게 먹고 심연을 향해 나아갔다.

■■■■■■■■■■■■■■■■■■■■■■■■■
■■■■■■■■■■■■■■■■■■■■■■■■

……그런데 누구와 한 약속이었지?
애초에 무슨 약속이었지?

■■■■■■■■■■■■■■■■■■■■■■■■■
■■■■■■■■■■■■■■■■■■■■■■■■

……기억나지 않는다.
아무리 애를 써도 기억나지 않았다.
기억이 모호했다. 과거가 모호했다.
자신이라는 존재 자체가 모호했다.
'제, 길……'
그 사실을 깨달은 순간, 절망적인 조바심이 마음을 지배했다.
'그게…… 뭐 어쨌다는 거냐!'
하지만, 그럼에도 알베르트는 다시 마음을 굳게 먹고 심연을
향해 나아갔다.
'이제 이유 따윈 상관없어! 파웰은…… 적이다! 내 증오스러운
적…… 죽여야 할 적! 복수해야 할 대상! 사랑하는 가족을 빼앗아

간……! 그것만으로도 이 심연을 돌파해서…… 죽일 가치는 있어!'

그렇게 다시 마음을 굳게 먹고 심연을 향해 나아갔다.

하염없이 계속…….

■■■■■■■■■■■■■■■■■■■■■■■■■■■■■■■
■■■■■■■■■■■■■■■■■■■■■■■■■■■■■■■

……그런데 사랑하는 가족이라는 게 누구였지?

아니, 애당초 파웰이 누구지?

'……!'

이젠 알베르트도 인정할 수밖에 없었다.

「자아」가 무너졌다.

알베르트라는 존재의 윤곽이 더는 손쓸 수 없을 정도로 무너졌다.

이 심연 속에서 한계까지 마모되었다.

자신이라는 존재가 완전히 소멸하는 건 이제 시간문제다.

아무리 마음을 굳게 먹어도 피할 수 없었다.

심연의 끝은 조금도 보이지 않았다. 마치 바닥이 없는 것처럼.

이제 자신이 여기 온 이유조차 잘 기억나지 않았다.

그저 앞으로 나아가서 뭔가를 해야 한다는 막연한 사명감만으로 움직이고 있지만, 그게 언제까지 갈지는 알 수 없었다.

■■■■■■■■■■■■■■■■■■■■■■■

……사라진다.

자신이라는 존재가 사라진다.

■■■■라는 존재가 사라진다.

아무것도 못 하고, 아무것도 이루지 못한 채.

그저 무의미하게 심연에 삼켜져서 어둠속으로 사라지리라.

내 손은 어디? 발은 어디에 있지?

애초에 난 누구지?

……이젠 다 끝났다.

'한심하군…….'

소멸해가는 자아 속에서 ■■■■는 막연하게 생각했다.

'그렇게 큰소리 쳐 놓고 이런 꼴이라니…….'

하지만 돌이켜보면 이건 당연한 결말일지도 몰랐다.

'내 「자아」는 가짜니까…….'

■■인 것을 견디지 못해 연기하고 만들어낸 거짓된 영웅 ■■ ■■ ■■■■.

그런 나약한 「자아」밖에 가지지 못한 자신이 이런 심연 속에서 「자아」를 유지하는 건 처음부터 불가능한 일이었다.

무모했다. 자만했다. 어차피 가짜에 불과했다.

이런 꼴사납고 한심한 결말은 모든 것을 기만해온 자신이 마땅히 받아야 할 응보이리라.

'미안하다…….'

이미 누구에게, 왜 하는지도 모를 사죄의 말이 머릿속 한편에서 떠올랐다.

'……미안하다…….'

그리고 그대로 ■■■■의 존재가 서서히, 서서히 어둠속으로 녹아내린 순간.

『으응. 설령 네 존재가 만들어진, 거짓된 존재일지라도.』

『나는…… 그런 널 자랑스럽게 생각해, ■■.』

불현듯 목소리가 들렸다.

여자의 목소리가.

'누구……지?'

『괜찮아. 내가 널 보고 있단다.』

여자는 대답하지 않고 따스한 목소리로 말했다.

『넌 사라지지 않아. 설령 너 자신을 잃더라도, 우리가 널 보고 있어. 너라는 존재를 지켜보고 있어.』

그 순간.

『■■ 형!』

『힘내! 지지 마!』

『형은 더 강한 남자잖아!』

아이들의 목소리가 들렸다.

이 심연 어딘가에서 아이들 아홉 명의 기척이 느껴졌다.

『■■ 오빠는 우리의 영웅이니까!』

『■■■■보다 훨씬 더 대단한 영웅이 될 사람이니까!』

『그러니…… 힘내!』

『■■ 형!』

『오빠!』

'……'

『들었지? 모두가 널 보고 있어, ■■. 넌 여기에 있어. 넌 여기에 존재해. 우리가 널 인식하고 있는 한…… 넌 절대로 사라지지 않아.』

여자는 격려하는 듯한 목소리로 알■■■에게 말을 건넸다.

『있지, ■■. 이 세상에 무의미한 일이라는 건 없어. ……네가 걸어온 고난의 길은 전혀 무의미한 게 아니었어. 이 세상에서 고뇌하면서 걷는 끝없는 여정에 어중간하다는 말은 존재하지 않아. 거짓된 영웅의 가면을 쓴 채 이를 악물고 견뎌왔기에…… 넌 이렇게 이 심연에 도전할 수 있는 강함을 얻었어. 그런데도 네가 ■■을 버리지 않았기에…… 우리는 이렇게 널 찾아내고, 널 볼 수가 있었어. 네 모든 갈등이 널 이 자리에 설 수 있게 해준 거야.』

파앗!

심연 속에서 갑자기 빛이 깃들었다.

알베■■가 목에 건 은 십자가에서였다.

과거에 ■■이었던 시절의 자신이 사랑하는 누나에게 받았던 유품.

그것이 미약하지만, 분명한 빛을 발하고 있었다.

마치 누군가를 어딘가로 이끄는 것처럼.

『조금만 더…… 이제 다 왔어, ■■. 힘내렴. 약속했잖니? 널 믿고, 너에게 뒷일을 맡긴 친구가 있잖아?』

'……그래.'

『그 친구의 기대를…… 배신할 수는 없잖아?』

'……그랬었지.'

느리지만, 분명하게.

알베르■는 심연을 나아갔다.

이제 두려움과 불안은 없었다.

가슴에 깃든 십자가의 빛을 이정표 삼아.

알베르트는 심연 속을 계속해서 걸었다.

한 걸음, 한 걸음.

확실하게.

하염없이 걸음을 옮겼다.

■■■■■■■■■■■■■■■■■■■■■■■■■■■■■■■■■
■■■■■■■■■■■■■■■■■■■■■■■■■■■■■■■■■
■■■■■■■■■■■■■■■■■■■■■■■■■■■■■■■■■
■■■■■■■■■■■■■■■■■■■■■■■■■■■■■■■■■
■■■■■■■■■■■■■■■■■■■■■■■■■■■■■■■■■
■■■■■■■■■■■■■■■■■■■■■■■■■■■■■■■■■
■■■■■■■■■■■■■■■■■■■■■■■■■■■■■■■■■
■■■■■■■■■■■■■■■■■■■■■■■■■■■■■■■■■
■■■■■■■■■■■■■■■■■■■■■■■■■■■■■■■■■
■■■■■■■■■■■■■■■■■■■■■■■■■■■■■■■■■

알베르트에게는 영원이나 다름없는 길고 긴 여정이었다.

하지만 현실 세계에서는 1초도 지나지 않은 찰나에 불과한 일이었다.

————.

"……「보였다」! 「포착했다」, 파웰!"

알베르트는 오른쪽 눈에서 대량의 피를 흘리며 사나운 표정으로 파웰을 향해 외쳤다.

"네놈의 그 역겨운 「본질」! 그 형언할 수 없는 전모! 기어오는 공포, 얼굴 없는 사악, 어둠의 남자, 혼돈의 마수, 비탄하는 암흑…… 즉, 「무구한 어둠」을 「오른쪽 눈」으로 분명히 확인했다!"

"……무슨……?!"

그리고 파웰의 얼굴을 움켜쥔 왼손으로 강렬한 전격을 분출했다.

"끄아아아아아아아아아아아아아아아아아아아악!"

파웰의 입에서 처음으로 고통스러운 비명이 터졌다.

참지 못하고 뒤로 물러나자 복부를 관통한 손이 빠지고 대량의 피가 쏟아졌지만, 알베르트는 개의치 않고 파웰만을 응시했다.

"……마, 말도 안 돼……."

얼굴이 엉망으로 망가진 파웰이 동요하며 말했다.

"확실히 저는 「제 본체」에서 흘러내린 한 방울의 어둠에 지나지 않습니다. 하지만 고작 인간 따위가 「저」를 이해하다니……?! 심지어 이성도 잃지 않고!"

"괴물은 인간이 그 본질을 이해할 수 없기에 괴물인 법. 하지만 이해해버린 이상 지금의 네놈은 괴물의 자격을 잃었다. 내 손으로 인간 수준까지 끌어내린 거다! 지금의 네놈은 무적의 괴물이 아니다! 충분히 해치울 수 있는 적이지!"

"어, 어떻게…… 파란 열쇠도 쓰지 않고…… 그런 나약하고 어중간한 「자아」로 제 심연을 돌파한 겁니까! 폐인이 되지 않다니! 이런 말도 안 되는 기적이 일어날 리가……."

거기까지 말한 파웰은 그제야 아벨의 품에서 흐릿하게 빛나는 은 십자가의 존재를 깨달았다. 그 빛은 잠시 후 사라졌지만…….

"설마, 그렇게 된 거였군요! 분명 전 그 고아원 아이들의 영혼을 삼킨 아리아를 계약 악마로서 제 심연에 기르고 있었습니다! 그 아이들이……!"

"이유 따윈 아무래도 상관없다! 잡설도 필요 없어!"

알베르트는 다시 주문을 영창해 왼손에서 전격의 출력을 올렸다.

"넌…… 내가 처단하겠다! 아리아의 동생 아벨로서…… 그리고 무엇보다, 알베르트 프레이저로서!"

그리고 「오른쪽 눈」을 더더욱 밝게 태우며 파웰을 향해 돌진했다.

"큭! 아직 이런 곳에서 쓰러질 수는……! 저에겐 「소망」이……! 모처럼 당신이라는 「저」에게 대항할 수 있는 「관측자」를 발견했는데……! 저를 「저」에게서 해방할 수단을……! 오, 오오오."

그 순간, 파웰이 얼굴부터 무너져 내리며 모습을 바꾸었다.

한 마디로 표현하면 얼굴 없는 어둠이었다.

여자인 것 같으면서도, 남자인 것 같으면서도, 촉수인 것 같으면서도, 날개가 달린 것 같으면서도, 수많은 눈이 달린 것 같으면서도, 수많은 입이 달린 것 같으면서도, 수많은 팔다리가 달린 것 같은.

누군가이기도 하면서도, 그 누구도 아닌.

그야말로 혼돈을 억지로 인간의 형태로 담은 듯한 모독적이고 배덕적인 괴물이었다.

알베르트의 「오른쪽 눈」에 신성을 빼앗긴 어느 외우주의 사신의 권속.

그것이 어둠으로 된 날개를 펼치며 말 그대로 빛을 초월한 속도로 날아들었다.

"「보였다」. 그리고, 쉽군.^{Easy}"

퍽!

하지만 알베르트가 전격을 두른 왼손으로 카운터를 먹이자, 이형의 괴물은 그 자리에서 굳어버리고 말았다.

"사라져라!"

그리고 마지막으로 그렇게 외치며 모든 마력을 해방하자, 왼손에서 방출된 전격이 세상을 새하얗게 물들이며 어둠을 물리치는 정화의 빛이 되어 파웰이라는 존재를 집어삼켰다.

『아qsw데frgthy쥬키오df67기우웨gmhw⑨hp⑨P응pr부명w츠R응cqh기어HR기운cghpgh츠gh쿠오rgh폴로의gqf~?!』

그 단말마는 이미 인간이 낼 수 있는 소리가 아니었다.

공기의 진동이 아닌 영혼에 직접 울리는 소리.

그대로 세상에 점점 새하얗게 물들어가며 파웰이라는 존재는 무너져 내리기 시작했다.

그리고…….

제7장 희망의 등불

"……큭?!"

검은 마력의 돌풍에서 눈을 지키기 위해 오른팔을 들어 눈가를 가리자, 마도사 의복의 옷자락이 세차게 펄럭였다.

이브가 날카롭게 응시하는 너머에 있는 것은 엘레노아였던 **무언가**였다.

두 배는 커진 몸집. 추한 해골 같은 두 눈. 기이할 정도로 길고 거대한 팔다리, 온몸을 가린 넝마 같은 칠흑색 법복. 등에 대한 거대한 뼈 날개, 손에 든 거대한 낫. 그리고 가장 큰 특징은 전신에서 분출되는 마력.

이브는 그 모습을 보자마자 떠오르는 단어가 있었다.

"마장성……!"

『예, 그렇답니다. 제가 바로 《명법사장(冥法死將)》하 데사! 마도 멜갈리우스와 명부의 경계를 맡은 죽음의 파수꾼…… 여덟 마장성 중 최후이자 「최강」……!』

엘레노아, 아니. 하 데사는 숨길 수 없는 증오의 불길이 타오르는 눈빛으로 이브를 노려보았다.

『처음부터…… 처음부터 이랬더라면…… 좋았을 텐데에 에에에에에에에에에에에에에에!』

"……?!"

끝없는 혐오와 증오와 분노의 폭발이 이브의 살갗을 떨리게 한 순간.

"이브 씨!"

"오옷?! 이쪽도 슬슬 막바지구만!"

크리스토프와 버나드가.

"실장님! 가세하겠습니다!"

엘자가.

"이브! 무사해?!"

크로우와 베어가.

""""우오오오오오! 각하를 지원하라!""""

제국군의 장병들이.

이브와 엘레노아가 사투를 벌이던 이 대형 광장에 차례차례 모여들었다.

"……너희들?!"

"시내로 쳐들어온 외도 마술사는 전부 격파했습니다!"

"이브 양의 계획이 제대로 먹혔거든!"

"남은 병사와 합류한 학도병들을 모아서 성벽과 시내의 중요 거점들을 다시 맡긴 참이야! 어떻게 다들 잘 막아내고 있어!"

"남은 건 엘레노아를 해치우는 것뿐입니다!"

모두 눈앞까지 다가온 승리의 예감에 희망으로 눈을 빛내고 있었다.

'하지만……'

이브는 짜증스럽게 엘레노아를, 아니. 최후의 고비이자 절망인《명법사장》하 데사를 흘겨보았다.

"아니, 저게 엘레노아라고? 뭐야. 괴물이 아니라?"

"대, 대체 뭐지……?"

"서, 설마…… 저건?!"

엘레노아의 기이한 모습에 저마다 동요를 숨기지 못했다.

지금의 그녀가 범상치 않다는 것을 본능으로 깨달은 것이리라.

'저걸 죽이겠다고? 정말 죽일 수 있겠어? 75,662번을?'

이브는 이를 악물었다.

원군이 온 건 기쁘지만, 사실 상황은 조금도 호전되지 않았다.

그녀는 전에 마장성과 싸워본 적이 있었다. 놈들은 차원이 다른 진정한 의미의 괴물이었다.

무엇보다 기본적으로 글렌과 루미아가 없다면 제대로 된 전투조차 성립되지 않는다.

인간을 마인과 싸울 수 있는 영역까지 끌어올리는 루미아의 《왕의 법》^{아르스 마그나}은 물론이고, 글렌의 오리지널 【광대의 일격】^{페네트레이터}— 그것만이 마장성에게 치명상을 줄 수 있는 유일한 수단이었기 때문이다.

하지만 상대가 저 엘레노아라면 그 둘이 여기 있었어도 별다를 바 없었으리라.

아무리 그래도 【페네트레이터】를 7만 발 이상 마련하는 건 불가능한 일이었기에.

'큭! 어쩌면 좋지……?'

이브가 조바심을 느끼며 필사적으로 머리를 굴린 순간.

『어머? 아무래도 저를 제외한 조직의 마술사는 전멸한 모양이네요.』

마장성이 된 엘레노아가 나직하게 웃었다.

『대체 파웰 님은 뭘 하고 계신 걸까요? 엘리에테 님도 조금 전부터 전혀 소식이 없는데…… 설마 패배하신 걸까요? 뭐, 아무렴 상관없겠죠. 어차피 대도사님께는 저…… 예, 저 하나만 있으면 충분하니까요!』

그렇게 선언한 엘레노아는 뼈로 된 역겨운 날개를 활짝 펼치더니 주위로 검붉은 장기(瘴氣)를 퍼트렸다.

그것이 그녀를 중심으로 폭발적으로 확산되는 것을 본 순간, 이브는 등골이 오싹해지는 것과 동시에 짙은 「죽음」의 기척을 느꼈다.

"......?!"

저것에 닿으면 즉사할 거라는 직감을 느끼고 반사적으로 자신과 주위를 지키는 형태로 불꽃 장벽을 전개해 밀려드는 장기를 불태웠다.

그 판단은 결과적으로 정답이었다.

장기에 닿은 주위의 온갖 사물이 부식되기 시작했기 때문이다.

가로수가 눈 깜짝할 사이에 말라죽고, 건물이 단숨에 풍화되어 무너져 내렸다.

"아아아아아아아아아아아아아아아아아아아아악!"

"우와아아아아아아아아아아아아아아아아아아아아아아앗!"

"내, 내 팔이…… 다리가아아아아아아아아아아!

"아아, 썩고 있어! 썩고 있다고!"

"아아아아아아아아아아아아악! 몸이, 몸이 무너져……!"

그리고 당연히 이브가 지키지 못한 병사들은 차례차례 부식되어 흙으로 돌아갔다.

그야말로 인간이 쓰레기처럼 죽어나가는 명부의 지옥도 같은 광경이었다.

"큭! 이건 뭐죠? 제 방어 결계조차 부식되다니……!"

크리스토프도 아군을 지키기 위해 반사적으로 보석 결계를 펼쳤지만, 전혀 효과가 없었다.

보석이 부식되고 마력이 소멸하더니 방어 장벽이 속수무책으로 무너져 내렸기 때문이다.

그리고 그건 다른 병사들도 예외는 아니었다.

필사적으로 겨우 마력 장벽을 펼쳤는데도 장벽 그 자체가 와해되었고 장기에 닿은 병사들은 비명을 지르며 땅을 뒹굴다 흙으로 환원되었다.

막아낸 것은 이브의 불꽃뿐이었다.

"불이야! 염열 계통 마술로 상쇄해!"

마력을 전개한 이브는 장벽을 더 확산시키며 외쳤다.

"마력은 마나, 즉. 생명력이야! 그걸로 저 괴물의 공격은 못 막아! 순수한 불로 태워버리는 거야!"

광란의 도가니 속에서 이브의 목소리는 얼마나 들렸을까.

"불을 써어어어어어!"

그럼에도 그녀는 악을 쓰며 계속 외쳤다.

하지만 즉시 대응할 수 있었던 건 크로우나 베어 같은 극히 일부의 실력자뿐이었다.

모처럼 모은 병사들이 광란 속에서 허무하게 죽어나가고 있었다.

『후후후…… 역시, 이브님. 제 힘을 한눈에 간파하셨나요.』

엘레노아는 팔다리를 축 늘어트린 기묘한 자세로 나직하

게 웃었다.

『예, 이 장기는 제 혈액. 그리고 제 혈액에 닿은 자에게는 평등하게 「사멸」을 부여할 수 있답니다. 명부의 파수꾼을 맡은 마장성의 의미, 이젠 이해하셨나요?』

"큭……."

『그리고 당신들에겐 더 큰 절망을 보여드리도록 하죠…….』

그렇게 말한 엘레노아는 손을 활짝 펴고 주문을 영창했다.

그녀가 네크로맨시를 쓸 때의 주문과 자세였다.

"서, 설마……."

아연실색한 이브 눈앞에서 엘레노아의 주위에 수많은 마술법진이 전개되었고.

그 모든 문이 쉴 새 없이 열리기 시작했다.

엘레노아의 네크로맨시에 의해 소환되어 제국군 앞에 나타난 자들은, 똑같이 하 데사로 변한 수많은 **엘레노아**였다.

"거짓말! 이건 말도 안 되잖아……!"

『어머? 이상할 게 어딨나요?』

지금까지 자신에게 실컷 고배를 들게 한 이브가 당황하는 모습에 기분이 좋아졌는지 엘레노아는 말을 이었다.

『원래 제 네크로맨시로 소환하는 건 과거에 온갖 방식으로 살해당한 평행 세계의 저 자신들인걸요. 즉, 제가 「열쇠」

를 받아들였다는 건 동위 존재인 이 아이들도 「열쇠」를 받아들였다는 뜻…….』

"……?!"

이브는 계속해서 소환되는 새로운 엘레노아들을 쳐다보았다.

몸 전체가 부패해서 어둠으로 덧칠된 듯한 검은색이라는 점을 제외하면 그 모습과 형태는 하 데사로 변한 엘레노아 본체와 별다를 바 없었다.

아무래도 원래는 시체이기 때문인지 본체에 비해 어느 정도 약해진 것 같지만, 글자 그대로 **썩어도 마장성**이다.

평범한 마술사는 발끝에도 미치지 못할 정도의 터무니없는 마력을 내포하고 있다는 것을 한눈에 알 수 있었다.

새로 출현한 엘레노아— 검은 엘레노아들은 잇따라 날개를 펼쳐 하늘 위로 날아올랐다.

그리고 서서히 하늘을 메우며 지상의 가엾은 제국군을 내려다본 그녀들은 페지테를 향해 거대한 낫으로 검은 참격을 날렸다.

그 헤아릴 수 없는 수의 참격이 땅을 가르고 건물을 불태우자, 수많은 생명이 페지테에서 단숨에 소멸했다.

전체를 한 번에 소환할 수 없는 건 그나마 다행이었지만, 이러는 사이에도 검은 엘레노아들은 하나둘씩 숫자를 늘려가고 있었다.

하나를 상대하는 것만도 이쪽은 목숨을 걸어야 하건만.

아니, 애초에 어떻게 한두 마리쯤 해치운다 해도 엘레노아가 보유한 동위 존재의 수는……

"이것이…… 대도사가 숨겨왔던 최후의 수."

이브는 분한 얼굴로 이를 악물었다.

그렇다. 저 역겨운 「열쇠」를 맡길 상대로 엘레노아 이상의 적임자는 없었다.

즉, 처음부터 그녀만으로도 충분했던 것이다.

하지만 대도사는 그 사실을 마지막 순간까지 숨겼다. 여태까지 엘레노아가 자신이 소유한 「열쇠」의 존재를 전혀 드러내지 않았던 것도 아마 그 때문이리라.

어쩌면 대도사에게는 파웰이나 엘리에테조차 단순한 포석에 불과했을지도 몰랐다.

그리고 이 모든 것은 온갖 방해를 극복하고 자신이 정점에 서기 위해.

그것만을 위해 수천 년 이상의 공을 들여온 것이리라.

『이 싸움도 곧 피날레군요! 마지막은 저희가 총출동해서 상대해드리죠! 용감한 제국인 여러분!』

"이, 이런 걸……."

"……어떻게 이기라는 거야?"

그 어떤 절망적인 상황에서도 싸워온 역전의 용사들조차 넋을 잃고 좌절할 수밖에 없었다.

단 한 명을 제외하고는.

————.

페지테 상공에 출현한 수많은 마인.

여기까지 와서 등장한 새로운 적. 더더욱 강대한 적.

하늘을 가득 메운 그 이형의 존재들을 본 순간, 페지테의 모두가 몸을 떨며 절망에 잠겼다.

"으, 으아아아아아아……."

"끝이야…… 이젠 다 끝이라고……."

페지테의 각 거점을 지키던 병사들이 전투 중인 것도 잊은 채 무릎을 꿇었다.

"지, 진짜냐……."

"이, 이건…… 해도 너무하잖아요."

"하~ 치사하다, 치사해."

제국군과 합류해 거리에서 망자들의 진군을 막고 있던 콜레트와 프랑신과 지니가 하늘을 보고 한탄했다.

"……여기까지인 건가요?"

"빌어먹을!"

"큭…… 분하네요. 이건……."

성벽 탈환전에 참가했던 리제와 자일과 레빈조차도 눈앞에 나타난 절망 앞에서 이를 악물었다.

"이, 이건……."

"훗…… 천재인 우리 힘으로도 어쩔 도리가 없겠군."

합류한 뒤 각지에서 유격전을 벌이던 할리와 오웰도 분한 얼굴로 한숨을 내쉬었다.

"히이이이이이이이이이이익?! 뭐, 뭐뭐뭐, 뭔가요! 저건?!"

"……큭! 하다못해 시민의 피난 유도를……!"

"이제 와서 어디로 보내라는 건가!"

시내에서 시민들을 필사적으로 지키고 있던 로잘리와 테레즈, 그리고 호나우두를 비롯한 페지테 경비관들도 몸을 떨면서 굳어버릴 수밖에 없었다.

"흥, 이건 외통수네……."

어느 건물의 지붕 위에 누워있던 일리아도 머리 위의 파멸을 올려다보고 있었다.

"뭐, 결국 이렇게 되는 건가. ……알고 있었지만."

자신과는 상관없는 일이라는 듯 코웃음을 쳤다.

그리고─.

───────.

어딘가에서 아래쪽, 아니. 머리 위의 광경을 느긋하게 내려다보던 소년, 대도사는 천천히 입을 열었다.

"응, 결국 해냈어. 끝났네."

이곳은 거꾸로 뒤집힌 환영의 성, 멜갈리우스의 천공성 외원부.

머리 위에 펼쳐진 페지테가 멸망해가는 광경을 올려다본 대도사 펠로드 베리프는 만족스럽게 중얼거렸다.

"이것으로 마침내 【성배의 의식】이 성립될 거야. 엘레노아…… 아니, 하 데사와 망자의 군단이 저 페지테라는 제단에 담긴 생명을 전부 바치면…… 오랫동안 공들여 준비해온 내 비원이…… 비로소 이루어지겠지."

뒤를 돌아보자, 멜갈리우스의 성 표면에는 불가해한 수많은 마술식이 마력으로 빛을 발하고 있었다.

"솔직히 여기까지 버틸 줄은 몰랐지만…… 이 마지막 루트까지 도달할 줄은 몰랐지만…… 뭐, 결국 내 예상을 벗어나진 못했네. 그래, 정말 길었지…… **이걸로 난 드디어 이 세계**

를 구원할 수 있어!"

대도사는 환희에 찬 표정으로 만족스럽게 다시 머리 위를 올려다보았다.

―――――.

알자노 제국 마술학원 본관의 어느 귀빈실 테라스.

"외통수인가?"
체크메이트

그 테라스 너머를 흘겨보며 외부의 상황을 확인한 루치아노 경은 빈 와인 잔을 테이블 위에 올려놓고 어깨를 으쓱였다.

"아깝구만. ……승리가 바로 코앞이었는데 말이지."

그 말을 들은 에드와르도 경과 릭 학원장도 분한 얼굴로 고개를 떨구었다.

"여보……."

"……괜찮네, 셀피."

릭의 계약 정령인 셀피나가 그런 릭을 위로하듯 어깨를 기대어왔다.

"……."

다만, 알리시아만은 테라스 위에 선 채 페지테가 멸망해가는 눈앞의 광경에서 눈을 떼지 않았다.

"……폐하. 이곳도 곧 전장이 될 겁니다."

"그렇겠지요. 저 하늘 위의 마인들도…… 언제 여길 습격

할지 모릅니다."

에드와르도 경과 릭이 그런 여왕의 등을 향해 말을 걸었다.

"끝났습니다. 그래도 폐하께선 본인의 의무를 다하셨으니 이제 충분하시지 않습니까. 어서 이곳을 포기하고 대피하시지요. 하다못해…… 이 노구가 마지막까지 곁을 지키겠습니다."

"아뇨, 아직이에요."

하지만 알리시아는 에드와르도 경의 제안을 거부했다.

"……폐하?"

"아직 싸움은 끝나지 않았어요. 싸움이 끝나지 않은 이상 저는 이 자리에서 절대로 벗어나지 않을 겁니다."

"하, 하오나…… 더 이상 손쓸 방법이 없지 않습니까!"

에드와르도 경은 황급히 알리시아에게 간언을 올렸다.

"말씀대로 이브 원수는 저희가 예상했던 것보다 훨씬 더 잘해주었습니다! 그러나 적은 그런 저희의 예상조차 아득히 뛰어넘은 악마적인 거대한 악! 이미 전장의 흐름은 완전히 기울었습니다! 결판이 났단 말입니다! 그러니……."

"저 아이는, 제가 원수로 임명한 이브라는 아이는…… 여기서 포기할 정도로 약한 아이가 아니에요."

"""……?!"""

알리시아가 단호하게 말하자 에드와르도 경과 릭 학원장과 루치아노 경은 저마다 눈을 깜빡였다.

"확실히 남들보다 마음이 여린 아이이긴 했죠. 여러 굴레에 속박된 채 본인도 모르는 사이에 재능을 썩히고 있던……
그런 아이였어요. 하지만 지금의 이브는 그때와 다릅니다. 제
가 믿고, 제국군 원수의 자리를 맡긴 저 아이는…… **이브 이
그나이트**는 여기서 포기할 사람이 아닙니다."

"폐, 폐하……."

"아직 싸움은 끝나지 않았습니다. 아니, 설령 어떤 결말을
맞이하든 제가 이 자리에서 물러나는 일은 결단코 없을 겁
니다!"

"……하긴."

그러자 루치아노 경이 히죽 웃더니 빈 잔에 남은 와인을
전부 따르기 시작했다.

"우리 같은 쓸모없는 늙은이들이라도 젊은이들을 믿어주
지 않으면 어쩌겠나?"

"루, 루치아노 경……."

"전 찬성입니다. 폐하."

그 말을 듣고 서로 얼굴을 마주보며 쓴웃음을 흘린 에드
와르도 경과 릭 학원장은 그대로 조용히 여왕의 양옆에 나
란히 섰다.

그리고 알리시아는 파멸로 향해하는 페지테를 당당하게
응시한 채 생각했다.

'이브…… 당신을 믿겠습니다. 가문의 이름은 지워졌지만
당신의, 이그나이트의 불은 불멸이라고. 전 그렇게 믿고 있

습니다. 그러니 부디…… 지지 마시길.'

————.

진정한 절망이 페지테를 지배했다.

모두가 좌절하고.

모두가 체념해버린 그 순간.

퍼엉!

거대한 홍염들이 하늘을 찌를 듯 솟구쳤다.

페지테 전체를 비추는 흰색에 가까운 홍련의 열파.

그것들이 하늘에 있는 열을 넘는 검은 엘레노아들을 단숨에 불태우며 추락시켰다.

"앗!"

"저, 저건……?!"

"방금 그건……!"

경악하는 제국군 장병들의 시선이 모이는 곳에는 눈부신 불꽃이 화신이 존재했다.

"시크릿【제7원】! 영역 재편 완료!"

이브였다.

모두가 체념하고, 절망하고, 좌절하고, 신에게 기도하는 가운데.

그녀만은 자신이 쓰러트려야 할 적에게서 시선을 돌리지 않은 채 싸울 준비를 갖추고 있었던 것이다.

그녀만이 전의를 잃지 않고 늠름하게 전장을 응시하고 있었다.

『어라? 이브 님…… 아직도 싸우실 셈인가요?』

"하아아아아아아아아아아앗!"

이것이 대답이라는 듯 이브는 다시 초고열의 화염 폭풍을 일으켰다.

그러자 흰색에 가까운 홍련이 무시무시한 열기를 내뿜으며 엘레노아 본체를 가차 없이 집어삼켰다.

몸이 단숨에 타들어갔지만, 엘레노아는 다시 태연자약하게 부활했다.

『우훗…… 우후후후, 훌륭하시네요. 여기까지 와서 또 화력을 조금이라도 올리시다니. 조금 전보다 저희가 타 죽는 속도가 올라갔네요. 하지만……!』

엘레노아는 양팔을 펼치고 마술법진을 전개했다.

그러자 조금 전과는 비교도 할 수 없는 수의 엘레노아들이 주위의 어둠을 뚫고 태어났다.

『총명한 당신이라면 이미 알고 계시겠죠? 더는 싸워봤자

의미가 없다는 것을! 이미 싸움은 끝난 겁니다! 여러분은 이대로 확정된 죽음을 받아들…….』

"하아아아아아아아아아아아아아아아아아아아아아앗!"

이브는 온몸을 내던지듯 불꽃을 방사했다.

그러자 압도적인 불꽃이 벽처럼 파도를 이루며 엘레노아들을 정면에서 물리적으로 짓뭉개고, 불태우고, 날려버렸다.

하지만 그런 무지막지한 화력을 퍼붓고 있음에도 그녀의 불꽃은 아군에게는 조금도 피해를 주지 않았다.

닿아도 기분 좋은 온기가 느껴질 뿐, 화상조차 입히지 않았다.

『열의 벡터를 완벽히 제어한 불꽃! 저희만을 태우다니……?!』

"ㅎㅇㅇㅇㅇㅇㅇㅇㅇㅇㅇㅇㅇㅇㅇㅇㅇㅇㅇㅇㅇㅇㅇㅇㅇ읍!"

이브는 다시 양팔을 마구 휘두르며 불꽃을 내뿜었다.

계속해서 불꽃을 날리고 휘두를 때마다 엘레노아들이 발로 걷어차인 것처럼 날아가며 재로 변했다.

다양한 온도의 불꽃이 자아내는 일곱 가지 색의 예술.

세상이, 하늘이 적색과 백색과 오렌지색으로 이루어진 만화경처럼 화려하게 물들고 타올랐다.

그 불꽃의 일렁임은. 타오르는 찬란한 빛은.

이런 절망적인 상황임에도 너무나도……

"아, 아름다워……."

무심코 새어 나온 누군가의 목소리.

하지만 그건 이 자리에 있는 제국군뿐만 아니라 하늘을 올려다보는 모든 생존자들의 감상이기도 했다.

『이럴 수가……! 결판이 났으니 저항해봤자 소용없는데……! 당신이 그런 식으로 생명마저 불사를 각오로 저항해봤자 소용없는데……! 저희를 전부 태워버리기 전에, 먼저 당신의 힘이 다할 텐데……! 도대체, 왜……!』

엘레노아는 거센 불꽃의 소용돌이 속에서 초조한 목소리로 외쳤다.

딱히 궁지에 몰려서는 아니었다.

그녀라는 존재의 잔량은 순조롭게 줄어들고 있었지만, 바닥나려면 아직 한참 남았다.

문제될 건 아무것도 없었다.

엘레노아가 초조함을 느낀 건 그저 그녀의 행동을 도무지 이해할 수 없어서였다.

그리고 이브는 소리쳤다.

"겁먹지 마! 저항해!"

""""……?!""""

이브의 질타에 이미 마음이 꺾여버렸던 병사들은 망치로 머리를 얻어맞은 것처럼 그제야 정신을 차렸다.

"앉은 채로 죽지 마! 책임을 다해! 승리의 여신은 스스로 절망하는 이들에겐 절대로 웃어주지 않아! 싸워! 싸우고 죽어! 그래도 용기가 나지 않는다면 내 불꽃을 봐! 전의를 잃었다면 내 열기를 느껴! 내 영혼은…… 내 목숨은, 아직도 타오르고 있으니까! 이 불꽃이 꺼지지 않는 한…… 우리는, 제국군은 결코 지지 않아! 약속할게! 내가 마지막 순간까지 남아서 타오르겠다고! 불을 지피겠다고! 그리고 모두를 비추는 환한 등불이 되겠다고!"

그리고 이브는 머리 위로 양손을 들더니 한층 더 거대한 화염구를 생성했다. 하늘 위에서 빛나는 태양 같은 빛이 페지테를 환하게 비추기 시작했다.

"자, 제군들! 지금이 바로 당신들이 품은 영혼의 불꽃을 태울 때야! 당신들의 의지가 절망과 고난에 맞서 싸우는 앞에는 내가 있어! 그러니 날 믿고 따라오도록 해!"

그런 선언과 함께 이브는 엘레노아를 향해 거대 화염구를 집어던졌다.

이브의 지배 영역인 【제7원】 안에선 그녀의 염열 계통 마술을 절대로 피할 수 없다.

『꺄아아아아아아아아아아아아아아아아아아아악!』

당연히 그 화염구를 정통으로 맞은 엘레노아는 비명을 내지르며 굉음과 함께 하늘 높이 솟구친 홍염의 불기둥에 집어삼켜졌다.

그리고 그것이 봉화가 되었다.

"……아……."

"아아아……."

"으……."

절망에 물들었던 병사들의 눈에 서서히 빛이 돌아오며 그들의 마음에도 다시 불이 붙기 시작했다.

""""우오오오오오오오오오오오오오오오오오오오오!""""

그리고 전군 일제히 함성을 지르며 공격을 개시했다.

모두가 얼마 남지 않은 마력을 쥐어짜서 주문을 영창해 마술을 날렸다.

벼락, 화염구, 바람 칼날.

하나하나의 위력은 별 볼 일 없었지만, 그 전부가 하늘 위로 쇄도하며 엘레노아들에게 확실히 피해를 입히기 시작했다.

『이해할 수가 없네요…….』

하늘로 밀려 올라간 엘레노아는 날개를 펴고 저 아래의 작은 존재들을 내려다보며 아연실색했다.

『아직도 힘의 차이를 모르겠나요? 아니면 알면서도 모르

는 척 하는 건가요? 현실 도피예요? 당신들이 그렇게 필사
적으로 공격해봤자…… 방금 겨우 여덟 번, 아니. 아홉 번?
죽었네요. 남은 잔량은 칠만 오천 이상인데…… 대체 무슨
수로 절 이기겠다는 거죠?』

　짜증이 났다. 엘레노아는 저 아래의 작은 존재들에게 짜
증이 나서 참을 수가 없었다.

　애당초 전멸 직전이었던 제국군에 이런 기적을 일으킨 것
은…….

『이브……!』

　막상 본인은 조금 전부터 지겨울 정도로 자신만을 노리며
불꽃을 퍼붓고 있었다.

　슬슬 눈에 거슬려서 참을 수가 없었다.

『애초에 저 분은 이런 절망적인 상황에서 저런 기개를 보
일 사람이 아니었을 터! 더 나약하고…… 심약한 인간이었
을 터!』

　또다.

　이번에도 한결같이 이쪽에서 시선을 떼지 않는 이브의 모
습과 그 남자, 글렌 레이더스가 겹쳐 보였다.

『또, 또 너냐! 글렌 레이더스으으으으으으으으으으으으으으!』

　엘레노아는 끈질기게 들러붙는 그 지긋지긋한 남자의 흔

적을 지워버리려는 듯 다시 주위에 대량의 검은 엘레노아를 소환했다.

더는 봐줄 생각이 없었다.

새로 출현한 검은 엘레노아들이 유성우처럼 쇄도했다.

『죽인다! 죽여, 죽여죽여죽여죽여버리겠어! 대도사님을 위해! 대도사님의 비원을 위해! 그리고 무엇보다…… **우리**를 위해애애애애애애애애애애애애애애애애애애애!』

동위 존재들이 날린 검은 참격들이 소나기처럼 페지테 전체를 휩쓸었다.

『이브으으으으으으으으으으으으으으으!』

그리고 엘레노아는 날개를 퍼덕이더니 직전 이브를 향해 활강했다.

"이야아아아아아아아아아아아아아아아아아앗!"

이 절망적인 상황에서 이브의 불꽃은 새로운 경지에 도달했다.

더 강하고, 더 뜨겁고, 더 찬란하게.

주위를 휩쓰는 불꽃이, 소용돌이치는 불꽃이, 솟구치는 불꽃이 태양처럼 빛나며 몰려드는 검은 엘레노아들을 차례차례 불태웠다.

"이브 씨! 지시를!"

보석 결계를 펼친 크리스토프가 아군을 엄호하며 이브에

게 지휘를 요구했다.

"엘레노아 본체는 나한테 맡겨! 당신들은 주위의 검은 엘레노아들을 요격하는 데 전념해!"

이브는 조금도 쉬지 않고 마술을 쓰며 외쳤다.

"다행히도 저 죽음의 장기는 마장성이 된 엘레노아 본인의 피를 매개로 한 능력이야! 그러니 처음부터 시체인 검은 엘레노아들은 쓸 수 없어! 그래도 하나하나가 전부 터무니없는 마력을 지녔지만, 그건 그쪽에서 알아서 해결해!"

"아, 알겠습니다!"

"그, 그건 그렇고 이브 양…… 승산은 있는 건가?!"

뒤에서 이브를 노린 검은 엘레노아를 강사로 묶어버린 버나드가 외쳤다.

"자네가 나서준 덕분에 어찌어찌 기세는 이쪽으로 기울었지만…… 그래도 그리 오래 가진 못해! 적의 수는 아직도 계속 늘고 있으니까!"

"죄송하지만, 실장님! 저희가 격파하는 속도보다 적이 늘어나는 속도가 더 빨라요!"

엘자가 도약하는 동시에 발도술로 검은 엘레노아의 목을 치며 말했다.

"이대로는……!"

버나드와 엘자의 지적을 들은 이브가 시선을 들자, 그 말대로였다. 하늘 곳곳마다 새로운 마술법진이 전개되며 새로운 검은 엘레노아들이 끊임없이 출현하고 있었다.

"승산은…… 있어!"

하지만 그런 이치를 초월한 이브의 흔들림 없는 발언이 지금 이 페지테에서 싸우는 모든 장병들의 영혼을 뒤흔들었다.

"그걸 이루려면 검은 엘레노아들과 싸우고 있을 틈이 없어! 그러니 당신들의 힘이 필요해! 모두 나에게 힘을, 힘을 빌려줘!"

이브가 그런 터무니없는 요구를 한 순간.

""와아아아아아아아아아아아아아아아아아아아아아아아!""

제국군은 일치단결해서 호응했다.

그리고 사기를 북돋우며 검은 엘레노아들을 향해 달려들기 시작했다.

한편, 이브는 쉴 새 없이 불꽃을 퍼붓는 와중에도 속으로 술식을 즉흥 개변하기 시작했다.

'태워라, 태워라, 더 뜨겁게, 더 강하게, 더…….'

자신의 피 안에 흐르는 술식을 뜨겁게 달구었다.

시크릿 【제7원】.

이그나이트가 아득한 태곳적부터 조금씩 개량해온, 그 혈통에 쌓고 계승한 긍지 높은 마술.

그 술식에 극한까지 마력을 퍼붓고, 불을 지피고, 열기를 끌어올렸다.

　온몸의 피가 타오르는 것 같은 감각 속에서, 얼음처럼 냉철한 정신으로 영혼이 이끄는 대로 불꽃을 생성한 순간.

　이브는 자신의 피 안에 잠든 **누군가**의 기억을 보았다.

　마치 한여름 밤의 꿈 같은 그 광경은……

　─가, 감사합니다! 절 구해줘서 정말 고마워요. 세리카 님의 제자님!

　─전 감동했어요! 누군가를 위해 싸운다는 게…… 누군가를 지키기 위해 싸운다는 게 이토록 가슴이 뜨거워지는 일이었다니…….

　─저도…… 언젠가 제자님 같은 어른이 되고 싶어요! 누군가를 지키고…… 누군가의 희망의 등불이 될 수 있는 사람이요!

　─전 이바예요! 이바 이그나이트요!

　─언젠가…… 언젠가 또 만날 수 있을까요?!

『……물론이지.』

'……아! 저 등은……!'

　갑자기 떠오른 기억 속에서 왠지 낯이 익은 뒷모습을 본 이브는 무심코 쓴웃음을 흘렸다.

　왜 아득한 과거의 기억에서 그 아니꼬운 남자의 모습이 보였는지는 모르겠지만, 뭐. 대충 짚이는 바는 있었다.

이그나이트의 시크릿 【제7원】은 선조 대대로 혈통을 통해 계승해온 마술식이다. 그러니 그들의 마음과 기억이 이어져도 이상할 건 없었다.

아득히 먼 옛날, 그날의 만남이, 그때의 작은 소녀가 마음속에 간직한 동경이 이그나이트의 기원이자 출발점.

그리고 현재의 자신을 이루는 밑바탕.

'당신이란 인간은 정말이지……!'

새로 얻은 힘과 함께 이브는 다시 불꽃을 피우고 열기를 끌어올렸다.

'난 당신처럼 될 수 있었을까? 누군가의 희망의 등불이 될 수 있었을까? 대답해줘…… 글렌!'

그런 생각을 하며 불꽃을 날린 순간.

『이브으으으으으으으으으으으으으으으으으으!』

엘레노아가 뼈로 된 날개를 퍼덕이며 자신을 향해 급강하했다.

"흐으으으으으읍!"

이브가 폭염으로 요격했지만, 엘레노아는 폭발에 휘말려도 개의치 않고 이브를 향해 마력이 깃든 낫을 휘둘렀다.

"하아아아아아아아아아아아아앗!"

하지만 이브는 다시 불꽃으로 그 공격을 상쇄했다.

『아아아아아아아아아아아아아아아아악!』

그럼에도 엘레노아가 포기하지 않고 낫을 계속 휘둘렀지만, 이브는 체술을 섞어가며 그 공격들을 모조리 폭발시켰다.

결국 참다못한 엘레노아가 죽음의 장기를 전신에서 내뿜은 순간.

"네 맘대로는 안 돼!"

이브가 왼손을 들며 전방위 화염 방사로 모조리 태워버렸다.

『너어…… 건방져, 건방져, 아주 건방지다고오오오오!』

이브와 엘레노아의 불꽃과 낫이 지근거리에서 맞부딪쳤다.

서로 한 걸음도 물러서지 않고 팽팽한 접전을 벌였다.

엘레노아는 공격을 퍼부으면서 외쳤다.

『정말 이길 수 있을 거라고 생각하시는 건가요?! 아직 많이 남았는데?!』

"이겨! 이기고 말겠어!"

이브는 불꽃의 파도로 엘레노아를 밀어내며 단호하게 선언했다.

『아하하하하하하! 대체 어떻게? 무슨 수로요!』

"답은…… 내 피 안에 있었어!"

『……?!』

놀라서 말문이 막힌 엘레노아 앞에서 전투의 열기로 뜨거워진 와중에서도 냉철한 사고를 유지하고 있던 의식의 일부가 답을 도출해냈다.

『불꽃의 세 시간』 사건에서 이브가 리디아와 싸웠을 때.

당시 그녀가 리디아를 이용해서 썼던 《무간대연옥진홍·칠원》은 한순간이나마 무한 열량의 영역에 도달했었다. 그건 엄연한 사실이다.

하지만 조금 전까지만 해도 그건 우연에 불과하다고 치부했었다.

어떤 마력 간섭이나 레이라인의 작용 같은 외부적인 요인이 우연히 겹쳐서 이루어낸 기적이라고 생각했었다.

그러니 그 우연을 지금 여기서 다시 한번 재현하고자 했다.

조금 전까지는.

하지만 이브는 깨달았다.

그건 결코 우연이 아니었다고. 기적이 아니었다고.

그렇다면 시크릿 【제7원】의 궁극에 도달한 끝에 《무간대연옥진홍·칠원》이라는 필살의 공격 술식이 존재하는 것처럼 무한 열량에도 그 너머의 단계가 존재하는 것이 아닐까?

즉, 시크릿 【제7원】에는 이미 무한 열량에 도달할 수 있는 잠재력이 있었던 게 아닐까?

'틀림없어! 애초에 무한 열량 같은 게 우연히 발생할 리 없잖아! 반드시 마술의 「섭리」와 통하는 법칙성이 있었을 거야!'

그 근거는 약 수천 년에 달하는 시간이었다.

선조 대대로 수천 년에 걸쳐 개량하고, 최적화하고, 단련하고, 연마해서 다음 세대로 면밀하게 계승해온 이그나이트의 술식은…….

그렇게 쌓아온 역사 속에서 이미 「하늘」의 영역에 도달했을 거라고, 이브는 믿었다.

조금 전에 본 환상이 그녀에게 확신을 주었다.

그 선조님의 계시를 믿은 것이다.

그렇다면……

'남은 건 이 술식을 쓰는 법! 마력을 쓰는 법에 달렸어! 그 걸 끌어내고 실현하는 건 전부 나에게 달렸던 거야!'

다시 마음을 굳게 먹은 이브는 날아오는 엘레노아를 향해 불꽃을 생성했다.

그리고 **그것**을 강하게 의식한 순간, 갑자기 불꽃의 질이 바뀌었다.

더 강하고, 더 찬란하게 타오르기 시작한 것이다.

지금까지와는 차원이 다른 열량의 불꽃이었다.

『꺄아아아아아아아아아아악! 여, 열량이 더 상승했어?!』

비명을 지른 엘레노아의 움직임이 둔해지자, 이브는 그 틈에 박차를 가했다.

'닿았어…… 거의 닿았어! 역대 이그나이트의…… 언니가 이룬 그 너머의 영역에 내가……!'

하지만 아직 부족했다.

아직 무한 열량의 영역에는 도달하지 못했다.

이 정도는 그저 온도가 조금 올랐을 뿐인 불꽃에 불과하다.

이미 이론과 잔재주로 도달할 수 없는 영역의 기술인 것이다.

마술이란 궁극적으로 자신의 마음과 마주보는 행위. 그로 인해 발생하는 힘.

필요한 것은 영혼과 의지와 마음의 형태.

무언가를 태운다는 행위는 누군가를 마음에 품는 것과 비슷하다.

오롯이 전신의 마력을 가다듬는다. 오롯이 그 마력을 자신의 피에 새겨진 술식에 밀어 넣는다.

여기에 지위, 명예, 명성, 영광 같은 건 필요 없었다.

누군가의 희망의 등불이 되겠다는 소망에서 태어난 이그나이트의 불꽃.

복잡한 이론이나 기술 같은 것도 필요 없다. 단지 그 원초의 감정을 계승하면 될 뿐.

지금은 그저 아득히 먼 그날, 그때의 미숙했던 누군가의, 누군가에 대한 동경을 떠올리면 될 뿐.

내 불꽃은 처음부터 그런 불꽃이었으니까.

더.

더 뜨겁게.

더 더 뜨겁게 타올라라.

나 자신을 단 하나의 불꽃으로 바꾸는 거다.

"하아아아아아아아아아아아아아아아아아아아아아앗!"

이브의 전신에서 불꽃이 타올랐다.

끝없이. 하염없이.

이미 타오른다기보다 빛난다는 표현이 어울리는.

눈부신 불꽃이 페지테 전체를 비추며 이브가 팔을 한 번 휘두를 때마다 엘레노아의 몸을 거세게 불태웠다.

『크아아아아아아악?! 뭐죠 이건?! 이게 대체 뭐냐구요!』

계속해서 타 죽을 때마다 엘레노아는 고통스러운 비명을 질렀다.

아무리 무한에 가까운 부활이 가능하다지만 죽음의 고통과 공포에서 완전히 벗어난 것은 아니었다.

불덩이가 된 엘레노아는 이 상황을 벗어나기 위해 장기를 흩뿌리며 낫을 마구 휘둘렀다.

하지만 이브는 도망치지 않고, 피하지 않고 정면에서 맞섰다.

"흡!"

몸을 돌리며 왼팔을 휘두르자, 휘몰아친 불꽃이 장기를 전부 정화했다.

이어서 오른팔을 위로 세워 들자, 화산의 분화를 연상케 하는 거대한 화염이 엘레노아의 발밑에서 하늘까지 솟구쳤다.

그리고 마무리로 왼팔을 지면을 때리듯 휘두르자, 창처럼 굵은 불꽃의 비가 소나기처럼 쏟아져 엘레노아의 전신을 꿰뚫었다.

비명과 절규.

그리고 눈부시고 무한한 불꽃을 자유자재로 다루는 이브의 모습. 그 광경은…….

"아, 아름다워……."

"참으로…… 강렬한 불꽃……."

"그래, 그러면서도 따스해! 뜨거워!"

"이상해. 보고 있기만 해도…… 용기가 생겨!"

"응, 우린 아직…… 지지 않았어!"

아득히 강한 적과 절망적인 사투를 벌이던 제국군 장병들에게 용기와 희망과 힘을 주었다.

"우오오오오오오오! 가자!"

"아직이야! 우리도 아직 싸울 수 있다고!"

"""와아아아아아아아아아아아아아아아아아!"""

그리고 그들은 아직도 하늘에서 증식하고 있는 검은 엘레노아들을 밀어붙이기 시작했다.

사기와 기세를 끝없이 끌어올리며 마장성에게 대항했다.

하지만 이곳에서 싸우고 있는 건 그들만이 아니었다.

─────.

"봐라, 저 불꽃을! 우리도 질 수는 없지!"

"맞아! 어떻게든 페지테를 지키는 거다!"

다른 장소에서 망자들로부터 시민을 지키기 위해 싸우는 제국군 장병들도.

"으아아아아아아아아~! 그래, 이딴 괴물이 뭐라고! 에잇!"
"지금이…… 가장 중요한 국면이겠네요."
"예! 아가씨!"
하늘에서 날아온 검은 엘레노아 한 마리와 절망적인 사투를 벌이던 콜레트와 프랑신과 지니도.

"시민 여러분, 마지막까지 포기하지 말아주세요!"
"옳소! 옳소! 우리 이브 교관님을 믿어줘!"
"아직 저희는 진 게 아니니까요!"
시민의 피난 유도를 맡은 카이와 로드와 엘렌을 비롯한 학도병들도.

"동료가 저렇게 열심히 싸우고 있는데 천재인 우리가 좌절하고 있을 수는 없지!"
"……흥!"
검은 엘레노아들로부터 학생들과 시민들을 지키기 위해 싸우는 오웰과 할리도.

"세, 세실리아 선생님! 여긴 이제 위험합니다! 어서 대피하십시오!"

"다들 필사적으로 싸우고 있는데 저만 안전한 곳에 있을 수는 없어요!"

가설 야전병원에서 자신의 싸움을 하고 있는 세실리아도.

이브의 불꽃을 본 모두가 마음을 뜨겁게 불태우며 절망에 맞서 싸우고 있었다.

―――――.

『말도 안 돼! 막은 걸로 끝이 아니라…… 밀리고 있어?! 영웅도 아닌 평범한 병사들에게?! 썩어도 마장성인 이 내가……?!』

엘레노아는 아직도 우직하게 자신을 태워죽이고 있는 이브에게 시선을 돌렸다.

틀림없다. 전부 저 여자 때문이다.

용감하게 싸우는 그녀의 모습이 이 자리의 병사들에게 용기를 주었다.

그녀가 발하는 눈부신 불꽃이 여기 있는 모든 이의 희망의 등불이 된 것이다.

이런 일이 가능한 인간을 표현하는 단어는 동서고금을 막론하고 단 하나뿐일 터.

『역시 저 여자도…… 「영웅」이라는 건가요?!』

왠지 불길한 예감이 들었다.

이대로는 위험하다.

이브의 열량은 지금도 한없이 상승하고 있다.

부활 횟수는 아직 칠만 사천 번 이상 남았지만, 이대로는 돌이킬 수 없는 일이 일어날 거라는 확신이 들었다.

『우오오오오오오오오오오오오오오오오오오오오오오오!』

그녀만은 지금 이 자리에서 죽여야만 한다.

그렇게 판단을 내린 엘레노아는 다시 검은 엘레노아들을 소환해서 이브를 집중적으로 노리게 했다.

이젠 질이 아닌 수로 압살하기 위해 숨 쉴 틈도 주지 않고 사방에서 몰아치도록 했다.

"……큭?!"

그러자 아무리 이브라도 안색이 바뀔 수밖에 없었다.

지금까지 직감과 호흡만으로 사방에서 짓쳐들어오는 검은 엘레노아들을 막고 있었지만, 이런 파상 공세가 계속 이어지면 이쪽도 여유를 잃을 수밖에 없었다.

지금까지 기력과 마력과 정신을 완전히 일치시킨 상태로 공격 하나하나에 세심한 주의를 기울여왔던 집중력이 무너진 순간.

지금까지 한없이 상승하던 불꽃의 열량이 서서히 떨어지기 시작했다.

"이브 씨?!"

"실장님?!"

"치이이이이잇!"

이브가 고전하고 있음을 눈치챈 크리스토프와 엘자와 버나드가 달려왔지만, 새로 소환한 검은 엘레노아들이 내려와 그들의 앞을 가로막았다.

"제길! 방해돼!"

"거기서……."

"비켜어어어어어어어어!"

크리스토프가 불꽃의 보석 결계를 전개하고, 엘자가 발도술로 연격을 날리고, 버나드가 강사를 조작해 머스킷을 난사했다.

그렇게 검은 엘레노아들을 쓸어버렸지만, 도무지 나아갈 수가 없었다.

하늘에서 계속 증원이 내려왔기 때문이다.

"젠자아아아아아아아아앙!"

크로우가 「오니의 팔」로 검은 엘레노아의 머리를 잡아 터트리며 외쳤다.

"누가 좀 도우러 가봐! 이브를 지원하라고! 누가 제발 좀!"

"무, 무리임다! 크로우 선배……."

하지만 베어의 말대로 이브를 지원하러 가는 자는 없었다. 저마다 눈앞을 가로막은 검은 엘레노아를 대처하는 것이 한계였다.

지금 이 자리에서 지원을 갈 만큼 여유 있는 사람이 아무도 없었기 때문이다.

'큭! 조금만…… 조금만 더 시간이 있었으면!'

이브는 이를 악물며 사방에서 돌려드는 검은 엘레노아들을 요격했다.

'분명…… 닿을 수 있었는데! 붙잡을 수 있었는데!'

그렇게 사투를 벌이던 와중.

"……읍?! 콜록! 쿨럭!"

갑자기 이브가 피를 토했다.

결국, 아니. 오히려 여태까지 버틴 게 기적이었으리라.

마나 결핍증— 마력이 바닥난 것이다.

'여…… 여기서? 이런 타이밍에……?'

열량은 간신히 유지하고 있지만, 불꽃이 꺼지는 건 이미 시간문제였다.

'앞으로 한 호흡…… 한 호흡이면…… 「닿았을」 텐데……!'

『아하하하하하하하하하하하!』

이브에게 한계가 온 것을 눈치챘는지 엘레노아가 큰 목소리로 웃었다.

『솔직히 저도 간담이 좀 서늘했었는데…… 아무래도 여기까지셨나 보군요! 이브 니이이이이임!』

"치잇!"

『당신의 목숨은 제가 직접 거둬드리죠!』

그리고 낫을 세워 들더니 눈앞에 2백이 넘는 수의 검은 엘레노아를 밀집 진형으로 소환했다.

"……?!"

그녀의 의도는 한눈에 알 수 있었다.

저건 단순한 고기방패다.

자신들을 겹겹이 방패로 삼아 돌격을 감행할 셈이다.

저것들을 단숨에 모조리 불태우지 못하면 자신은 죽는다.

하나를 죽이는 데도 어마어마한 열량이 필요한 마장성을 동시에 2백 이상?

그런 건 불가능하다.

『죽어어어어어어어어어어어어어어어어어어어!』

예상대로 엘레노아들이 일제히 무시무시한 속도로 달려들었다.

"큭?!"

당연히 이브도 불꽃으로 요격하며 검은 엘레노아들을 시야에 들어오는 대로 불태웠지만, 화력이 떨어진 지금 상태로 전부 태워버리는 건 무리였다.

"……?!"

『잡았다!』

정신을 차리고 보니 어느새 사정거리에 들어온 엘레노아가 거대한 낫을 세워 들고 있었고.

콰드드드드득!

다음 순간, 무참히 해체된 이브의 머리와 팔과 몸통과 다리가 하늘로 솟구쳤다.

―――――.

전부 끝났다.
희망은 사라졌다.

―라는 **환상**을 엘레노아는 보고 있었다.
『어······?』
정신을 차리고 보니 자신이 벤 것은 아무도 없는 엉뚱한 공간이었다.

고개를 돌리자 조금 떨어진 곳에서 이브가 눈을 깜빡거렸고, 그녀의 앞에는 달빛 같은 불꽃이 깃든 왼손 검지를 든 누군가가 서 있었다.

이브와 똑같은 붉은 머리 소녀였다.

하지만 얼굴 반쪽에는 추하게 짓무른 화상 자국이 있었다.

그리고 소녀가 입을 열었다.

"오리지널 【문 크레이들】. ······예상대로 통했네. 말하는 것만 봐도 넌 그 빌어먹을 아버지와 달리 인간의 성질을 많이 남긴 마인이라는 걸 알 수 있었으니까."

그 뒷모습을 본 이브는 바로 그녀의 정체를 눈치챘다.

"그, 그 마술은……?! 설마 당신……!"

"내 정체 따윈 아무래도 상관없어!"

경악하는 이브에게 소녀, 일리아 일루주는 돌아보지 않고 외쳤다.

"멍하니 있지 마! 얼른 그 불꽃을 완성시켜!"

"……!"

"이런 잔재주가 통하는 건 처음 한 번뿐이야! 그러니 어서……!"

"다, 당신……."

"리디아 언니의 불꽃을! 이그나이트의 진정한 불꽃을…… 언니 대신 나에게 보여줘! 이브 이그나이트……!"

그리고 일리아는 약간 물기에 젖은 눈으로 검지에 달빛을 머금은 채 엘레노아를 향해 달려들었다.

"……읏!"

이브는 일단 모든 잡념과 굴레를 머릿속에서 치워버렸다.

그리고 지금 자신이 해야 할 일에 집중했다.

'필요한 건 한 호흡…… 응. 단 한 호흡뿐이었지!'

일리아가 벌 수 있는 시간은 아마 얼마 되지 않으리라.

결코 그녀가 약해서가 아니라, 지금의 엘레노아와는 상성이 너무 나쁘기 때문이다.

10초? 아니, 아마 5초 정도일 터.

하지만 지금은 그것만으로도 충분했다.

역사는 쌓아 올렸다.

소망과 마음도 쌓아 올렸다.

자신도 연마했다. 마력도 가다듬었다.

남은 건 완성하는 것뿐.

완성까지는 한순간.

하지만 사실 거기까지 든 시간은 이그나이트의 수천 년에 달하는 역사 그 자체였다.

이브는 서서히 마력을 끌어올리며 숨을 들이켜고 내뱉었다.

기를, 마력의 흐름을, 자신의 모든 것을 최적의 상태로 가다듬었다.

시야 한편에서 넝마가 된 일리아가 피를 흩뿌리고, 피를 토하며 바닥을 구르는 모습이 보였다.

그때 느낀 안타까움조차도 제어한다.

『이브으으으으으으으으으으으으으으으으으으으으으!』

조금 전과 마찬가지였다.

이번에는 3백을 넘는 엘레노아가 밀집 진형으로 달려들고 있었다.

하지만.

이제 끝이다.

이브의 불꽃은 여기서 완성된다.

지금이야말로 그 신위(神威)를 드러낼 때.

"《나는 시원(始原)의 불을 관장하고·—."

이브는 머리 위로 왼손을 세워 들었다.
그러자 그 위로 마술법진이 마치 탑을 올리는 것처럼 하늘을 향해 쌓이기 시작했다.

"—진홍의 전장을 화차에 올라타 질주하는·—."

『우오오오오오오오오오오오오오오오오오오오오!』
여전히 엘레노아들이 달려오고 있었지만, 이브는 눈길도 주지 않은 채 전신의 마력과 열기와 격정을 단숨에 폭발시켰다.

"—지평선 끝을 꿈꾸는 자일지니》!"

그리고 주문이 완성되는 동시에 정면에서 엘레노아들을 응시하고 소리 높여 선언했다.
이 전장의 종지부를 찍는 불꽃의 시를.

"권속비주지극(眷屬秘呪之極)【제7원】—《무간대연옥진홍·염천(炎天)》!"

그 순간, 세상이 밝아졌다.

불꽃의 색이 휙휙 바뀌기 시작했다.

열량이 상승할 때마다 적색, 오렌지색, 백색, 청색, 흑색으로.

그리고 마지막으로 루비처럼 투명하고 아름다운 진홍색이 폭발적으로 불타오르며 페지테 전체를 남김없이 집어삼켰다.

무한 열량— 도달.

세계가 붉디붉게 물든다.

이브를 중심으로 모든 것이 찬란하고 신성한 붉은색으로 물들어가고 있었다.

"이, 이건……?"

"이게 불꽃의 색이라고?"

"이건 이미…… 불꽃이라기보다, 빛……!"

"아, 아름다워…… 너무 아름다워…….."

누구나가 그 빛에 매료되어 할 말을 잃은 한편, 엘레노아와 검은 엘레노아들만이 세상에서 완전히 지워지고 있었다.

『아…….』

남은 잔량은 0.

무한 열량으로 단숨에 전부 승화되어버린 엘레노아는 그대로 저항할 틈도 없이 진홍색 빛 속에서 녹아 사라졌다.

—————.

　그 마지막 순간.

　엘레노아는 사라져가는 의식 속에서 생각했다.

　'난…… 그저…… 행복해지고 싶었을 뿐이었어…….'

　'이 차원수의 온갖 가능성에서 분기된 모든 세계에서…… 끔찍하게 살해당한 가엾은 우리들…….'

　'우리가 행복하게 살 수 있는 세계는…… 이제 어디에도 존재하지 않아…….'

　'하지만…….'

　'대도사님이…… 그 비원을 달성하신다면…… 난…… 우리는…….'

　'우리 모두가 행복해지고 싶다는 건…… 분수에 맞지 않는 생각이겠지…….'

　'그러니 하다못해.'

　'한 명만이라도…… 어딘가 모르는 세계에서…… 단 한 명만이라도 좋으니…….'

　'하다못해…… 하다못해 한 명만이라도…… 이젠 아무것도 남지 않은…… 나 대신 행복한 인생을 살 수 있기를 바

랐지만…….'

　'…….'

　'죄송……합니다. 대도사님…… 힘이 되어드리지 못해
서…….'

　　………….

　　……….

　　…….

종장 기계 장치의 신
데우스 엑스 마키나

　—걷고 있었다.

　난 새하얗고 눈부신 따스한 빛 속을 걷고 있었다.

　어디선가 청량하고 따스한 물소리가 들리는 신비한 공간을, 나는 묵묵히 걷고 있었다.

　그저 천천히, 천천히…….

　………….

　……이윽고 내가 도착한 곳은 깨끗한 물이 흐르는 아름다운 강변이었다.

　그리고 안개가 낀 맞은편에는 사람들이 서 있었다.

　그들을 본 순간, 나는 놀라움에 몸이 떨렸다.

　"아리아……."

　사랑하는 누나가 이쪽을 보고 미소 짓고 있었기 때문이다.

　누나만이 아니었다.

　"너, 너희들까지……."

　유이, 리타, 루체, 아일린, 루루, 크라이브, 딘, 맥스, 로이…….

　그리운 고아원의 가족들이 있었다.

　모두가 손을 흔들며 날 기다리고 있었다.

"아벨."

"아벨 오빠~! 이쪽이야! 이쪽!"

"형, 얼른! 얼른 와!"

"우리랑 같이 가!"

마음이 약해진 건지 갑자기 눈시울이 뜨거워지는 것을 느끼며 충동적으로 한 걸음을 내딛은 순간.

뒤에서 갑자기 누군가가 달려오는 소리가 들렸다.

"누나! 애들아!"

한 소년이 내 옆을 스쳐 지나가더니 그대로 강을 건너 저쪽으로 달려가고 있었다.

아직 십대 중반밖에 되지 않은 그 소년의 뒷모습은 왠지 낯이 익었다.

"저건…… 아벨?"

과거의 내 모습.

가면을 쓰게 된 내가 마음속 깊숙한 곳에 봉인하고 지워버리려 했던 내 진짜 모습.

넋을 잃은 내 앞에서 맞은편에 도착한 소년, 아벨은 가족들을 힘껏 껴안았다.

"누나! 애들아! 아아, 보고 싶었어! 정말…… 진심으로 보고 싶었어!"

"오빠! 오빠! 유이도…… 진짜 오빠가 보고 싶었어! 그래서 계속 기다렸는데…… 흑, 으에에에에엥!"

"앞으로는…… 헤어지지 말자, 아벨. 이젠 영원히 함께야……."

그런 행복한 가족들의 모습을 잠시 지켜본 나는 이윽고 한숨을 내뱉었다.

"그래. 그렇겠지. 난 아벨이 아니야. 알베르트 프레이저였지."

오랫동안 가면을 쓰고 자신을 속여 온 나는 이미 아벨과 별개의 존재가 되어버린 모양이었다.

지금까지 실컷 외면했으면서 이제 와서 뻔뻔하게 예전으로 돌아갈 수 있을 리가 없었다.

애당초 이 피에 물든 더러운 손으로 어떻게 사랑하는 가족들을 안을 수 있겠는가. 나에게는 이제 자격이 없었다.

쓸쓸한 황야에서 홀로 고독한 죽음을 맞이하는 것이 세상에 알려진 거짓된 영웅 알베르트 프레이저의 최후였을 터.

"나 혼자인가……. 알고는 있었지만…… 각오는 되어 있었지만…… 막상 현실이 되고 보니 허무하군."

혼잣말을 한 내가 아무도 없는 쪽으로 걸음을 내딛은 순간.

"……!"

그런 내 앞을 새하얀 깃털들이 날아와 가로막았다.

어디선가 누군가의 노랫소리가 들리기 시작했다.

"……뭐지 이건?"

깃털이, 노래가 보이지 않는 힘으로 내 걸음을 막았다.

이대로는 도저히 저쪽으로 넘어갈 수 있을 것 같지 않았다.

내가 그렇게 당황한 순간.

"넌 아직 이쪽으로 오면 안 돼, 알베르트."

"……?!"

아리아가, 아벨이, 아이들이 날 보고 있었다.

"넌 아직 해야 할 일이 남아 있지? 기다리는 사람들이 있잖아? 그럼 오면 안 돼. 너를, 「알베르트」를 필요로 하는 사람들이 있는 이상."

"……."

"괜찮아. 넌 혼자가 아니야."

"……."

"고마워, 알베르트. 네 덕분에 우리의 영혼은 해방될 수 있었어. 마침내 저쪽 세상으로 떠날 수 있게 됐어. 정말 고마워. 우리에게 있어선 너야말로 진짜 영웅이야, 알베르트 프레이저."

"고마워! 알베르트 오빠!"

"응! 멋있었어!"

그런 성원을 받은 난 잠깐 쓴웃음을 짓다 등을 돌렸다.

"그래. 그랬었지. 난 아직 해야 할 일들이 남아 있어. 도중에 내팽개치는 무책임한 짓은 죽어도 못 해. ……잘 지내. 언젠가 다시 만나기를."

그리고 난 처음 왔던 길을 돌아가기 시작했다.

천천히, 천천히……

"알베르트! 아니…… 나!"

그런 내 등을 향해 아벨, 아니. 과거의 내가 말을 걸었다.

"……힘내."

"그래, 가족들을 부탁하마. 나."

그 대화를 마지막으로 난 새하얀 길을 거슬러 올라왔다.

그리고…….

─────.

"정신이 들었나 보네."

"……"

눈을 뜨자 알베르트는 바닥에 대자로 누워 있었다.

고개를 털고 몸을 일으킨다. 온몸의 관절 마디마디가 쑤시고 마력은 거의 고갈 상태였지만, 생명활동에 큰 지장은 없었다. 치명상이었던 배에 난 구멍도 어느새 아물어 있었다.

조금 전까지만 해도 계속 손에 붙어 있었던 그 「열쇠」도 없었다.

하지만 왠지 앞으로 그 「열쇠」를 보게 될 일은 두 번 다시 없을 거라는 기묘한 확신이 들었다.

"……나한테 고마워해."

옆에 서 있던 루나가 팔짱을 끼더니 시선을 피하며 투덜댔다.

"……죽은 지 얼마 안 된 영혼을 불러오는 천사언어 마법^{엔젤릭 오라클}

【성가 부활절】을 썼어. 죽고 난 뒤 시간이 오래 지나도 안 되고, 내 수명도 줄고, 성공하는 것도 전부 운에 달렸지만 말이야."

"……아무래도 큰 빚을 진 것 같군."

"칫! ……나도 빚을 갚은 것뿐이거든? 당신은 그런 점이 진짜 싫어."

루나는 인상을 찌푸렸지만, 곧 여전히 눈을 마주치지 않은 채 작은 목소리로 중얼거리기 시작했다.

"……고마워."

"……."

"당신이 죽어 있는 동안…… 나도 만났어. **그 녀석**을. 아무래도 **그 녀석**도 그 빌어먹을 영감한테서 해방된 모양인지…… 덕분에 마지막 인사를 나눌 수 있었어."

그리고 머리를 긁적이며 어색하게 뒷말을 이었다.

"난 여전히 당신들 제국인이 딱 질색이지만…… 그래도…… 이건…… 나름…… 고맙다고나 할까……."

거기까지 말한 루나는 그제야 처음으로 알베르트 쪽을 돌아보았다.

"……."

하지만 본인은 루나를 내버려둔 채 이미 출구 쪽으로 걸어가고 있었다.

"아앗?! 하, 하나도 안 들은 거야?! 진짜?!"

"무슨 할 말이라도 있었나? 난 바빠. 용건이 있다면 나중에 해."

"으아아아아아아아아아아아아! 역시 제국인이란 것들으 <u>으으으으으으으으으으</u>은!"

루나는 성질을 내며 알베르트의 뒤를 따라 맹렬하게 달려갔다.

————.

페지테 전체를 비추던 아름다운 진홍색 광휘가 사라졌다.

모든 것이 원래대로 돌아오자, 페지테를 포위한 채 시내로 진입을 시도하고 있던 《울티무스 클라비스》도 흙더미로 변하더니 그대로 빠르게 소멸했다.

"오, 오오오…… 마, 망자들이…… 사라지고 있어?!"

"사, 산 건가?"

필사적으로 성벽을 지키고 있던 병사들이 넋 나간 눈으로 그 광경을 지켜보았다.

"우왓?! 뭐, 뭐뭐뭐, 뭔가요! 이건! 뭐가 시작되는 거죠?!"

"지, 진정해라! 로잘리!"

각지에서 망자의 진군을 막고 있던 경비관과 시민들이 술렁였다.

그리고 하늘에서 추락하는 검은 엘레노아들이 그대로 검은 연기로 변해 사라지고 있었다.

"뭐야 이건……. 도대체 어떻게 된 거지?"

"설마……?"

제국군과 함께 검은 엘레노아와 교전 중이던 자일과 리제와 레빈이 어안이 벙벙한 목소리로 중얼거렸다.

"얘들아, 이건 혹시……."

"마, 맞아요! 분명 그거예요!"

"예. 기적이라고밖에 할 말이 없네요."

콜레트와 프랑신과 지니도 넋이 나간 기색이었다.

"아니, 틀림없어!"

"맞아! 우리가 이긴 거야!"

"다행……이다……."

카이와 로드와 엘렌을 비롯한 학도병들도 저마다 기뻐하기 시작했다.

이윽고 모든 사람이 서서히 자신들이 이겼음을 이해했고 페지테 전체가 환희에 감싸였다.

—————.

"리엘…… 해냈어!"
"응. 우리가 이겼어…… 이겼다고!"
웬디와 카슈는 울면서 자축했다.
하지만 그들에게 승리의 기쁨은 없었다.
그저 망자를 애도하는 슬픔만이 가득했다.
"……네 덕분이야, 리엘. 네 분투가…… 이 승리로 이어질 수 있었어."
"응. 응."
"리엘……."
모두가 이 자리에 잠든 리엘에게 애도를 바친 순간.

"응. 그래? 이겼어? 다행이다."

리엘이 아무런 전조도 없이 갑자기 눈을 떴다.
""""~~~~~~?!""""
전혀 예상치 못한 사태에 전원이 벌어진 입을 다물지 못했다.

"리, 리리리, 리엘?!"

"사, 사사사, 살아 있었던 거예요?!"

"응. 살아 있어. 이젠 전혀 못 움직이겠지만."

리엘은 바닥에 누운 채 덤덤한 목소리로 말했다.

"엄청 피곤해서…… 좀 잤어. 분명 말했는데…… 왜 다들 놀라는 거야?"

"그, 그, 그치만 당신 호흡이랑 맥박이 완전히 정지했었는걸요!"

"응? 그랬어? 나 죽었던 거야? 그럼 되살아난 거네."

리엘은 고개를 살짝 갸웃거렸다.

여전히 이해할 수 없는 상식을 벗어난 반응이었지만, 이제 그런 건 아무래도 상관없었다.

"""리, 리에에에에에에엘!"""

학생들은 일제히 리엘을 껴안고 눈을 휘둥그레 뜨는 그녀를 마구 만지작댔다.

"……정말이지, 사람 놀라게 하긴. ……하긴 네가 죽을 리가 없지."

조금 떨어진 곳에서 안경을 올려 쓰는 기블의 눈가에도 어느새 눈물이 맺혀 있었다.

"……이거 원, 간신히 약속은 지켰구만."

포젤도 어딘지 모르게 안도한 표정으로 한숨을 내쉬었다.

그런 와중에 리엘은 문득 어떤 사실을 깨달았다.

'……공주?'

늘 마음속에서 느껴졌던 공주의 기척이 지금은 전혀 느껴지지 않았다.

대체 어디로 간 걸까?

리엘이 그런 생각을 한 순간.

―그건 「작별 선물」이래. 과거에 널 창조한 그 사람들의.

―난 들어도 잘 모르겠는데, 너 자신의 확고한 생존 목적과 의식이 트리거가 돼서 발동하는 단 한 번뿐인 예비 생명력……이라던가?

―「부디 우리들 몫까지 살아줘」라는 말도 남겼고.

그런 속삭임이 들린 것 같았다.

―그리고, 고마워. 리엘. 멋진 「너만의 검」을 보여줘서.

―이걸로 미련은 아무것도 남지 않았어. 아무것도…….

그 말을 끝으로 리엘이 엘리에테 헤이븐의 목소리를 듣는 일은 두 번 다시 없었다.

—————.

"야, 잘했어! 이브!"

"역시 대단하심다, 각하!"

"""이브 원수 각하 만세!"""

모든 힘을 소진해서 주저앉은 이브 곁으로 크로우와 베어를 비롯한 제국군 장병들이 속속들이 집합했다.

"이브 양! 아주 대활약이었지 뭔가!"

"예. 이 제국은 이브 씨 덕분에 구원받았어요."

버나드와 크리스토프가 양옆에 서서 어깨로 부축해 일으켜 세웠다.

"실장님…… 정말…… 고생 많으셨어요."

엘자도 눈물을 글썽이고 어깨를 들썩이며 숨을 몰아쉬는 이브를 쳐다보았다.

"……흥, 제법이잖아."

떨어진 곳에서 묵묵히 자신의 상처를 치료하는 일리아도 코웃음을 쳤다.

"이겼어…… 우린 마침내 승리했어! 조국을 구한 거다!"

"그래, 우리 전원의 승리다!"

"""와아아아아아아아아아아아아아아아아아!"""

제국군 장병들은 승리의 함성을 질렀다.

너 나 할 것 없이 승리의 분위기에 흠뻑 취했다.

그 절망적인 상황을 뒤집어서 멸망해가는 제국을 구한 거라고 누구나가 믿어 의심치 않았다.

단 한 명, 이브를 제외하고.

"······아직이야. 아직 끝나지 않았어."

이브는 이마에 밴 땀을 훔치고 말했다.

"예?"

그 말을 들은 모두가 어리둥절한 반응을 보였다.

"아직 끝나지 않았다니······."

"그, 그게 무슨 소리야? 이브"

크로우가 머리를 긁적이며 물었다.

"엘레노아는 죽었고 《울티무스 클라비스》는 의식의 제물이 되지 않고 전부 소멸했어. 하늘의 지혜 연구회 소속 외도 마술사들도 전원 격파, 엘리에테는 리엘이 격파했다는 보고가 들어왔고, 현시점에서 페지테가 날아가지 않은 걸 보면 파웰도 알베르트 녀석이 죽었다는 뜻이겠지. 이건 아무리 생각해도 우리의 완전 승리 아니냐고."

그 말은 이 자리에 있는 장병들 전체의 생각이기도 했지만, 이브는 반박했다.

"잊은 거야? 하늘의 지혜 연구회, 최후이자 최강의 전력을."

""""······?!""""

"겨우 이기긴 했지만, 제국군은 이 이상 전투 행동이 불가능해. 이런 절호의 기회를 그 남자가 노리지 않을 리 없어. ……나였어도 반드시 그랬을 테니까!"

이브가 그렇게 외치며 어깨를 빌려준 크리스토프와 버나드를 밀쳐낸 순간.

『공천신비【INFINITE ZERO DRIVE】』.

어째선지 페지테 전체에 들리는 누군가의 목소리와 함께.

불가사의한 중저음과 함께 세상이 크게 회전하고 하늘이 변모했다.

모든 것이 암전되고, 하늘에는 빛의 격자무늬가 세계의 소실점까지 퍼진 무한의 이공간이 형성되었다.

대지와 지평선과 세상 전체가 별의 바다로 사라지고 이 페지테라는 도시 하나만 이공간 위에 섬처럼 떠 있는 상태가 되었다.

"뭐, 뭐, 뭐야 이건!"

"대, 대체 무슨 일이 일어난 거지?!"

제국군 장병들은 동요할 수밖에 없었다.

"큭……?!"

기이한 마력을 느낀 이브가 하늘을 올려다보자, 압도적인 마력의 빛을 방출하는 소년과 그런 그를 뒤에서 감싸 안은 소녀가 천천히 내려오는 것이 보였다.

저 자의 정체는⋯⋯.

"대도사⋯⋯ 펠로드 베리프!"

이브는 소리쳤다.

그러자 하늘의 지혜 연구회의 최고 지도자인 《대도사》^{헤븐} 펠
로드는 상공의 어느 지점에서 정지한 뒤 지긋지긋한 눈으로
페지테를 흘겨보더니 거리라는 개념을 무시한 것처럼 누구
에게나 들리는 목소리로 말을 건넸다.

『설마 너희가 여기까지 해낼 줄은⋯⋯ 예상 못 했어. 정
말⋯⋯ 진심으로 예상외였어.』

여태까진 항상 여유 있는 태도를 고수하던 대도사가 지금은
처음으로 얼굴에 짜증과 분노를 고스란히 드러내고 있었다.

『대체 뭐가 잘못된 걸까? 내가 수천 년을 들여서 쓴 각본
은 완벽했을 텐데⋯⋯ 어째선지 얼마 전부터 플롯이 어긋나
는 일이 많아졌어. 물론 내 각본에 빈틈은 없어. 그런 어긋
남조차 허용 범위 안이었으니까. 하지만 하나가 어긋나면 둘
이, 둘이 어긋나면 셋이⋯⋯ 이런 식의 예외가 연쇄적으로
일어나다 보니 결국 《울티무스 클라비스》를 동원한 페지테
에서의 결전이라는, 나에게 있어선 가장 비효율적이고 못마
땅한 루트가 되고 말았지. 물론 이 루트로도 충분히 내 비
원을 달성할 수 있겠지만⋯⋯.』

펠로드는 이브를 내려다보았다.

『결과는…… 너희들의 승리였어.』

"……!"

『말도 안 되는…… 정말 말도 안 되는 상황이 일어난 거야. 《검의 공주》엘리에테 헤이븐이 리엘 레이포드에게 패하고, 《마기스테르 템프리》파웰 퓌네가 알베르트 프레이저에게 격파당했어. 그리고 최후의 마장성《명법사장》하 데사…… 엘레노아 샤레트마저 네 손에 죽고 말았지. 이브 이그나이트.』

이브는 묵묵히 펠로드의 시선을 맞받아쳤다.

머릿속으로는 이 남자를 어떻게 대처해야 할지 고민하면서.

『이 세 명 중 한 명이라도 남았으면…… 내 비원은 달성될 터였어. 엘리에테가 남았다면 단독으로 제국군과 페지테 시민을 몰살했겠지. 파웰이 남았다면【메기도의 불】로 이 도시 자체를 날려버렸을 거야. 엘레노아의 경우는…… 뭐, 굳이 언급할 필요도 없으려나. 너희가 이기려면 이 셋을 전부 해치우는 게 필수였고, 그리고 그건 제각각 한없이 0에 가까운 확률이었어. 그런데도…… 너희는 이긴 거야. 셋을 전부 격파하고 말았어. 그 결과, 내【성배의 의식】에는 아직 제물이 부족한 상태야. 정말로…… 도대체 왜?』

펠로드의 어깨가 조용히 떨리고 있었다. 참을 수 없는 분노와 짜증으로.

『이게 대체 어떻게 된 노릇이지? 돌이켜보면 이 상황 자체부터 이상해. 전부 예정이 어긋났어. 이건 말이 안 된다고.

원래대로라면 이 시점에서 《철기강장》 아세로 이엘로, 《염마제장》 비아 돌도 내 산하에 남아 있어야 할 터였어. 알베르트 프레이저는 《뇌정신장》 발 보르로서 내 부하가 됐어야 했어. 저티스 로우판도 《죄형법장》 잘 지아로서 내 부하가 됐어야 했어. 하늘의 지혜 연구회에는 더 많은 전력이 모여 있어야 했어. 비할 데 없는 세계 최강의 마술사 군단이었어야 했어. 이브 이그나이트는 《염마제장》 비아 돌의 권속으로서 그 총명한 두뇌를 내 밑에서 발휘했어야 했어. 리엘 레이포드가 《검의 공주》를 이길 정도로 강해질 리는 없었어. 애초에 불완전한 호문쿨루스인 그녀는 이미 다양한 요인으로 예전에 죽었어야 해. 이런 역사의 무대에 서 있는 것 자체가 이상하다고. 게다가 이브 이그나이트의 뛰어난 지휘 능력은 인정하지만, 전군에 영향을 줄 수 있는 영웅의 자격을 겸비할 정도까진 아니었어. 하물며…… 이 시점에서도 내 곁에는 내 사랑스러운 천사의 완전체가 없다니! 심지어 그녀의 예비 육체조차 없다니! 어째서? 대체 왜 이렇게 전부 엉망이 된 거지?!』

『너무 마음에 담아두지 마세요, 펠로드 님.』

펠로드의 떨림이 강해지자, 그를 뒤에서 껴안고 있던 레파리아가 위로하듯 말했다.

『당신은 충분히 노력했어요. 수천 년에 걸쳐 진심으로 애써왔잖아요. 확실히 당신이 그린 최고의 결말은 아닐지도 모르지만…… 전 이렇게 당신과 재회할 수 있었고, 당신의 비원도 아직 이룰 기회가 있잖아요?』

그런 그녀의 모습은 육체가 없는 반투명한 유령 같은 상태였다.

명백히 뭔가가 결여된 불완전한 모습이라는 것을 알 수 있었지만, 그 몸에 숨겨진 강대한 힘은 마술사가 아니라도 느껴질 정도였다.

『맞아. 지나간 일을 후회해봤자 소용없겠지. 아직 이 손에 남아 있는 걸로 참을 수밖에…….』

펠로드는 방긋 웃더니 다시 아래를 내려다보며 냉혹한 목소리로 선언했다.

『그렇게 됐으니 미안하지만…… 각본을 수정할게. 너희는 「데우스 엑스 마키나」라는 표현을 알고 있을까? 이야기의 전개 방식으로선 너무나도 편의주의적인 수법이지만…… 난 지금부터 그걸 쓸 거야. 나에게 있어 가장 유리한 결말을 강제로 전개하겠어. 이건 정말로 내가 쓸 수 있는…… 최후의 수단이기도 해.』

그리고 양팔을 펼친 순간.

―공간이 기묘한 소리를 내며 뒤틀리기 시작했다.

무한한 공간 위에 떠 있는 페지테의 성벽 외부에서 뭔가가 서서히 올라왔다.

그것의 형태는 「살로 이루어진 기둥」이라고밖에 달리 표현할 방법이 없었다.

높고 굵은 데다 터무니없이 거대했다. 마치 탑이나 거인처럼……

그런 기이하고 끔찍한 기둥이 아득히 먼 저 하늘 위까지 꿈틀거리며 솟고 있었다.

마치 기괴한 심해어를 전부 갈아서 뭉친 듯한 역겨운 부정형 살덩어리.

표면에는 수많은 촉수가 꿈틀거렸고, 전신에 달린 거대한 눈들은 부르르 떨면서 혐오스럽게 움직였다.

그리고 저 아득히 높은 기둥 끝에 있는 것은 거대한 입과 기다란 팔 같은 무언가. 그 역겹고도 모독적인 모습은 그야말로 혼돈과 광기의 산물 같았다.

그런 이형의 존재가 페지테 주위에서 잇따라 자라나고 있었다.

그 수는 총 열일곱.

하늘을 찌를 듯한 기둥 사이에 완전히 포위당한 페지테는 거대한 괴물의 위장 속에 갇혀 있는 것 같은 형국이었다.

그리고 그 모독적이고 기이한 광경은 그것을 본 인간의 절반에 가까운 수의 이성을 바로 날려버렸다.

"저, 저건……?!"

대혼란에 빠진 제국군 사이에서 이브는 이를 악물며 살로 이루어진 기둥을 노려보았다.

분명 밀라노에서 본 기억이 있었다.

『맞아. 신앙병기 《사신병》의 뿌리야. 으음~ 분명 마리아 루텔이라고 했던가? 그녀는 이렇게 순조롭게 성장했어. 그래서 부활을 좀 앞당긴 거야. 아직 완전하진 않지만, 그래도 너희를 없애버리기엔 충분하겠지?』

"……!"

절망이.

깊은 절망이 페지테를 지배했다.

이미 조금 전까지 있었던 승리의 여운은 어디서도 느껴지지 않았다.

저 기둥들을 보기만 해도 알 수 있었다.

자신들을 기다리고 있는 것은 압도적인 절망과 어둠과 파멸뿐이라는 것을.

"이, 이 무슨……."

"이젠, 싸울 여력도 없다만."

크리스토프와 버나드조차 하늘을 올려다보고 힘이 풀려 무릎을 꿇었다.

제국군의 주력 마도사들은 이브를 포함해 전부 한계였다. 마력이 전부 고갈돼서 더는 1초도 싸울 수 없었다.

『가령 너희에게 여력이 남아 있었어도 소용없어. 이 공간 안에서 너희의 공격은 저 기둥에 닿지 않으니까 말이야. ……절대로. 뭐, 어찌어찌 닿는다 해도 이브의 무한 열량, 리엘의 빛의 검, 알베르트의 「오른쪽 눈」이 아니면 절대로 치명타가 되지 않겠지만 말이지. 그리고…….』

펠로드는 지휘봉을 휘두르는 것처럼 팔을 움직였다.

그러자 기둥들이 듣는 이의 영혼이 산산이 부서질 듯한 끔찍한 소리를 성대하게 울려 퍼트리더니 머리끝의 거대한 입을 벌리고 **페지테를 먹어치우기 시작했다.**

"아……."

이브를 포함한 전원이 페지테의 성벽이, 페지테 그 자체가 설탕 과자처럼 뜯어 먹히는 광경 앞에서 넋을 잃을 수밖에 없었다.

『이 《사신병》의 뿌리로 너희를 페지테와 같이 통째로 성배의 의식에 제물로 삼는 것. 이게 바로 내 최종수단…… 「데우스 엑스 마키나」야.』

그것은 그야말로 파멸적인 광경이었다.

성벽 근처에는 마지막 남은 마력을 쥐어짜서 어설트 스펠로 공격을 시도하는 용감한 병사들도 있었지만, 펠로드의 말대로 기둥에는 닿지 않았다.

분명 유효 거리일 텐데도 어째선지 기둥에는 절대로 닿지 않았다.

적의 공격은 닿는데 이쪽의 공격은 통하지 않는 부조리와 불합리함의 극치.

『……정말 꼴사나워. 이런 식으로 분기를 타협할 때마다 내 비원 달성의 완성도가 떨어져버리는데……! 대체 왜 이렇게 된 거지?! **가장 골라선 안 되는 이딴 최악의 루트**로 진행해버리다니……!』

완전히 절망에 빠져버린 제국군과는 반대로 펠로드는 아무도 이해할 수 없는 이유로 화를 내고 있었다.

하지만 이젠 아무래도 상관없었다.

페지테는 끝났다.

그리고 이 세상도 끝났다.

저런 불합리한 존재를 상대로 이길 수 있는 인간이 이 세상에 존재할 리 없었다.

저마다 무릎을 꿇고. 저마다 바닥에 손을 짚고.

저마다 고개를 떨구고. 저마다 넋을 잃었다.

페지테를 지배하는 그 절망적인 감정에 조금 기분이 나아졌는지, 펠로드는 웃음을 터트리며 선언했다.

『아하하하하! 마지막이 좀 엉망이었지만, 어떠셨나요? 즐거우셨나요? 내 일생일대, 혼신의 공연은! 파멸로 향하는 황혼의 무대는 이것으로 종막! 신사숙녀 여러분, 마지막까지 지켜봐주셔서 정말 감사합니다! 마음에 드셨다면 아무쪼록 박수갈채를 보내주시길…….』

그리고 비아냥대듯 페지테를 향해 인사를 보낸 순간.

콰득!

페지테를 먹어치우는 기둥 중 하나의 위에 있는 공간에 갑자기 균열이 생겼다.

그리고 거기서 강렬한 빛이 새어 나오더니 그대로 기둥을 집어삼켰다.

새하얗게 물드는 시야와 기둥의 기괴한 단말마.

그 어떤 공격도 통하지 않고 닿지 않았던 그 악몽 같았던 기둥이 빛 속에서 녹아내리듯 사라지고 있었다.

『……어?!』

그 터무니없는 광경에 펠로드는 다시 눈을 부릅뜨고 굳어버릴 수밖에 없었다.

"저, 저 빛은 설마……?"

그리고 알자노 제국 마술학원의 학생들과 크리스토프나 버나드 같은 일부의 군 관계자. 즉, **어느 인물**과 교류가 깊었던 이들은 알고 있었다.

저 빛의 정체를 알고 있었다.

그들이 아는 **그것**과는 조금 다르지만, 저 특징적인 빛은 분명⋯⋯.

"⋯⋯【익스팅션 레이】?!"

그리고 저마다 눈을 깜빡이며 넋을 잃은 순간.

─홋⋯⋯ 이딴 결말에 박수갈채를 보내달라고?

─됐거든? 이 바보 자식아.

그리운 누군가의 목소리가 페지테 전체에 울려 퍼진 듯한 느낌이 들었다.

─너무 허접해서 역겨울 지경이네.

─나랑 연출가 교대해! 어디 한번 보여주지!

─누구나가 벌떡 일어나서 박수갈채를 보내는 진정한 명작이란 게 어떤 건지를⋯⋯!

『⋯⋯뭐, 뭐야. 방금 그건⋯⋯ 대체 누가?』

여기까지 와서 또 플롯에 없는 전개가 일어나자 펠로드는 당황할 수밖에 없었다.

"⋯⋯**성공했어.**"

하지만 이브는, 누구나가 절망에 빠져 무릎 꿇은 이 페지테에서 유일하게 두 다리로 서 있었던 그녀는 입가를 끌어올려 웃고 있었다.

『뭐라고……?』

"내 진짜 마지막 계획이…… 성공했다는 거야."

그리고 쓴웃음을 흘리며 말했다.

"뭐, 계획이라고 하기도 민망한 계획이지만 말이지. 만약 정말 성공한다고 쳐도 사태가 호전된다는 보장은 없었으니 말이야. 그래도…… 난 「저 인간이 제때 도착할지도 모른다」고 생각하는 것만으로도 이렇게 마지막까지 꺾이지 않고 싸울 수 있었어. 앞을 보고 싸울 수 있었어. 그래서 아무튼 난 처음부터 1분 1초라도 오랫동안 이 페지테를 유지하는 것만을 목표로 계획을 세우고 싸워왔던 거야!"

이브가 그렇게 외친 순간.

쾨득. 쾨드득…….

아득히 멀리 떨어진 균열이 벌어지기 시작했다.

이윽고 그 크기가 일정 이상 도달하자, 유리가 깨지는 듯한 소리와 함께 균열이 깨지고 반짝이는 바람이 불어왔다.

절망적인 암운을 걷어내는 신성한 바람이 어두운 페지테를 비춘 것이다.

그리고 그 바람을 탄 사람들이 페지테의 상공에 모습을 드러냈다.

그들의 정체는…….

"이딴 허접한 공간쯤은 차원과 성간을 초월하는 내 바람을 막지 못해!"

흰색 바탕의 고풍스러운 외투를 걸친 은발 소녀와.

"마침내 돌아왔어. 우리의 고향에!"

『흥, 좀 늦은 모양이네.』

손에 **황금 열쇠**를 들고 등에는 신비한 날개가 달린 금발 소녀, 그리고 똑같은 모습으로 그녀의 어깨 위에 앉은 작은 요정 같은 소녀와.

"……늦은 건 이제부터 만회하면 돼!"

하얀 머리와 흰 피부에 용의 날개가 달린 어린 소녀와.

"그래, 맡겨만…… 엥? 뭐야 저게에에에에에에에에! 페지테가 아주 난장판이 됐잖아?!"

어째선지 넝마 같은 외투를 두르고 비명을 지르는 흑발 흑안의 청년.

이 공간의 뒤틀림 때문인지 그 청년의 모습은 아무리 멀리 떨어져 있어도 잘 보였다.

누구나가 그들을 올려다보며 주시했다.

"후후…… 와주셨나요."

마술학원 본관 테라스에서 알리시아가.

"""오, 오오오……?!"""

페지테 각지에 흩어져 있는 제국군의 모든 장병들이.

"아, 아아아……! 저건……! 저 사람으은~?!"

시내 어딘가에 있던 로잘리가.

"크아~! 여전히 멋진 부분만 가져가는구만!"

"아하하…… 그래도 **선배답네요.**"

광장에서 버나드가. 크리스토프가.

"후훗, 저 분은 여전하시네요."

"흥……."

시내의 거리에서 리제가. 자일이.

"……아아, 다행이야. 저 사람이 왔으니 이제……"

시내의 가설 야전병원에서 세실리아가.

"나 원, 늦지 않았으니 망정이지……!"
"흠하하하하하하하! 그래도 이래야 내 호적수지!"
전장 어딘가에 있던 할리가. 오웰이.

"우오오오오오옷?! 왔다! 왔다! 왔어어어어어!"
"반드시 오실 거라고 믿었다구요!"
"뭐, 전 그냥저냥."
마찬가지로 어딘가의 전장에서 콜레트가. 프랑신이. 지니가.

"흑…… 히끅……."
"야야, 울지 마. 로드."
"아, 안 울었거든?! 아니, 너도 울고 있으면서……."
시내의 바리게이트 안에 있던 카이가. 로드가.
알프, 빅스, 시사, 루젤, 아네트, 벨라, 캐시를 비롯한 2학
년 2반 학생들이.

"헤헷, 당신이란 사람은 진짜……!"
"나 원, 설마 등장할 타이밍을 노리고 있었던 건 아니겠지?"
"그런 건 어느 쪽이든 상관없잖아요!"
"응, 응……!"

어느 광장에서 카슈가. 기블이. 웬디가. 테레사가. 세실이. 린이.

"후유~ 이걸로 아이 돌보미도 끝인가."

"그런 모양일세."

포젤이. 체스트 남작이.

"……응. 슬슬 올 줄 알았어. 감이지만."

바닥에 누워 있던 리엘이.

"홋, 온 건가."

페지테 성벽 위에서 기둥과 대치 중이던 알베르트가.

"……흥."

그런 그의 머리 위에 떠 있던 루나가.

그리고…….

"지각이야. 너무 늦었다구. 당신, 교사라는 자각이 있긴 한 거야?"

눈물을 글썽이며 감격한 이브가.

모두가.

페지테의 모두가 그 청년을 바라보며 마음속으로 그의 이름을 외쳤다.

—글렌 레이더스!

그런 모두의 마음과 기대에 보답하듯, 아득한 시간과 거리를 뛰어넘어 방금 페지테에 귀환한 청년, 글렌이 움직이기 시작했다.

"일단 위험한 것들부터 후딱 정리하자! 시스티나! 루미아! 할 수 있겠지?!"

"예, 물론이죠!"

"예! 선생님!"

글렌을 따르는 은발 소녀 시스티나와 금발 소녀 루미아도 움직이기 시작했다.

《아르스 마그나》! 발동!"

루미아의 손에서 눈부신 빛이 흘러나와 글렌과 시스티나를 감쌌다.

그리고 둘은 동시에 주문을 영창하기 시작했다.

"《시간의 가장 끝에서 떠난 나⋯⋯."

"《나를 따르라·바람의 백성이여⋯⋯."

"통곡과 소란의 마천루·시간에 이르는 큰 강은 제9의 흑염지옥에 다다르고·그 영혼을 먹어치우는 흑마는 스스로의 죽음을 고한다·나, 육천세계의 혁명자를 자칭하는 자이기에》."

"나는 바람을 다스리는 공주일지니》!"

"시천신비【OVER CHRONO ACCEL】!"

"풍천신비【CLOAK OF WIND】!"

그 순간.

시스티나의 몸에서 반짝이는 바람이 마치 세상 끝까지 닿을 듯한 폭발적인 기세로 퍼져나갔다.

"우오오오오오오오오오오오오오오오오오!"

그리고 글렌의 왼손을 중심으로 세계가 변혁을 이루었다.

거대한 시계 같은 마술법진이 격자무늬의 무한 공간과 힘겨루기를 시작한 것이다.

대, 대단해…….

그 인간의 상식을 초월한 마술에 모두가 눈만 깜빡거릴 수밖에 없었다.

그리고 이어서 일어난 것은 그보다 훨씬 더 놀라운 일이었다.

"선생님! 어디부터 갈까요?"

"됐고! 가까운 놈부터 시계 방향으로 간다!"

"알겠어요!"

시스티나가 복잡한 수인을 맺자, 글렌 일행이 반짝이는 바람을 탄 채 초광속으로 날아올랐다.

첫 목표는 페지테 북쪽에 있는 기둥이었다.

글렌은 한 줄기 빛이 되어 날아가면서 주문을 영창했다.

시천신비의 권능으로 영창 시간을 0으로 **단축**하고, 발사부터 명중에 이르는 시간까지 0으로 **단축**했다.

"사라져라, 떨거지들아! 흑마 개량형 【익스팅션 레이】!"

그리고 글렌의 왼손에서 방출된, 발사와 동시에 명중하는 극대소멸 충격파가 그대로 기둥을 집어삼켰다.

『wq3에4r5t67by8누m9이, 오. p~?!』

절대로 공격이 닿지 않아야 할 기둥은 그대로 처절하게 몸부림치더니 조금 전과 마찬가지로 근원소까지 분해되어 소멸했다.

"다음!"

"예! 하아아아아아아아아아아아앗!"

옆에 있던 기둥에 먼저 도달한 건 시스티나였다.

"바람이여!"

그녀의 전신에서 빛의 바람 칼날이 사방으로 뻗어나갔다.

파공성을 울리며 무한히 질주하는 바람이 기둥을 단숨에 수많은 살덩이로 해체했고, 이번에도 기괴한 단말마를 지르며 안개로 변해 흩어졌다.

『루미아. 지금 당신의 힘…… 《나와 당신의 열쇠》를 쓰는 법은 알고 있겠지?』

"응, 괜찮아요. 남루스 씨. 이야아아아아아압!"

이어서 그 옆에 있던 기둥에 고속으로 날아간 건 루미아였다.

그녀가 손에 든 건 예전의 은 열쇠가 아니었다. 황금색으로 빛나는 열쇠였다.

루미아에게서 떨어져 나간 레 파리아 대신 남루스가 융합한 덕분에 얻은 새로운 권능. 새로운 가능성.

루미아가 그 황금 열쇠를 기둥에 꽂은 순간.

내부부터 수억 년의 시간이 단숨에 경과한 기둥은 그대로 모래성처럼 무너져 내렸다.

"다음!"

글렌 일행은 그렇게 계속 기둥을 처치해가며 이동했다.

하지만 기둥도 가만히 당하고만 있는 건 아니었다.

꼭대기에 달린 거대한 입을 쩍 벌리더니 역겨운 장기가 뒤섞인 화염 폭풍을 내뿜었다.

"크아아아아아아아아아아아아아아앗!"

하지만 이쪽에서도 하얀 머리와 흰 피부가 인상적인 소녀, 르 실바가 입에서 브레스를 내뿜었다.

용의 포효【얼어붙는 입김】^{드래곤즈 샤우트}^{배니싱 포스}이 기둥이 날린 장기의 효과를 해제하고 날려버렸다.

"《0의 전심》^{세트}!"

글렌은 그 틈을 노리고 기둥의 핵인 듯한 부분에 접근한 후.

"《페네트레이터》어어어어어어어어어어어!"

퍼커션식 리볼버의 총구를 겨누고 발포했다.

원래 《페네트레이터》는 효과 시간이 지나치게 짧은 탓에 영거리 사격이 아니면 의미가 없는 마술이다.

하지만 지금은 시천신비를 통해 그 효과 시간이 무한대가 되었기에, 원거리에서 마탄을 맞은 기둥은 잠시 움찔거리다가 이번에도 영혼이 찢어지는 듯한 단말마를 지르며 붕괴되고 말았다.

"……다음!"

글렌 일행은 해치운 기둥에는 눈길도 주지 않고 다시 빛의 바람을 탄 채 유성처럼 날아올랐다. 그리고 보는 이들의 눈을 절로 의심하게 만드는 신비로 그 절망적인 존재들을 보이는 족족 해치워나갔다.

그 진격을 넋을 잃은 채 지켜보던 펠로드는 그제야 허망한 목소리로 외쳤다.

『데우스 엑스 마키나』……!』

그러는 사이에도 어느새 기둥을 절반이나 격파해버린 글렌은 갑자기 당황한 목소리로 외쳤다.

"아차, 하얀 고양이! 큰일이야!"

"예?! 뭐가요?"

"나 마술 촉매가 떨어졌어! 그러니 뒷일은 맡기마!"

시스티나는 하마터면 하늘 위에서 자빠질 뻔했다.

"뭐랄까, 현재에서 과거에 이르기까지 연전을 거듭했으니 말이지. ……보급할 틈도 없었고!"

"잠깐만요?! 어떻게 좀 해보시라구요!"

"아니, 그치만…… 남루스의 권능 가호랑 세리카 덕분에 일시적으로 치트급 마술을 쓸 수 있게 된 건 좋은데…… 나 자신은 여전히 삼류잖아? 마도구와 마술 촉매를 못 쓰면 제 대로 된 공격수단이 없는걸."

"으아아아아아아아아, 정말이지! 어쩔 거예요!"

시스티나가 고양이처럼 샤악! 하고 성질을 부리자 글렌은 시끄럽다는 듯 귀를 틀어막았지만, 곧 무슨 생각이 난 건지 히죽 웃었다.

"뭐~ 어쩔 수 없구만. 일단 여기선 위대하신 스승님의 지 혜를 빌려보실까!"

그리고 품속에서 적마정석을 꺼내 정신을 집중했다.

"좋아. 이게 쓸 만하겠군."

글렌은 엄지로 뭔가를 튕겨 올렸다.

허량석. 이젠 군이 설명할 필요도 없는 글렌의 필살기 【익 스팅션 레이】의 얼마 남지 않은 발동 촉매였다.

"《나는 신을 베어 죽인 자·나는 근원의 시작과 끝을 아는 자…….》"

그리고 눈앞에서 떨어지는 허량석을 왼손으로 낚아채고

익숙한 주문을 영창하기 시작했다.

"그대는 섭리의 원환으로 귀환하라·오대원소는 오대원소로·상과 섭리를 잇는 인연은 괴리할지니……."

그 순간.

"……큭! 저 주문을 막아!"

펠로드는 반사적으로 명령을 내렸다.

그러자 남은 기둥들이 글렌을 향해 일제히 입을 벌리며 촉수를 뻗었다.

"이제 삼라만상은 마땅히 **저편**으로 사라질지어다……."

하지만 그 공격들이 닿기 전에.

"아득한 허무의 끝으로》!"

평소와는 조금 다른 글렌의 주문이 완성되었다.

왼손을 머리 위로 들자 여느 때처럼 전개된 삼중 마술법진이 염열·냉기·전격의 삼대 속성 주문을 강제로 합성, 삼속성의 삼극자(三極子)가 복합적인 간섭 작용을 이루는 것으로 생성된 허수 에너지가 빛의 포격이 되어 방출되었다.

이번에는 적이 아닌 하늘을 향해서.

그렇게 무한한 공간으로 빨려들어 간 빛무리는 다음 순간, 수많은 거대한 빛줄기로 변해 남은 기둥들의 머리 위로 쏟아져 가차 없이 집어삼켰다.

그야말로 하늘에서 내린 죽음, 신의 분노와 같은 광경.

사라진다.

사라진다.

압도적인 절망이.

초월적인 위협이.

전부.

모조리, 대처할 틈도 없이 사라지고 있었다.

눈부신 빛 속에서 먼지로 변해 사라졌다.

먼지는 먼지로.

재는 재로.

『아…….』

그 거짓말 같은 광경에는 제아무리 대도사라도 아연실색할 수밖에 없었다.

"흑마 개량2식 【익스팅션 미티어레이】…… 역시 스승님이야."

왼손 위에 뜬 마술법진을 해제한 글렌은 아래쪽을 내려다보았다.

"그건 그렇고…… 이걸로 방해꾼은 정리됐군."

『……?!』

펠로드는 글렌을 올려다보았다.

고저 차는 약 2백 미트라.

최약의 광대와 최강의 마술사가 대치했다.[현자]

그리고 다음 순간.

"펠로드ㅇㅇㅇㅇㅇㅇㅇㅇㅇㅇㅇㅇㅇㅇㅇㅇㅇㅇㅇㅇㅇㅇㅇ!"

글렌은 아무런 망설임도 없이 빛의 바람을 타고 펠로드를 향해 하강했다.

『……큭?!』

펠로드는 반사적으로 공천신비를 사용했다.

피아의 거리를 무한대로 늘려서 자신에게 접근하는 것을 영원히 막으려 했다.

"그 수법의 비밀은…… 이미 다 들통났다고ㅇㅇㅇㅇㅇㅇ!"

하지만 글렌도 즉시 시천신비를 사용했다.

무한대의 거리를 넘는 도달 시간을 찰나로 바꾼 후.

"우오오오오오오오오오오오오오오오오오오오오!"

그대로 기세를 실어 안면에 인정사정없이 주먹을 때려 박고, 끝까지 휘둘렀다.

『커어어어어어어억?!』

『꺄악?! 페, 펠로드 님?!』

날아가는 펠로드를 본 레 파리아가 비명을 질렀다.

"미리 말해두는데!"

글렌은 다시 비행했다.

시스티나가 조종하는 빛의 바람을 타고 끝까지 펠로드를 추격했다.

그리고 따라잡자마자 옆구리에 보디블로를 쑤셔 박았다.

『우우우우우우욱?!』

바로 몸을 비틀어서 발뒤꿈치로 연수를 찍는다.

고속으로 낙하하는 펠로드를 바로 따라잡고 돌려차기.

"너만은 절대로 안 봐준다, 이 짜샤아아아아아아아아!"

그렇게 수직 낙하 운동을 수평 방향의 등속 직선 운동으로 강제로 변환시킨 후, 쉴 새 없이 두들겼다.

온 힘과 마력을 담아서 휘두른 주먹이 마치 세상 끝까지 닿을 듯한 기세로 마왕의 몸에 때려 박았다.

"이제 좀 꺼지라고, 이 변태 자식아! 과거에서든 현대에서든 아주 개 같은 짓거리만 저질렀더구만!"

턱, 명치, 관자놀이, 대퇴골, 안면에 한 방씩. 이어서 왼손으로 멱살을 잡고 오른손으로 얼굴을 한 방, 두 방, 세 방—.

그리고 뒤로 밀치며 보디블로, 리버샷, 어퍼컷, 돌려차기.

『아아아아아악! 허흐으으으윽?!』

펠로드가 우스꽝스러운 꼭두각시 인형처럼 경련하며 하늘 이곳저곳으로 튕겨나갈 때마다 글렌은 단숨에 앞질러서 실컷 두들겨 팼다.

"이 바보 같은 소동은 이걸로 끝내자! 이 망할 자식아아아아아아아아아아아!"

그리고 마지막으로 빛의 바람이 나르는 속도를 담아 한층 더 강렬한 라이트 스트레이트를 확인 사살이라도 하듯 펠로드의 안면에 때려 박았다.

『끄아아아아아아아아아아아아아아악!』

그 충격을 이기지 못한 펠로드의 몸이 옆으로 회전하며 날아갔다.

하지만 저래 봬도 상대는 하늘의 지혜 연구회의 최고지도자인 《대도사》.

갑작스러운 글렌의 등장에 동요하고 불시의 기습을 허용하는 바람에 속수무책으로 당하고 있었지만, 고작 이 정도로 숨이 끊어질 인물은 아니었다.

바로 공간을 조작해 자신이 날아가는 기세를 상쇄했다.

"……큭?!"

자세를 바로잡은 펠로드는 퉁퉁 부은 얼굴로 글렌을 노려보았다.

"뭐야 이게……! 대체 뭐냐고 이 전개는! 「데우스 엑스 마키나」! 「데우스 엑스 마키나」! 「데우스 엑스 마키나」아아아악……!"

그런 식으로 사방에 원망과 분노를 흩뿌리는 펠로드 앞으로 날아온 글렌은 다시 주먹을 쥐고 대치했다.

"오~ 멋진 얼굴이 됐는데? 야. 전보다 훨씬 남자다운걸?"

"선생님!"

도발하는 그의 뒤로 시스티나, 루미아, 르 실바도 합류했다.

펠로드는 그런 그들 앞에서 증오가 가득한 표정으로 입을 열었다.

"글렌…… 왜 네가 여기 있는 거지?"

"……엥? 뜬금없이 뭔 소리래. 너, 혹시 돌았냐?"

"네가 대체 왜 여기 있냐고 묻고 있는 거다!"

펠로드는 분노하며 외쳤다.

"원래대로라면 넌 이 자리에 있을 수 없어! 그 시대에서 사랑하는 세리카와 함께 영원히 끝나지 않는 행복한 모형정원 속에 갇혀 있어야 할 터! 그랬어야 할 네가 이 시대로 돌아오는 건 **불가능한 전개**였단 말이다!"

"……!"

글렌이 눈을 가늘게 떴지만, 펠로드는 개의치 않고 말을 계속했다.

"그런데…… 어째서? 왜 네가…… 지금 내 눈앞에 존재하는 거지?!"

"……어떻게 네가 그런 걸 알고 있는지는 모르겠고, 솔직히 진심 아무래도 상관없는데. 아무튼 내가 너한테 해주고 싶은 말은 이것뿐이거든?"

글렌은 펠로드를 날카롭게 노려보며 침이라도 뱉고 싶은 듯한 표정으로 대답했다.

"사람 얕보지 마라. 브아~보."

"......?!"

그 말을 듣고 온몸에 벼락을 맞은 듯한 충격을 받은 펠로드는 그제야 깨달았다.

자신이 수천 년에 걸쳐 써온 각본. 비원에 도달하는 혼신의 스토리.

하지만 이 시대가 된 후부턴 계속 예상치 못한 방향으로 엇나가는 일이 많았다.

아무리 고쳐 쓰고 궤도를 수정해 봐도 마지막에는 늘 예상치 못한 방향으로 어긋났다.

자신이 가장 바라지 않는 전개로 흘러간 것이다.

왜? 그렇다면 그 원인이 뭐지?

아니, **누구** 때문이었던 거지?

이 완벽하게 완성된 플롯에 가장 큰 영향을 준 것이 누구지?

세계 최고의 지도자이자 희대의 여왕, 알리시아 7세인가? 아니다.

긍지 높은 불꽃의 계승자, 이브인가? 아니다.

미쳐버린 정의, 저티스인가? 아니다.

하늘에 도달한 영웅 검사, 리엘인가? 아니다.

섭리를 간파하는 오른쪽 눈의 소유자, 알베르트인가? 아니다.

그렇다면 이 시대의 다른 유명한 영웅급 인물인가? 아니, 아니, 아니다.

절대로 아니다!

그건…….

"……**너야.**"

펠로드는 간신히 목소리를 쥐어짜 내서 말했다.

"그건…… **너였어. 글렌 레이더스.**"

"……."

"네가…… 너 때문에, 내 각본이 전부 엉망이 됐던 거야. 내 비원이…… 이 세계를 구하겠다는 소망이……! 너 때문에, 너, 너 때문에에에에에에에에에에에에에에에!"

타앙!

갑자기 펠로드의 몸이 뒤로 휙 젖혀졌다.

글렌이 속사로 날린 마총《퀸 킬러》의 대구경 원형 탄두가 안면에 명중했기 때문이다.

"커헉?!"

"시끄러워. 이해 못 할 소리만 지껄이기는."

글렌은 총구에서 피어오르는 연기를 후 불었다.

그리고 어째선지 이 순간 이 총의 원래 주인인 알리시아 3세가 이 페지테 어딘가에서 만족스럽게 미소 지은 듯한 느낌이 들었다.

"잡설은 이만하면 됐고. 결판을 내자, 대도사. ······아니, **마왕**."

"······큭?!"

밑에서 그들을 지켜보던 이들은 마침내 진정한 최종 결전이 시작될 듯한 예감을 느끼고 일제히 숨을 삼켰다.

『······펠로드 님······?!』

"아아, 걱정하지 마. 레 파리아. ······난 괜찮으니까."

불안해하는 레 파리아를 진정시킨 펠로드는 그제야 냉정함을 되찾고 글렌을 마주보았다.

"아무래도······ 글렌. 넌 라 틸리카의 새로운 계약자가 돼서 그 권능과······ 그리고 세리카의 술식 일부를 계승한 모양이네?"

"······."

"뭐, 인간치곤 제법이지만······ 그런 남에게 빌린 힘으로 우쭐대는 건 슬슬 그만두는 편이 좋을걸?"

"······."

"정말로 이길 수 있을 거라고 생각하는 거야? 이 나를. 혹시 어쩌다 운 좋게 내 허를 찌른 정도로 자만한 걸까?"

"······."

"충고하겠는데, 넌 약해. 마술사로서는 예전 세리카의 발끝에도 미치지 못해. 사실 나도 이런저런 불운이 겹친 탓에 아직 전성기의 힘을 전부 되찾지는 못했지만…… 그래도 너 하나쯤 죽이기에는 충분하고도 남을 정도의 힘이 있어."

"……"

"그러니 다시 한번 물을게. 진심으로 나와 싸우겠다는 거야? 날 이길 수 있을 것 같아?"

펠로드가 자신만만하게 웃었지만, 글렌은 본인도 의아할 정도로 차분한 심정으로 도발하듯 씨익 웃었다.

"그래. **너한텐 도저히 질 거 같지 않거든.**"

그건 이미 확신이었다.

"……?!"

그리고 그 말에 어지간히 자존심이 상했는지 펠로드는 어이가 없어서 제대로 말조차 잇지 못했다.

"……역시 너만은 내 손으로 직접 죽여야겠어."

이윽고 그는 싸늘하게 가라앉은 눈으로 전신의 마력을 끌어올렸다.

과거의 세상에서도 체감했던 차원이 다른 존재감과 마력이 이 세상 전체를 짓누르기 시작했다.

하지만 글렌은 겁먹지 않고, 굴하지 않고 소리쳤다.

"시스티나, 루미아, 르 실바…… 가자! 다들 마음 굳게 먹어! 이게 최후의 싸움일 테니까!"

"예! 할아버님의 한을 풀기 위해서라도 전력으로 가겠어요!"

"예, 선생님!"

"응, 내 힘…… 존재를 전부 당신에게 바칠게! 글렌!"

그리고 글렌 일행도 마력을 끌어올리며 전투를 준비했다.

『흥. 결국 이날이 왔네. ……레 파리아.』

『라 틸리카 언니……!』

루미아의 어깨에 탄 작은 남루스가 모든 것을 지켜볼 요량으로 주위를 둘러보며 말을 건네자, 펠로드에게 붙어 있던 레 파리아는 증오가 담긴 눈으로 그녀를 노려보았다.

페지테의 모두가 이제부터 시작될 세계의 운명을 건 싸움을 지켜보기 위해 하늘을 응시하고 숨을 삼킨 바로 그 순간.

"아. 그건 이제 됐어."

푸욱!

살을 뚫는 소리가 들렸다.

"""어?!"""

경악했다.

글렌 일행은 물론이고 이브, 알베르트, 리엘, 글렌의 학생들, 제국군 장병들, 페지테 시민들에 이르기까지 전부.

"……아……?"

그리고 이 모든 사태의 원흉이자 최강의 마왕인 펠로드까지.

전원이 동일하게 경악했다. 아연실색했다. 넋을 잃었다.

시간이 멈춘 것처럼 굳어버릴 수밖에 없었다.

그 이유는.

갑자기 펠로드의 가슴에서 검은 칼날이 튀어나왔기 때문이다.

글렌은 저것의 정체를 알고 있었다. 저건 분명 《철기강장》 아세로 이엘로와 같은 신철로 된 칼날이었다.

"……어……?"

그런 펠로드의 뒤에는 누군가가 있었다.

어느새 갑자기 아무도 없었던 공간에 **그 남자**는 서 있었다.

"그야 결말이 뻔히 보이잖아. 뭐, **백 퍼센트 글렌이 이기겠지**. ……난 그렇게 「읽었어」."

그 남자는 중산모를 깊이 고쳐 쓰며 왼손에서 뻗은 칼날을, 펠로드의 등을 찌른 신철의 칼날을 비틀었다.

"컥?! 쿨럭! 아, 아아아아악……!"

"「정석적인 전개」와 「뻔히 보이는 지루한 전개」는 비슷한 것 같지만 달라. 그런 결말이 뻔한 이야기를…… 이제 와서 굳이 보여줄 필요는 없잖아? 뭐, 안심해. 마왕. **네가 쌓아 올린 건 내가 올바른 형태로 이어받을 테니까.** ……이번에야말로 이

세계에 진정한 정의를 세우기 위해서, 말이지."

거침없이 말하는 **그 남자**의 모습을 본 글렌은 눈을 부릅떴다.

낯익은 프록코트.

낯익은 외모. 끈적하게 들러붙는 듯한 불쾌한 미성.

잊을 리 없었다. 잊을 수 있을 리가 없었다.

그동안 대체 무슨 일이 있었던 건지 존재의 규격과 마력이 마왕조차 비교도 되지 않을 정도로 강해져 있었지만, 보기만 해도 구역질이 치미는 근본적인 분위기는 여전했다.

그리고 **그 남자**는 들뜬 것 같은 태도였지만, 그 누구의 반론도 허락하지 않겠다는 단호한 목소리로 글렌에게 말을 걸었다.

"자, 그럼 이딴 조역은 대충 치워두고…… 슬슬 우리의 이야기를 시작해보자고, 글렌. 너와 내가 진정한 최종막을 쓰는 거야. 크크크…… 최고로…… 진짜 최고로 달아오르는 최종막을 말이지! 하하하하하! 하하하하하하! 아하하하하하하하하하하하하하하하하하하!"

환희에 잠겨 몸을 떨면서 웃는 그 남자에게.

가장 먼저 건넨 건 네가 대체 왜 여기 있냐는 말이 아니었다.

"저티스으으으으으으으으으으으으으으으으으으으으으으으으!"

글렌은 복잡하기 짝이 없는 격정을 담아 그 지긋지긋한 이름을 외쳤다.

마침내 진정한 최종막이 오르는 순간이었다.

■작가 후기

안녕하세요, 히츠지 타로입니다.

『변변찮은 마술강사와 금기교전』21권이 발매되었습니다.

편집자 님 및 출판 관계자 여러분, 그리고 이 시리즈를 지지해주시는 독자 여러분께 무한한 감사를.

21권! 이번에는 저번 권에 이어서 페지테 대결전의 후반전이라는 느낌입니다.

이야~ 저번 권도 상당한 카오스였는데 이번 권도 참 대단하네요.(웃음)

제 글이지만 이번 권을 쓰면서 용케도 여기까지 스케일을 키웠다는 감탄이 들었습니다.

자, 그건 그렇고 20권에서 21권으로 이어지는 결전의 중심인물은 물론 리엘, 이브, 알베르트 이 셋입니다만…… 이번에는 마침내 그들의 이야기에 일단 종지부를 찍게 됐습니다. 이 세 명에 관해 쓰고 싶었던 내용을, 훨씬 전부터 예정됐던 내용을 겨우 전부 써낼 수 있었습니다.

장하다, 나! 애썼구나, 나! 그리고 어째선지 혼자서 히로인 레이스를 독주하는 캐릭터가 있는 것 같은데 대체 왜 이렇게 된 걸까요? 작가 본인도 당혹스러워 하고 있다는 건 일단 제쳐두고, 그들의 이야기가 어떤 식으로 결말이 날지, 독자 여러분께서도 기대해주신다면 감사하겠습니다.

그리고 이번 싸움의 중심에 있는 건 확실히 리엘과 이브와 알베르트였지만…… 이 시리즈에 등장하는 캐릭터가 단 하나라도 모자랐다면 여기까지 써낼 수 없었을 겁니다. 지금 돌이켜보면 이름이 있는 조역부터 이름 없는 단역에 이르기까지 모두가 영웅이었고, 정의의 마법사였다는 생각이 드네요. 자화자찬이겠지만, 이런 장대한 이야기를 쓸 수 있어서 정말 행복했습니다.

그리고 이런 글을 쓰려면 아무래도 역시 긴 시간 동안 많은 이야기를 쌓아 올리는 게 필수라, 지금까지 지지해주신 독자 여러분께는 그저 감사하기만 할 따름입니다.

자, 그럼 이번 권으로 이야기는 하나의 커다란 결말에 도달했고 이 시리즈에서 다룰 내용도 슬슬 얼마 남지 않았습니다.

다음 권부터는 진짜 최종장입니다. 아직 작중에서 밝혀지지 않은 최후의 수수께끼 ―『멜갈리우스의 천공성』과 이 세계의 근간에 관한 비밀. 그리고 과거에 정의의 마법사를 동경하고, 목표로 삼고, 좌절했던 주인공 — 글렌의 이야기를 마침내 다루게 되겠죠. 길을 헤매면서도 이를 악물고 달려온 끝에 그가 보게 될 광경은 무엇일지…… 마지막까지 최선을 다해 노력할 테니 아무쪼록 잘 부탁드리겠습니다.

그리고 twitter에서 생존 보고 등을 하고 있으니 쪽지나 댓글로 작품에 대한 감상이나 응원을 남겨주신다면 정말 기쁠 것 같습니다. 주로 제가 우쭐대며 의욕 MAX가 되겠죠. 유저명은 『@Taro_hituji』입니다.

그럼! 다음은 파란의 22권에서 뵙겠습니다!

히츠지 타로

■역자 후기

안녕하세요. 하늘의 지혜 연구회와의 최종 결전을 그린 이번 21권. 재밌게 읽어주셨을까요?

이것으로 하늘의 지혜 연구회는 아직 사망이 확실하게 묘사되지 않은 대도사를 제외하면 전원 퇴장. 첫 등장부터 어지간히 주인공들을 괴롭혀온 극악무도한 악역들이다 보니 오랫동안 이 시리즈를 맡고 있었던 저로서도 시원섭섭하다기보단 왠지 속 시원한 기분이 더 앞서는 것 같네요.

그나마 엘레노아는 이번에 밝혀진 과거사가 워낙 처참해서 아주 조금이나마 안타까운 기분이 들기도 했는데, 마지막에 뭔가 복선이 남은 것 같으니 아무래도 머릿속 한편에 담아두고 조금 더 지켜봐야 할 것 같습니다.

그리고 보면 어느새 21권, 외전까지 포함하면 총 30권. 돌이켜보면 정말 정신없이 달려왔구나 싶은 생각이 드네요.

이 긴 시간 동안 함께 해주신 여러분께 정말 감사드리며, 이젠 정말 얼마 남지 않은 이 긴 여정을 아무쪼록 마지막까지 함께해주시기를 바라며 이만 짧은 후기를 마치겠습니다.

변변찮은 마술강사와 금기교전 21

초판 1쇄 발행 2023년 9월 10일

지은이_ Taro Hitsuji
일러스트_ Kurone Mishima
옮긴이_ 최승원

발행인_ 최원영
편집장_ 김승신
편집진행_ 권세라 · 최혁수 · 김경민 · 최정민
편집디자인_ 양우연
관리 · 영업_ 김민원

펴낸곳_ (주)디앤씨미디어
등록_ 2002년 4월 25일 제20-260호
주소_ 서울시 구로구 디지털로 26길 111 JnK디지털타워 503호
전화_ 02-333-2513(대표)
팩시밀리_ 02-333-2514
이메일_ lnovellove@naver.com
ㄴ노벨 공식 카페_ http://cafe.naver.com/lnovel11

ROKUDENASHI MAJUTSU KOSHI TO AKASHIC RECORDS Vol. 21
ⓒTaro Hitsuji, Kurone Mishima 2022
First published in Japan in 2022 by KADOKAWA CORPORATION, Tokyo.
Korean translation rights arranged with KADOKAWA CORPORATION, Tokyo.

ISBN 979-11-278-7049-2 04830
ISBN 979-11-86906-46-0 (세트)

값 8,500원

VTuber인데 방송 끄는 걸 깜빡했더니 전설이 되어있었다 1~4권

나나토 나나 지음 | 시오 카즈노코 일러스트 | 박정용 옮김

화려한 VTuber가 다수 소속된 대형 운영회사 라이브온.
그곳의 3기생이며 『청초』 VTuber인 코코로네 아와유키.
"역시 롱캔 따는 소리는 최고야!"
"응? 완전 꼴리거든?"
"내가 마마가 될 거야!"
하지만 그녀의 부주의로 방송을 제대로 안 끈 결과,
본래 성격(주정뱅이, 호색, 청초(VTuber))을 드러내고 마는데?!
"클립 엄청 따갔어?! 트렌드 세계1위?! 동시 시청자 수 실화냐고!!!"
이게 웬일, 갭이 호평을 받으며 인기 대폭발!
그 결과…… "으랏차—! 방송 시작한드아!"

모든 걸 내려놓은 그녀는, 대인기 VTuber의 길을 달려간다!!

라이트노벨의 새로운 빛! 나노벨의 신간은 매월 10일에 발매됩니다. http://cafe.naver.com/lnovel11

©Kei Sazane 2022
Illustration : Toiro Tomose
KADOKAWA CORPORATION

신은 유희에 굶주려있다. 1~5권

사자네 케이 지음 | 토모세 토이로 일러스트 | 김덕진 옮김

한가한 지고의 신들이 만든 궁극의 두뇌 게임 「신들의 놀이」.
오랜 잠에서 깨어난 신이었던 소녀 레셰는 눈을 뜨자마자 이렇게 선언했다.
"이 시대에서 게임을 제일 잘하는 인간을 데려와!"
지명된 사람은 「이 시대 최고의 루키」로 주목받는 소년 페이.
두 사람이 도전하는 「신들의 놀이」는 난이도가 너무 높아 완전 공략한 사람은 제로.
그 이유는, 신들은 변덕쟁이에 불합리하고, 가끔은 이해할 수 없으니까.
그러나 그런 게임이기에 진심으로 즐기지 않으면 아깝다!
여기에 천재 소년과 신이었던 소녀, 그리고 동료들이 펼치는
지고한 신들과의 궁극 두뇌전이 펼쳐진다!

신과 인류의 두뇌전, 드디어 개막!

라이트노벨의 새로운 빛! ㄴ노벨의 신간은 매월 10일에 발매됩니다. http://cafe.naver.com/lnovel11